天津百年新诗

NEW
POETRY OF
TIANJIN

主编 乔富源 罗振亚

天津出版传媒集团

天津人民出版社

图书在版编目(CIP)数据

天津百年新诗 / 乔富源, 罗振亚主编. ── 天津：
天津人民出版社, 2017.4
ISBN 978-7-201-11567-2

Ⅰ.①天⋯ Ⅱ.①乔⋯ ②罗⋯ Ⅲ.①诗集-中国-
现代②诗集-中国-当代 Ⅳ.①I226

中国版本图书馆 CIP 数据核字(2017)第 054186 号

天津百年新诗
TIANJIN BAINIAN XINSHI

乔富源 罗振亚 主编

出　　版	天津人民出版社
出 版 人	黄沛
地　　址	天津市和平区西康路 35 号康岳大厦
邮政编码	300051
邮购电话	(022)23332469
网　　址	http://www.tjrmcbs.com
电子信箱	tjrmcbs@126.com

责任编辑　张　璐
特约编辑　温欣欣

印　　刷	山东德州新华印务有限责任公司
经　　销	新华书店
开　　本	787×1092 毫米　1/16
印　　张	42.125
插　　页	4
字　　数	570 千字
版次印次	2017 年 4 月第 1 版　2017 年 4 月第 1 次印刷
定　　价	238.00 元

在成长路途的心都不孤单

来不自可肺腑的深颠峰
自可复制的的深颠峰

汤汤鬼精灵童话系列铭刻传奇，荣耀典藏！

《流萤谷》
《睡尘湖》
《到你心里躲一躲》
《来自鬼庄园的九九 1》
《来自鬼庄园的九九 2》

每册定价：21元

ISSN 0257-6562

9 770257 656176

02>

一个美丽的好……

2017《儿童文学》（ ）
变身为《儿童文学》（ ）

改版后刊物三大亮点：

1. 皇冠绘本帽每期介绍两本国外经典图画书！附专业人
2. 梦幻IQ绘本每期推出一个原创微型绘本故事！
3. 彩虹故事绘、星月诗歌绘、经典日习坊、能量故事坊、
插图更多，版式更美！

欢迎到当地邮局订阅！

《儿童文学》（绘本）定价：8.00元　邮发代号：80-746
《儿童文学》（绘本）+《儿童文学》（故事）＝童年双本套　定价：

ISSN0257-6562
CN11-1065/I

邮发代号：80-400

本刊适合9至99岁公民

总第 736 期　定价：

谨以此
纪念中国新诗诞生 100 周年

▶ 凡例
Explanatory Notes

1. 本书共收入 233 位诗人的诗作 389 首。

2. 本书入选的诗人除天津籍外还应有在天津生活、学习、工作过的诗人。

3. 本书诗人的排列，以生年先后为序。同一诗人的作品，按写作先后排序，必要时由编者调整。

4. 本书谨收入诗人公开发表的作品，兼顾诗歌流派，诗人风格，每人 1 至 3 首。

5. 本书选取新诗的样式，含散文诗、儿童诗、民歌、歌词。

6. 本书涉及历史纪年，用公元纪年。

7. 本书使用简体字。

8. 本书收入的作品若因版本不一，文字上有歧异，由编者择善从之。

主编

乔富源　罗振亚

副主编

冯景元　宋曙光　黄桂元

编委

（按音序排列）

白金朵渔　冯景元　黄桂元

林　希　罗振亚　乔富源　宋曙光

颜廷奎　伊　蕾　赵　玫

参编

王晓满　于剑文　尹春华

序言

〇

Preface

天津临海多沽，深得水的灵性。城市文化的开放与包容，造就了诗歌的觉醒与多元。

建城六百余年，诗脉始终不绝如缕。

近一个世纪的新诗，更以独特的创造姿态，构筑了一道沉雄、峭拔的迷人艺术风景，其影响的光束辐射全国乃至世界。

20 世纪初，中国新文学革命思潮涌动，加之外国诗歌影响，中国白话新诗渐兴。在新诗的孕育、诞生、发展历程中，天津开时代风气之先，涌现出不少代表性人物：有开创了"新体诗"的诗界革命领袖梁启超，有写出"20 世纪最优美歌词"的大家李叔同，有被誉为"20 世纪中国诗歌大师第一人"的穆旦。后者以人与诗对时代的双重切入，富于象征寓意和心灵思辨，对中国新诗产生了深远的影响。新中国成立初期，从延安、晋察冀等革命根据地入津的方纪、鲁藜、阿垅、孙犁、李霁野、芦甸等"移民"诗人，和闵人、林希、白金等本土诗人汇聚一起，弘扬主旋律，特别是把工业诗搞得有声有色，支撑起天津诗歌第一个相对繁荣的时期。

诗人们从不同的侧面定格了时代的声音和影像，具有珍贵的价值。

之后是大跃进、"文革"的全国性波折，天津诗歌和全国一样，基本乏善可陈。进入雨过天晴的新时期后,天津诗歌再度迎来生机勃发的春天。鲁藜、方纪、孙犁等老一代"归来者"雄风不减,陈茂欣、白金、刘中枢、张雪杉、柴德森等中年一代实力强劲。这批诗人擅长在历史、现实的风景线上采撷诗意,表现出时代的担当精神和使命感,即便观照自然也常融入历史的思考,诗歌大气而厚重,奠定了新时期天津诗歌的坚实基础。几乎同时或稍后,一批更具创新精神的抒情诗人如伊蕾、冯景元、许向诚、萧沉、颜廷奎、刘功业、宋曙光、金同悌、唐绍忠等,崛起在诗的地平线上。对西方各种文艺思潮的广泛汲取,向文学本体的自觉回归,敦促他们在反叛中构筑新秩序,致力于现代诗建设。也就是说,在20世纪80年代中、后期,天津诗坛以现实主义、浪漫主义和现代主义以至后现代主义共融互补,形成了不可小觑的良好的生态格局。20世纪90年代的天津诗坛尽管仍充满诗心的波动,作品还在不断地发表,但影响的有效性稍显弱化,淡出了诗歌史"国家叙事"的视野。

进入21世纪后,天津的诗歌写作又逐渐恢复元气。

徐江、朵渔等年轻的歌者,由写古体诗转入新诗创作的乔富源,和原本就底气十足的冯景元、伊蕾、黄桂元、刘功业、萧沉、宋曙光、王向峰、王晓满、罗广才、红杏、杜康等几代诗人汇聚一堂,交相辉映,煞是壮观。天津人民出版社、百花文艺出版社、《天津文学》和《天津日报》等传播媒体对出版、发表园地的提供与开辟,此前和此时出现的诸多诗歌社团、诗歌民刊、诗歌网站,以及"中国·天津诗歌节"的锦上添花,为天津诗坛增添了无限的活力和生机。遍览这时期的诗作,可谓主旋律、纯文学、消费性几分天下,众语喧哗,百花齐放,绚烂多姿,扩张力日渐强劲。种种现象都在证明一个事实:天津诗歌进入了历史上最好的发展时期。

应该说,天津诗歌在中国新诗的每个转折处都不乏它介入的身影,而且在纵向的生长、打拼过程中,逐渐找到了维系诸多个体的"共同语言"。这种风格大体集中、鲜明地体现为几个方面:

一是充满融会中西诗学传统的艺术创新精神。借移民文化、租界文化发展的天津,城市文化本身已潜隐着许多包容、开放性因子;处于港口和经济中心的地理位置，又使其浸染了一定的海洋文化特质。所以它既不像上海洋味浓郁，也不像北京贴近传统，而是兼容并蓄，底蕴独特。

受之滋养，天津诗人不愿意循规蹈矩，而善于秉持"为我所用"的态度，融会中外古今各种文化遗产，在艺术上自由创新。

如穆旦的《在寒冷的腊月的夜里》，极具现代风韵的技巧，所传达的竟是极其现实的感受，现代主义与现实主义在这里得到了融会。后来的诗人更延续、张扬这一传统，尽力综合外来和本土经验，不断推出自己的绝活和亮点，以创新作为诗歌的生命线。如伊蕾的诗歌在某种程度，就是通过与美国自白派诗歌的深层汇通走向成功的。《独身女人的卧室》在诗人常用的自白话语中，一连串决绝强烈的表白和倾诉，有一气呵成的情绪动势和情思穿透力。肖沉的新、奇、特探索，徐江的后口语推进，朵渔的在场式凸显，也都别具一格。可见，天津很多诗歌都以陌生化的艺术形式和日常化的现实主义精神的成功嫁接，增加了文本的审美蕴涵与艺术魅力。

二是在物化抒情过程中，以直觉力渗入促成了诗歌本质的变异。

天津诗人大多数对人生、现实、自然等的情思感受，不做直接吐露，而是通过具象化的言说，将之传达出来，既朦胧含蓄又容易解读。

一方面他们把情思作为客观对象观照，因情唤景、因意取象，利用想象功能创造物态化形象对应，使客观物象主体化。如冯景元的《尘》所写的对象，是比较抽象的概念，作者像对待有生命、有性格的实体一样品味、体验它，使之获得了理性的升华和可以触摸的形状与质地。天津诗人们以超常的直觉力、认知力，使天津诗歌具有浓厚的理性质素，强调知性化抒情。在很多诗人那里，诗不再仅仅是生活和情感，而成了生活和情感的一种回味。或者说在情绪之河的流淌中，经常蛰伏着理意、理趣的"石子"，特别是当诗人们的视线转向人生、生命等境域时，

诗就成了一种形而上抽象命题的咀嚼，一种人类智性看法的结晶。

穆旦的《春》在诗人的生命体验中展开了对春的思考，有青春炽热的生

命欲望表现,更让人领悟春天到了,生命"等待着新的组合"的理性启悟,开创了理性化的深度抒情模式;而鲁藜则善于在生活中挖掘理性的思想隧道,其《泥土》那种格言式的抽象提取,深刻新鲜的陌生张力,犹如智慧精警的启示录。进入新时期后,林希的《无名河》反思悲剧历史的情感深度,颜廷奎的《雪花》物象咏叹所包孕的思考深度,就能感受到天津诗歌思考力之深厚。

天津诗歌的哲思化趋向证明:诗只是情感流露的迷信必须击破,诗有时就是一种主客契合的情感哲学。

　　　　三是现实主义主体风格下多元化的个人选择。天津隶属于北方文明区域,其万千儿女最早大部分从鲁、冀、皖、晋等地迁徙而来,受中原的儒家文化制约,入世情结很深。所以,尽管天津诗人想象力超拔,也不时打探未来、可能的世界,但冷峻严酷的生存环境和北方的理性,规定他们更为质朴和实际,写作视角多倾向于"此在"世界,执着人生,关注现实。因此现实主义构成了这块土地上诗歌的主旋律和流行色。近些年来的许多非现实主义的现代主义或后现代主义诗歌,也都可视为对现实主义的深化和开放性发展。穆旦当初就确立了这一现实主义传统,他的诗关注现实人生;眷顾往昔、"苦恋"情结浓重的林希倾向现实主义,已是公开的秘密;就是伊蕾的有关性意识、性行为的躯体写作,也是对女性历史命运的空洞能指的定向革命。天津诗歌这种主题、思维取向的方式,决定了它在整体上更接近传统。平日里人们常说天津诗坛的最大征象是"散",是说诗人们的原始生长状态不浮躁、不聚堆,但也说明它不容易规约和整合。其实"散"还意味着诗人们多元化的个性选择,意味着个体差异性的彻底到位,因为多元化的另一种说法就是个人化。

天津诗人在题材、情感与风格方面融贯中西、各臻其态,读出一种幻化、一种根基,甚至读出青铜器的韵律。

　　　　如鲁藜的诗从泰戈尔、冰心那里汲取养料,意象新颖,技艺精巧,寓意深远,开辟了通往启示录和箴言类歌唱的逻辑路线。阿垅多用象征思维,抒发硬朗强烈的情感。张雪杉在传统的承继上创新,他的《中国》选象和情调民族气浓郁。乔富源的诗,则深得我国古典诗词的滋养,能从万千气象中,发掘出令人回味的人生境界内涵,灵动而凝重,凸显道德感、现场感与历史感。天津诗歌正是凭借这种以现实主义为主体的多元化美学风格的建构,获得了走向成功的立身之本。

巡视当下天津诗坛,客观地说,天津诗人群体意识还比较薄弱,这种特点虽暗合了诗歌个人化的寂寞本质,但大部分诗人处于自发创作状态,不利于流派的产生,形成集束性的影响效应。天津诗歌抒情群体的断层现象也值得警惕,后继乏人的迹象也开始显露,令人担忧。

2017年是中国新诗诞生百年,第三届"中国·天津诗歌节"即将隆重举行。借此机会,全面展示天津诗歌的整体实力,总结天津诗歌发展的历史经验,推进天津诗歌的经典化进程,为进一步繁荣天津诗歌提供创作和理论参照,具有重要的现实意义和深远的历史意义。在天津桃李源文化基金会的大力支持下,成立了《天津百年新诗》编辑委员会,并拟在中国新诗百年诞辰之际,编纂出版《天津百年新诗》一书。

诗选从地域性、历史性和审美性相结合的标准出发,对百年天津新诗中浩如烟海的作品文本进行逐人逐篇的搜集、甄别、遴选,使入选作品兼具时代色彩和艺术精神,能够清晰地凸显天津新诗的历史脉动,不厚名家,不薄新人,态度客观,立场包容,唯好诗是选。诗选对象为天津籍和在天津学习、工作过的海内外诗人,于近百年间写作的汉语新诗,个别具备新诗质地的作品时间上略有前移;体裁上则按相对宽泛的标准,现代旧体诗之外的自由诗、散文诗、民歌、歌词等均在编选范围之内;作品排列则以诗人出生时间先后为序;由于篇幅所限,对部分较长的诗憾作节选。天津行政区划和隶属关系几经变更,由津归冀的诗人未列入编选。编纂《天津百年新诗》,是对天津百年新诗创作与发展的一次历史性集结,是对几代天津诗人、出版界不辱使命和辛勤耕耘的历史性褒奖。

诗选将以其更为完整的诗人阵容、更具代表性的诗人作品,成为一部内容丰富、史料翔实的天津诗歌史鉴。

《天津百年新诗》共集诗人233家,诗作389首。在搜集资料和编选过程中，频繁地和穆旦、鲁藜、"小靳庄诗歌"活动、"中国·天津诗歌节"等有关天津诗歌的人与事遇合"对话"，深感天津诗歌的成绩和辉煌来之不易，因此特别向所有曾经为天津诗歌竭尽心力的诗人们，奉上我们的感谢和敬意。编辑这样一部时跨百年、涉及人事繁多的诗选，对大家都是第一次。尽管我们不辞近远尽可能地多方与作者取得联系，对入选的作品反复进行讨论和筛选，力求使编选工作做得更翔实完备，但仍难免有遗珠之憾。疏漏与谬误之处深望读者诸君谅解并不吝指正。

《天津百年新诗》编委会

2017 年 1 月 8 日

目录
//
Contents

002　李金藻 ————————————————————— 过年叹

004　梁启超 ————————————————————— 爱国歌四章

006　李叔同 ————————————— 送别 | 忆儿时 | 谢世遗嘱

010　李大钊 ————————————————————— 山中即景

012　徐志摩 —— 雪花的快乐 | 沙扬娜拉——赠日本女郎 | 再别康桥

016　李霁野 ————————— 生辰抒情 | 诗集《琴与剑》代序诗

019　焦菊隐 ————————————————— 夜哭(散文诗)

021　李广田 ————————————————— 秋灯 | 地之子

024　阿　垅 ——————————— 无题 | 落在纸上的雪 | 孤岛

028　方之中 — 人民军队的大宪章——读总司令在政协的讲话(节选)

030　曹　禺 ——————— 四月梢,我送别一个美丽的行人 | 老了

033　卞之琳 ————————————— 断章 | 古镇的梦 | 雨同我

037　芳　荣 ————————————————— 北斗星 | 时间

040　何其芳 ——————— 月下·罗衫 | 欢乐 | 我为少男少女们歌唱

044　凌　丁 ————————————————————— 客船 | 无题

047　王辛笛 ——————————————— 航 | 山中所见——一棵树 |

　　　　　　　　蝴蝶、蜜蜂和常青树——海外诗简之六

051　孙　犁 ————————————————— 希望——七十自寿

054　朱英诞 ————————————————— 戏鱼 | 箫 | 冬天

058　鲁藜　————————————　山 l 一个深夜的记忆 l 泥土

062　远千里　————————————　夜闻雨声 l 生命

065　邵冠祥　————————————　信心 l 白河(节选) l 号声

069　辛谷　————————————　错乱 l 年景

072　穆旦　————————　诗八首 l 在寒冷的腊月的夜里 l 春

077　王莘　————————————　歌唱祖国(歌词)

079　周汝昌　——————　中国北京奥运赋(节选) l 海河柳俚歌

082　芦甸　————————————　沉默的竖琴 l 我活得像棵树了

085　方纪　————————————　过屈祠 l 在毛主席身边(节选)

088　郭小川　————————————　团泊洼的秋天 l 秋歌

094　杨苡　————————————　自己的事自己做(儿童诗)

096　卢莽　————————————　找寻 l 咏胡杨树

099　海笛　————————————　变脸戏

101　曹火星　————————　没有共产党没有新中国(歌词)

103　石坚　————————　留下一片绿荫——致妻子和女儿

105　胡书千　————————————　假山印象

107　王学仲　————————————　布鲁塞尔大街 l 荷兰风车

110　杨大辛　————————————　苦恼对着冷笑

112　张学新　————————————　给嫦娥

114　刘征　————————————　烤天鹅的故事 l 春风燕语

117　马丁　————————————　火

119　刘燕及　————————————　这个人

121　闵人　————————　蒲公英飞了 l 骆驼刺的断代史 l 云雀

125　沙驼　————————————　骆驼

127　孙胡青　————————————　山谷回声 l 野马

130　鲍昌　————————————　那时,我的心 l 凉州古意

133　柯原　————————————　中国鸽子树 l 寄给海河

136　王玉树　————————————　新居生活畅想曲

138　肖文苑　————————————　李白故里

140 倪维德 —————— 泼水(歌词)|月光下的凤尾竹(歌词)

143 孟伟哉 —————— 迎春歌|海河对渤海说|天津人

147 石　英 —————— 翠亨村|作为医生

150 阿　乐 —————— 祖坟|侨乡石路

153 纪东序 —————— 孵|每当霞光燃烧的傍晚……

156 米　斗 —————— 我在钓饵与鱼之间

158 李子干 —————— 大海的语言

160 王　全 —————— 对镜吟

162 林　子 —————— 给他(之二)|给他(之十)

165 林　希 —————— 你曾经是我的舞伴

　　　　　　母亲的瞳孔里写着我的历史|无名河(节选)

170 陈茂欣 —————— 情感的表现方式|回首|山鬼

174 柴德森 —————— 森林的色彩|我愿裁得一匹瀑布

177 袁秉彝 —————— 百里盐滩

179 苏阿芒 —————— 我爱你,中华|手绢

182 白　金 —————— 我的血呦,血呦|变幻的云朵|驼影,大步走来

186 王榕树 —————— 海心|元素诗话·铍

190 高近远 —————— 两地情——献给我的妻

192 程宏明 —————— 猴戏

194 杨树楷 —————— 哦,天塔

196 刘中枢 —————— 荷花池|焊工祖孙

199 刘国良 —————— 残荷

201 石　祥 —————— 五百一十七级台阶|瞄星星

205 郭荣安 —————— 狐狸说过谎话

207 谷　羽 —————— 阳光 月光 目光——波罗的海滨海城市与

　　　　　　故乡时差五小时|架桥铺路工|雪花梨

211 冯景元 —————— 1976·钢丝绳谣|2005·春节农历表|2014·尘

216 任海鹰 —————— 望西沙群岛

218 万卯义 —————— 东方巨人(歌词)|神奇的中国字(歌词)

221　段振纲 　　　　　　　　　　　　　春天(外一首)I岁月的颜色

224　颜廷奎 　　　　　　　　　　　　　炊烟I黄河之冬I雪花

228　张雪杉 　　　　　　　　　　　　　祖国二题I黄河I中国

232　陈子如 　　　　　　　　　　　　　秋色I吻故乡

235　李超元 　　　　　　　　　　　　　唱吧,再唱一个

237　郜彬如 　　　　　　　　　　　　　春风娃娃

239　老　乡 　　　　　　　　　　　天伦I猎爱I回避鸟的目光

243　金同悌 　　　　　　　　　　我和我,你和你I山巅有许多云

246　张　翼 　　　　　一个坐着的词I响着的灯I一种姿势(节选)

250　怀　宇 　　　　　　外交官在家人的眼里I布朗宁森林踏春

254　乔富源 　　　　　入夜,走过唐诗宋词I此生说人话I旗帜

259　韩桐芳 　　　　　　　　　　　　　旷野的黄旋风

261　韩　伟 　　　　祝酒歌(歌词)I打起手鼓唱起歌(歌词)

264　王光烈 　　　　　　我给师傅来印书(新民歌)I情系军营

267　王淑臣 　　　　　　　海河纤夫曲I守卫在世界屋脊

271　唐绍忠 　　　　　　　　　　　　唤阿妈I品I老诗

275　丁国栋 　　　　　　　　　　　当……我们I走进夏天

278　宋仕敏 　　　　　　　　　在城市的夹缝中寻找故乡

280　扈其震 　　　　　　　　　　水淋淋的粽叶I想娘亲

283　路振忠 　　　　　　　　　　　　　　母亲

285　李　钧 　　　　　　　　枪杆诗三题I在没有阳光的地方

288　雷　人 　　　　　　　　　　　　　　水赋

291　胡元祥 　　　　　　　　　　　　　电杆颂

293　三　平 　　　　　　　与赑屃对话——写在大直沽

295　任芙康 　　　　　　　　　　　　山崖上一户人家

297　谷正义 　　　　　　　　　盐妹子哟你真美I夕阳西下

300　伊　蕾 　　　　　　　独身女人的卧室(组诗选三)

303　张连波 　　　　　　　　　　妈妈是一堵墙I围裙

306　白　青 　　　　　　　　　　白洋淀物语I草丛小路

309　田　放　　太阳树 | 有些情话,我是对天说的

312　王　杜　　十里堤上

314　吴裕成　　稻作农业——题《河姆渡遗址》邮票 |
题抗非典邮票 | 苏铁——题邮票诗

318　许向诚　　盲者之弦 | 土地 | 诗人

323　马国语　　身边外 | 乌托邦——致勒克莱齐奥

326　王玉梅　　老船 | 渔民飞镖

329　苗绪法　　瘦月有钩 | 渡口 | 靠近文字

333　张永生　　昆仑滩抒怀

335　王宏印　　南开园即景:或幻想曲

338　深　耕　　三才胡同

342　张重宪　　直觉证明 | 诗子弹

345　苗　睿　　你不来,我不敢老去

347　孙玉田　　秋雨中

349　刘则成　　母亲·搓板·洗衣机(节选) |
月亮,挂在中秋眼角的一滴泪

352　黄桂元　　季风 | 竹篱笆的背影

356　郭　栋　　电炉与红蜘蛛 | 写在SARS的深夜

359　芦　苇　　老玉米 | 苇之情

362　李新宇　　墓志铭 | 题贺卡

365　伊文领　　秋荷

367　刘功业　　月光酒瓶 | 雨茶 | 一枚椰子落在海上

372　段光安　　荒野黄昏 | 收割后的土地

375　吴　翔　　遥望孔子

377　樱海星梦　　长裙收紧的秋天

379　周义和　　致裂谷

381　宋曙光　　雕像——赠予晚年的艾青 | 母亲,是一条河 | 寻觅

385　王向峰　　书卷之恋 | 致美国乡村歌手约翰·丹佛

388　王晓满　　四月纪事 | 黄昏时分的风 | 潮水

392　张景云 —————————————— 那拉提

394　杨伯良 ———————————— 泥瓦匠 | 村戏

397　雷福选 ————————————— 锅和勺的感悟

399　朱国成 ————————————— 村边那盘老磨

401　郑秉伏 ——— 读——写给街头的一座雕像 | 留给历史的纪念

404　崔金琪 —————————— 焊条之歌 | 电弧炉启示录

407　邢序凤 ————————————— 主席走遍全国（民歌）

409　金学钧 —————————————— 与山为邻

411　王育英 —————————————— 无言的雕像

413　傅诚学 ————————— 鲁迅，中国的肺 | 在唐朝

416　红　杏 ———————— 青花瓷 | 亲，割吧 | 农夫与蛇

420　萧　沉 —————————————— 那时 | 民国纪

424　张　锋 —————— 今晚皓月当空 | 斜雨 | 星空在心中

428　于剑文 ——— 我的王 | 一地烂醉的花魂到处流浪 |

　　　　　　　　　　　　　　　　我选择了我的选择

432　石　冰 —————————————— 想象中的温暖

434　李永旭 —————————————————— 筋骨

436　肖华来 ———————————— 南湖，我以绿色梦着你

438　罗振亚 ————————— 夏夜 | 迟到的星星 | 腊梅

442　王树强 ————————————— 问道 | 菩萨蛮

445　张新宇 ———————————— 黑夜扇着蝴蝶的翅膀

447　简　宁 ————————————— 致亚历山大·普希金

450　张　晏 ————————— 感动 | 头等舱 | 微笑的莲花

454　清　云 —————————————— 留园留你

456　包宏纶 ———————— 父亲回乡下了 | 和儿子一起搓玉米

461　图　雅 ————————————— 母亲在我腹中 | 无题

464　李　伟 ————————— 骑自行车的国王 | 音乐与田野

467　王丽华 —————————————— 父亲的黑土地

469　李兰芳 —————————————— 灰色的大雁

471 惠 儿 —————— 认识你以后 | 婚姻

474 孔德云 —————— 扒盐

476 李恩红 —————— 写给芦苇

478 刘阶耳 —————— 九月摘除了荫翳

480 孟宪华 —————— 锡卡的蛙声

482 刘小芃 —————— 陈年普洱

485 杜 康 —————— 虱子热爱农业文明 | 神奇树

488 罗文华 —————— 残荷 | 博古架 | 送别岳父

492 滑盈欣 —————— 爱你成殇

494 邵衡宁 —————— 崔护之十里桃花

496 金 丹 —————— 列车继续前行

499 南 山 —————— 为黑夜辩护

501 庞琼珍 —————— 母亲送我最后一片光的宁静

503 陈 东 —————— 野杜鹃 | 乡村父子

506 王绍森 —————— 汨罗背影

508 穆继文 —————— 贝多芬的铜像正在指挥 | 我在想象树叶的美

511 徐 江 —————— 月光 | 六月的第四天 | 秋兴

515 李向钊 —————— 一亩田

517 康 弘 —————— 访凡·高最后生活的小镇(二首)

519 大 可 —————— 黄昏

521 管淑珍 —————— 一场猝不及防的惬意——常德道38号林修竹旧居

523 君 儿 —————— 怀念 | 色与空

526 汤 文 —————— 7.28或5.12——题记:生如蚁去如神

528 狄 青 —————— 在冬天逼近的日子里 | 私奔额济纳

531 岳 兵 —————— 猴年——写在本命年

533 罗广才 —————— 为父亲烧纸 | 白蘝

536 陈丽伟 —————— 一根稻草在马路上奔跑

538 胡庆军 —————— 月光下,谁的名字遗落在迎风的路口

540 张建明 —————— 我是我自己的祖国 | 花开之前

543　苏志坚 ——————————————————— 秘密

545　陈蕾棣 ——————————————— 梯道｜梦中的鼓

548　季晓涓 ———————————————— 我不敢直视她们

551　阿　蒙 ——————————————————— 眼睛的疼痛

553　张　彤 ——————————————————— 当真｜梦回江南

556　周　童 ——————————————————————— 老墙

559　姜　涛 ————————————— 草地上｜海鸥｜古猿部落

563　高　健 ——————————————————————— 羊皮鼓

565　探　花 ——————————————————————— 声声慢

567　田晓菲 ——————————————————— 秋来｜雪后

571　贾　东 ——————————————————————— 月光旗袍

573　紫　荆 ——————————————— 为一位老人和一个村庄送行

575　马知遥 ——————————————————— 单身｜一生

578　左文义 ——————————————————————— 黑花瓷

580　马　骅 ——————————————— 陈子昂在幽州台｜在变老之前

583　黄宝平 ——————————————————————————— 鹰

585　任　知 ——————————————————— 内心深处的掌声

587　朵　渔 ——————————————— 雨夹雪｜聚集｜最后的黑暗

591　中华民工 ————————— 春天里｜长在工棚窗下的谷莠子

594　侯宏江 ——————————————————————————— 生日

596　徐柏坚 ——————————— 世界的四月——献给我的父亲

598　朱春生 ——————————————————————————— 京剧

600　黎　阳 ——————————————————— 一首诗歌睡在纸上

602　震　海 ——————————— 瀚海微澜｜征服｜爱是那样的孤单

606　阎培举 ——————————————————— 我是一个疼痛的歌者

608　魏风华 ——————————————————————————— 梨木台上

610　孙　娟 ——————————————————— 二月风，这样走过

612　温皓然 ——————————————————————————— 致母亲

614　马菊芳 ——————————————————— 托尔斯泰最后一次出走

616　肖尚辰 ————————————————— 秋夜心事

618　康　蚂 ————————————————— 秃鹫

620　陈君 ————————————————— 总有情缘

622　王士强 —————————— 隐晦的春天 | 想起你

626　常英华 ————— 交出我八字里的富贵 | 旧时光里的疼痛

629　卢　桢 ————————————————— 墓园

631　王彦明 ————— 我看见了火焰 | 一场雪就是一个谎言

634　安　扬 ————————————————— 爱如旗袍

636　鬼　狼 ————————————————— 我梦里你的梦

638　田　明 ————————————————— 约定

640　温　度 ————————————————————— 月

642　毓　梓 ————————————————— 公子薄荷

644　冯芦东 ————————————— 平安夜——写给延玲

646　光双龙 ————————————————— 关于抽烟

648　陈　曦 ————————————————————— 喃喃

650　张牧笛 ————————————————————— 蓝

652　陈秋实 ————————— 人体解剖（或一九〇四年横滨）

"

Po
etry

1917—2017

天津百年新诗

NEW
POETRY OF
TIANJIN

诗

100 YEARS

又名琴湘，天津人，祖籍浙江余姚。

清末及民国时期天津著名教育家、诗人。是废科举后的第一批新式教员，先后任直隶学务处视学、直隶教育科主任、大营门中学校长、扶轮教育会顾问、江西教育厅厅长、天津广智馆馆长、河北省第一图书馆馆长、天津教育局局长、江西省副省长等职。

曾任《大公报》主编，南开大学的最早校董之一。天津城南诗社社长。著有《诗缘》《重阳诗史》等。

(1871 — 1947)

李金藻

过年叹

干戈满地，烽火连天。
今年闹逃兵，明天出抢案。
这一年中，
提心吊胆，哪得安闲？
咳，这个时候要过年！
过年净是花钱的事，这一年又是税又是捐，
这样的票子，那样的券，谁肯出钱？

小货摊星星点点，家家户户把门关，
鸦雀无声吃完了饭，早早地安眠。
财神手中的那一鞭（财神骑虎举鞭），
哪敌得过他腰间的六转（指左轮手枪）。
偏偏租界别有一天，灯花爆竹不减当年，
只怕把中国年认作了外国年！

字卓如、任甫，号任公，饮冰子、哀时客、中国之新民。广东新会人。

戊戌变法（百日维新）领袖之一、中国近代维新派。17 岁中举。师于康有为，戊戌变法失败后流亡日本。

1915—1929 年居津，在天津创办《庸言报》，倡导新文化，支持五四运动。与徐志摩有师生关系，是"文开白话先河""中国不可少之一人"，有著作《饮冰室合集》。

（1873 — 1929）

梁启超

爱国歌四章

泱泱哉！吾中华。

最大洲中最大国，廿二行省为一家。

物产腴沃甲大地，天府雄国言非夸。

君不见，英日区区三岛尚崛起，况乃堂乔吾中华。

结我团体，振我精神，

二十世纪新世界，雄飞宇内畴与伦。

可爱哉我国民，可爱哉我国民。

芸芸哉！吾种族。

黄帝之胄尽神明，浸昌浸炽遍大陆。

纵横万里皆兄弟，一脉同胞古相属。

君不见，地球万国户口谁最多？四百兆众吾种族。

结我团体，振我精神，

二十世纪新世界，雄飞宇内畴与伦。

可爱哉我国民，可爱哉我国民。

彬彬哉！吾文明。

五千余岁历史古，光焰相续何绳绳。

圣作贤述代继起，浸濯沈黑扬光晶。

君不见，褐来欧北天骄骤进化，宁容久扃吾文明。

结我团体，振我精神，

二十世纪新世界，雄飞宇内畴与伦。

可爱哉我国民，可爱哉我国民。

轰轰哉！吾英雄。

汉唐凿孔县西域，欧亚挼陆地天通。

每谈黄祸奢且栗，百年噩梦骇西戎。

君不见，博望定远芳踪已千古，时哉后起我英雄。

结我团体，振我精神，

二十世纪新世界，雄飞宇内畴与伦。

可爱哉我国民，可爱哉我国民。

祖籍浙江平湖。清光绪六年生于天津。

1905 年东渡日本留学，与曾孝谷、欧阳予倩创办春柳剧社。

1918 年于杭州虎跑寺剃度出家，出家后法名演音，号弘一，1942 年圆寂于泉州。

在中国近百年文化发展中，最早将西方油画、钢琴、话剧等引入国内，是学界公认的中国新文化运动先驱。一生留乐歌作品七十余首，其中《送别》，为电影《早春二月》《城南旧事》的主题歌。

（1880 — 1942）

李叔同

送别

长亭外，古道边，芳草碧连天。

晚风拂柳笛声残，夕阳山外山。

天之涯，地之角，知交半零落。

一壶浊酒尽余欢，今宵别梦寒。

长亭外，古道边，芳草碧连天。

晚风拂柳笛声残，夕阳山外山。

忆儿时

春去秋来，岁月如流，游子伤漂泊。
回忆儿时，家居嬉戏，光景宛如昨。
茅屋三椽，老梅一树，树底迷藏捉。
高枝啼鸟，小川游鱼，曾把闲情托。
儿时欢乐，斯乐不可作。
儿时欢乐，斯乐不可作。

谢世遗嘱

朽人已于九月初四谢世，赋二偈，录于后

君子之交
其淡如水
执象而求
咫尺千里

问余何话
廓尔亡言
华枝春满
天心月圆

1942 年 10 月《弘一大师文集·书信卷》

字守常，河北乐亭人。

1907 年考入天津北洋法政专门学校。

1913 年东渡日本，入东京早稻田大学政治本科。

1916 年回国后，任北京大学图书馆主任兼经济学教授，投身于正在兴起的新文化运动并成为一员主将。

1920 年在北京大学组织中国第一个马克思学说研究会。

1921 年中国共产党成立后，负责北方的全面工作，直接领导天津的组织。

1927 年在北京被捕遇害，时年 38 岁。

有鲁迅先生作序的《李大钊选集》《李大钊诗文选集》出版。

（1889 — 1927）

李大钊

山中即景

一

是自然的美，是美的自然；

绝无人迹处，空山响流泉。

二

云在青山外，人在白云内；

云飞人自还，尚有青山在。

选自《新青年》1918 年第 5 卷

原名章垿，留学英国改名志摩。新月派代表诗人。

1915 年毕业于杭州一中，先后就读于上海沪江大学、天津北洋大学。

1918 年赴美国克拉克大学学习银行学，获学士学位。

同年，转入纽约哥伦比亚大学研究院经济系。

1921 年赴英国留学，在剑桥两年，奠定其浪漫主义诗风。

1923 年成立新月社。

1924 年、1930 年两度任北京大学教授，兼北京女子师范大学教授。

1931 年 11 月 19 日因飞机失事罹难。

诗集主要有《翡冷翠的一夜》《志摩的诗》《猛虎集》。

（1897 — 1931）

徐志摩

雪花的快乐

假若我是一朵雪花，
翩翩的在半空里潇洒，
我一定认清我的方向
——飞扬，飞扬，飞扬，
这地面上有我的方向。

不去那冷寞的幽谷，
不去那凄清的山麓，
也不上荒街去惆怅
——飞扬，飞扬，飞扬，
你看，我有我的方向！

在半空里娟娟的飞舞，
认明了那清幽的住处，
等着她来花园里探望
——飞扬，飞扬，飞扬，
啊，她身上有朱砂梅的清香！

那时我凭藉我的身轻，
盈盈的，沾住了她的衣襟，
贴近她柔波似的心胸
——消溶，消溶，消溶，
溶入了她柔波似的心胸。

《志摩的诗》1928 年版

沙扬娜拉
——赠日本女郎

最是那一低头的温柔，
像一朵水莲花不胜凉风的娇羞，
道一声珍重，道一声珍重，
那一声珍重里有蜜甜的忧愁——
　　　　沙扬娜拉！

组诗《沙扬娜拉十八首》中的最后一首

再别康桥

轻轻的我走了，
正如我轻轻的来；
我轻轻的招手，
作别西天的云彩。

那河畔的金柳，
是夕阳中的新娘；
波光里的艳影，
在我的心头荡漾。

软泥上的青荇，
油油的在水底招摇；
在康河的柔波里，
我甘做一条水草！

那榆荫下的一潭，
不是清泉，是天上虹；

揉碎在浮藻间，
沉淀着彩虹似的梦。

寻梦？撑一支长篙，
向青草更青处漫溯；
满载一船星辉，
在星辉斑斓里放歌。

但我不能放歌，
悄悄是别离的笙箫；
夏虫也为我沉默，
沉默是今晚的康桥！

悄悄的我走了，
正如我悄悄的来；
我挥一挥衣袖，
不带走一片云彩。

安徽霍邱人。1924 年参加创办鲁迅倡导的未名社，后在北京、天津、四川、台湾等地任教。

1949 年起在天津南开大学外文系任教，后任系主任。曾任天津文化局长、文联主席，中国作协名誉副主席。

20 世纪 20 年代开始文学创作，著有《温暖集》《意大利访问记》《怀旧集》等，以及纪念鲁迅的散文集《鲁迅精神》《鲁迅先生与未名社》，诗集《乡愁与国瑞》《卿云集》《琴与剑》；译著《简·爱》《被侮辱与损害的》。

（1904 — 1997）

李霁野

生辰抒情

过去了七十六年，
我看见过许多笑脸；
有的笑里含着真情，
有的笑里藏着利剑！

有些书友只有点头之交，
有些书友却是终生友好。
可惜我的许多良友
在浩劫中被抢被盗！

我写过些美妙诗篇，
抒写初恋的狂欢，
歌颂英雄，叹咏佳丽，
在浩劫中残存星星点点！

保存几十年的书简，
有些是情意缠绵，
有些是泪痕斑斑，
全部受到无情摧残！

我吃过些莲心黄连，
但我从不愁眉苦脸。
举首看望碧蓝天空，
纵目观览锦绣河山。

愿百花齐放文苑！
愿百家争鸣论坛！
愿党发扬优良传统！
愿四化大增民族尊严！

诗集《琴与剑》代序诗

我爱夜阑人静拂琴自遣，
朗诵低吟古今中外诗篇，
有些诗篇悱恻缠绵，
有些诗篇壮烈哀婉。

我爱看庭院百花争艳，
也爱看深山幽谷孤兰。
我爱看黎明阳光灿灿，
也爱看黄昏新月娟娟。

我爱听清泉石上潺潺，
黄鹂林间歌喉婉转，
妻稚情亲笑语声喧，
挚友情侣论诗谈玄。

我爱真理，有时怒目拔剑，
我爱正义，有时策马挥鞭。
我不喜欢庸俗和气一团，
我更憎恶虚伪应酬周旋。

只要有忠心赤胆，
怕什么蜚语谗言，
怕什么无端诬陷，
怕什么刁难摧残！

真金不怕烈火烧炼，
荷花不怕池泥污染。
我不羡慕世外桃源，
我爱丰富多彩的人间。

原名焦承志，浙江绍兴人，生于天津。

1924 年进北平燕京大学政治系读书，开始诗歌、小说创作。
1928 年毕业后任北平第二中学校长。
1930 年创办北平戏曲专科学校并任校长。
1935 年去法国巴黎大学学习，1937 年获文学博士学位。
次年回国，在广西、四川等地教书。

抗战胜利后，任北师大英文系主任，创办北平艺术馆。1949 年任北师大文学院院长兼外国语文学系主任。1952 年起，一直担任北京人民艺术剧院第一副院长、总导演，直至病逝。主要诗作有散文诗集《夜哭》、诗集《他乡》，《焦菊隐文集》十卷。

(1905 — 1975)

焦菊隐

夜哭（散文诗）

夜正凄凉，春雨一样的寒战的幽静的小风，正吹着妇人哭子的哀调，送过河来，又带过河去。

黑色孵着一流徐缓的小溪，和水里影映着的惨淡的晚云，与两三微弱的灯光，星月都沉醉在云后。

我毫不经意地踱过了震动欲折的板桥，黑，寒，与哀怨，包围着我如外衣一样。

夜正凄凉，春雨一样的寒战的幽静的小风，正吹着妇人哭子的哀调，送过河来，又带过河去。

我只能感觉这远处吹来的夜哭声，有多么悲惋，多么惨情，她内心思念牛乳样甜而可爱的儿子有多么急切焦忧呢？这我可不能感觉了。我不能感觉，因为黑，寒，与哀怨，包围着我如外衣一样。

夜正凄凉，夜里的哭声颤动了流水，潺潺地在低语，又好似痛泣。

1924 年 3 月 12 日夜，津

号洗岑，笔名黎地、曦晨等，山东邹平人。

1929 年考入北京大学外语系，1935 年大学毕业，回济南任中学教师。并与北大学友卞之琳、何其芳合出诗集《汉园集》。

抗战胜利后，先后在南开大学、清华大学任教。1952 年任云南大学副校长，主持学校日常工作。1957 年任云南大学校长。出版诗集《李广田诗选》等。

（1906 — 1968）

李广田

秋
灯

是中年人重温的友情呢，
还是垂暮者偶然的忆恋？
轻轻地，我想去一吻那灯球了。

灰白的，淡黄的秋夜的灯，
是谁的和平的笑脸呢？
不说话，我认你是我的老相识。

叮，叮，一个金甲虫在灯上吻，
寂然地，他跌醉在灯下了：
一个温柔的最后的梦的开始。

静夜的秋灯是温暖的，
在孤寂中，我却是有一点寒冷。
咫尺的灯，觉得是遥遥了。

地之子

我是生自土中，
来自田间的，
这大地，我的母亲，
我对她有着作为人子的深情。
我爱着这地面上的沙壤，湿软软的，
我的襁褓；
更爱着绿茸茸的田禾，野草，
保姆的怀抱。
我愿安息在这土地上，
在这人类的田野里生长，
生长又死亡。

我在地上，
昂了首，望着天上。
望着白的云，
彩色的虹，
也望着碧蓝的晴空。
但我的脚却永踏着土地，
我永嗅着人间的土的气息。
我无心于住在天国里，
因为住在天国时，
便失去了天国，
且失掉了我的母亲，这土地。

原名陈守梅，又名陈亦门，浙江杭州人。"七月诗派"骨干成员之一。

早年就读于上海工业大学，为国民党中央军校第十期毕业生。参加过淞沪抗战。

1939 年到延安，在抗日军政大学学习。

1946 年在成都主编《呼吸》，次年遭国民党当局通缉。

1949 年后在天津文协任编辑部主任。

著有诗集《无弦琴》，报告文学《南京血祭》，诗论《人和诗》《诗与现实》等。

（1907 — 1967）

阿垅

无题

不要踏着露水——
因为有过人夜哭……

哦，我底人啊，我记得极清楚，
在白鱼烛光里为你读过《雅歌》。

但是不要这样为我祷告，不要！
我无罪，我会赤裸着你这身体去见上帝……

但是不要计算星和星间的空间吧
不要用光年；用万有引力，用相照的光。

要开作一枝白色花——
因为我要这样宣告，我们无罪，然后我们凋谢。

落在纸上的雪

从很久以前就想着，是不是
推开朝南的门窗，还要隔着
一场雪的降临，去遥望你。

两只问路的鞋子，多像风中相依
相互取暖的孩子。只听见摇摆的树枝
含糊的回应声里沾满了灰尘。

野地里的乌鸦，被风吹开的花
不知寒冷，不觉孤独，打着漆黑的灯
使陈旧的祷词浴火，跳舞给自己看。

雪花漫天飞舞。一夜激情过后
你胸前筑巢的两只白鸽，已日渐成熟
闪耀出了母性的光辉。

能否映照到一滴泪中的故乡？
雪落在纸上，浸透了这个世界的苍白。
再往前走，就是正在脱胎换骨的春天。

雷声如鼓，大路朝天。
我们已说好，在这个春天不读书
赶着牛车，重新恋爱，再次流浪。

孤岛

在掀腾的海波之中，我是小小的孤岛，如同其他的孤岛

在晴丽的天气，我能够清楚地望见大陆边岸的远景

似乎隐隐约约传来了人声，虽然远

但是传来了，人声传来

有的时候，也有一叶小舟渡海而来，在我的岸边小泊

而在雾和冬的季节，在深夜无星之时，我不能看到你了

我只在我的恋慕和向往的心情中看见你为我留下的影子

我，是小小的孤岛，然而和大陆一样

我有乔木和灌木，你的乔木和灌木

我有小小的麦田和疏疏的村落，你的麦田和村落

我有飞来的候鸟和鸣鸟，从你那儿带着消息飞来

我有如珠的繁星的夜，和你共同在里面睡眠的繁星的夜

我有如桥的七色的虹霓，横跨你我之间的虹霓

我，似乎是一个弃儿然而不是

似乎是一个浪子然而不是

海面的波涛嚣然地隔断了我们，为了隔断我们

迷惘的海雾黯淡地隔断了我们

想使你以为丧失了我而我以为丧失了你

然而在海流最深之处，我和你永远联结而属一体，连断层地

震也无力使你我分离如同其他的孤岛

我是小小的孤岛，你的儿子，你的兄弟

湖南华容人，1925 年入黄埔军校第四期学习。

1926 年参加北伐战争，曾任国民革命军第 6 军 19 师政治指导员。
1927 年参加湘鄂西秋收起义。
1930 年在上海加入"左联"成为一名文化战士。
1938 年投笔从戎。

解放战争时期，任张家口卫戍区司令部副参谋长、察哈尔军区司令部参谋长、华北野战军第 200 师师长。1955 年授少将军衔，任河北省军区副司令员、天津警备区司令员。1982 年被选为天津市文联名誉主席，著有《方之中文集》《方之中文选》。

方之中

人民军队的大宪章

——读总司令在政协的讲话（节选）

人民军队的朱总司令，
从政协会上发布了庄严的声明，
对人民是一种保证，
对军队是一种命令：

从岛屿到大陆，
从汉回到蒙藏，
凡属中国版图和民族之内，
不留敌人一兵一将！
倾黄河之水，
洗尽千年耻辱，百年肮脏！
对敌人仁慈、姑息，
就是对人民背叛、造反！

世界上多增了
独立自由的人民公园，
领主们便减少了
物美价廉的奴隶劳动；
往日的豪华生活，
将时时勾起他们的旧梦。
他们会
千方百计来破坏，
使之消灭才甘心！
我们粉碎了枷锁，做了主人，
要好好地栽种花草，
保卫她的茁壮和繁荣，
如有猪嘴伸进园来，
坚决打断它的脊梁骨！

原名万家宝，祖籍湖北潜江，出生在天津。其父曾任总统黎元洪的秘书。

1922 年入读南开中学，1926 年开始在《庸报》副刊《玄背》上发表短诗。

1928 年升入南开大学，后转清华大学攻读西洋文学。

1933 年处女作话剧《雷雨》问世。

历任中国文联常委委员、执行主席；中国戏剧家协会常务理事、副主席；中国作协理事，北京市文联主席；中央戏剧学院副院长，名誉院长；北京人民艺术剧院院长等职。代表作品有《雷雨》《日出》《原野》《北京人》。

（1910 — 1996）

曹禺

四月梢，我送别一个美丽的行人

古城啊，古城，
这般蕴藏着怅惘，
这般郁积着伤心。
今夜凄淋的雨打着
摇曳的灯。
水泻的泥路上彳亍着一个
落寞的行人。
我仍然冒着冷雨
送你归去。
你明晨便将无踪无影。

古城啊，古城，
苍苔盖满了颓墙，
土径铺润着青茵。
今夜呜呜的湿风吹着淅沥的雨，
送你飞越溪畔，又穿过荒林。
你便这般悄悄地离开这里，
明朝只有睡柳号着凄音。

古城啊，古城，
日后墙外不飞袅袅柳絮，
日后楼头不见纸鸢轻影。
这一夜半，
枝头的湿花滴沥着
凄伤的泪，
便飘飘地沾埋污泥，
又投入流水伴你长征。
明晨熹光斜照一堆
残颓的花，
你已无踪无影。

老了

你再不年轻，
你再不像朵花；
你脸上有深深的皱纹，
白丝染遍你的耳鬓。
你愁锁着眉痕，
夜半你辗转不眠。
你和我一样睡不着，
你低声叹息，怕我惊醒。
病床上的老人，
时时在你心中。
我颤抖，你惊起来，
做了什么噩梦，这样心惊？
你是绚丽的晚霞，
我是无边湖上的寒冰；
寒冷的湖面反映着你的脸，
冰下活泼泼的鱼是深情。
我们老了，都老了。
残霞照着静静的湖冰。
永远忘不了你啊，
有一天我闭上眼睛。
我们是黑夜的萤火，
星星发亮的正是我们。

曾用名季陵，祖籍南京，生于江苏海门。新月派代表诗人。

抗战时期在各地任教，其间到过延安从事教学，并随军访问至太行山。曾在天津南开大学任教，1947—1949年做客英国牛津；1949—1952年任北京大学西语系教授。是享受终身制待遇的中国社科院文学所研究员；国务院学位委员会第一、二届外国文学评议组成员；中国莎士比亚研究会副会长；历任中国作家协会理事。

（1910 — 2000）

卞之琳

断
章

你站在桥上看风景，
看风景的人在楼上看你。

明月装饰了你的窗子，
你装饰了别人的梦。

古镇的梦

古镇上有两种声音
一样的寂寥，
白天是算命锣，
夜里是梆子。

敲不破别人的梦，
做着梦似的
瞎子在街上走，
一步又一步。
他知道哪一块石头低，
哪一块石头高，
哪一家姑娘有多大年纪。

敲沉了别人的梦，
做着梦似的
更夫在街上走，
一步又一步。
他知道哪一块石头低，
哪一块石头高，
哪一家门户关得最严密。

"三更了，你听哪，
毛儿的爸爸，
这小子吵得人睡不成觉，
老在梦里哭，
明天替他算算命吧！"

是深夜，
又是清冷的下午；
敲梆的过桥，
敲锣的又过桥，
不断的是桥下流水的声音。

雨同我

"天天下雨，自从你走了。"
"自从你来了，天天下雨。"
两地友人雨，我乐意负责，
第三处没消息，寄一把伞去？

我的忧愁随草绿天涯：
鸟安于巢吗？人安于客枕？
想在天井里盛一只玻璃杯，
明朝看天下雨今夜落几寸。

浙江宁波人。原名李希，曾用名李劳荣。

上海文化界救亡协会宣传干事。

1938 年到天津，后任《大公报》英文翻译兼副刊编辑。1949 年参与《天津日报》创办，任编辑部文艺组组长。1960 年任《新港》文学月刊编委兼编辑部副主任。1949 年 7 月，曾出席过第一次文代会。出版诗集、散文集多种，翻译作品十二部。

（1911 — 1989）

劳荣

北斗星

北斗星
航海者底路标。

脆弱的意志，
脆弱的心
与山立的浪涛搏战，
退流千里；
在荒岛边
再收拾帆桨
继续前进，望着
北斗星。

浩渺的海洋
成年漂航，
仿佛永远失了边际，
但没有失落信心；
鼓着不屈的勇志，
继续前进，望着
北斗星。

经历千辛万苦，
数不尽的磨难与
饥饿，
也熬过了海鲛
美色的考验，
黄金国的诱惑；
终于，把握原来的航程
继续前进，望着
北斗星。

纵使，有一日
恶浪汹波
冲翻小船，
海水灌满肚子，
漂流海面的
尸首；
依然要
继续前进，望着
北斗星。

时间

没有声响，没有形体，
悄悄地，在每个人身边停留，
从每个人跟前溜走。

它无所不在，又无处寻觅；
对我，对他，对你，
可能一片空白，从中也可能发生奇迹。

中国的万里长城，
埃及的金字塔，
不过是，
时间的小小淀积。

二十世纪不过一个起点，
历史的长河，
宇宙的呼吸，
绵延洪荒和未来。

过去——一个个句点，
未来——一个个逗点，
现在——一个个长长惊叹号，
任人捕捉，任人抛弃。

给某些人一片空虚，
给一些人虎虎生气；
给所有的人以希望、喜悦，
当然，也少不了呻吟和叹息。

生于重庆万州。1929 年到上海入中国公学预科学习，接触新诗，1931—1935 年在北京大学哲学系学习。

大学毕业后，先后在天津南开中学和山东莱阳乡村师范学校（现鲁东大学）任教。1938 年到延安鲁迅艺术学院任教，同年发表作品《生活是多么广阔》《我为少男少女们歌唱》。

曾任中国文学艺术界联合会委员，中国作家协会书记处书记，中国社科院文学研究所所长等职。1936 年与卞之琳、李广田出版诗歌合集《汉园集》。

（1912 — 1977）

何其芳

月下·罗衫

今宵准有银色的梦了，
如白鸽展开沐浴的双翅，
如素莲从水影里坠下的花瓣，
如从琉璃似的梧桐叶
流到积霜的瓦上的秋声。
但眉眉，你那里也有这银色的月波吗？
即有，怕也结成玲珑的冰了。
梦纵如一只顺风的船，
能驶到冻结的夜里去吗？

我是，曾装饰过你一夏季的罗衫，
如今柔柔地折叠着，和着幽怨。
襟上留着你嬉游时双桨打起的荷香，
袖间是你欢乐时的眼泪，慵困时的口脂，
还有一枝月下锦葵花的影子
是在你合眼时偷偷映到胸前的。
眉眉，当秋天暖暖的阳光照进你房里，
你不打开衣箱，检点你昔日的衣裳吗？
我想再听你的声音。再向我说：
"日子又快要渐渐地暖和。"
我将忘记快来的是冰与雪的冬天，
永远不信你甜蜜的声音是欺骗。

欢乐

告诉我，欢乐是什么颜色？
像白鸽的羽翅？鹦鹉的红嘴？
欢乐是什么声音？像一声芦笛，
还是从簌簌的松声到潺潺的流水？

是不是可握住的，如温情的手？
可看见的，如亮着爱怜的眼光？
会不会使心灵微微地颤抖，
而且静静地流泪，如同悲伤？

欢乐是怎样来的？从什么地方？
萤火虫一样飞在朦胧的树荫？
香气一样散自蔷薇的花瓣上？
它来时脚上响不响着铃声？

对于欢乐，我的心是盲人的目，
但它是不是可爱的，如我的忧郁？

我为少男少女们歌唱

我为少男少女们歌唱。

我歌唱早晨，

我歌唱希望，

我歌唱那些属于未来的事物，

我歌唱正在生长的力量。

我的歌呵，

你飞吧，

飞到年轻人的心中

去找你停留的地方。

所有使我像草一样颤抖过的

快乐或者好的思想，

都变成声音飞到四方八面去吧，

不管它像一阵微风

或者一片阳光。

轻轻地从我琴弦上

失掉了成年的忧伤，

我重新变得年轻了，

我的血流得很快，

对于生活我又充满了梦想，充满了希望。

祖籍四川江津，笔名孙滨。中国作家协会会员。

历任延安西北文工团文学组长，哈尔滨东北铁路总局政治部宣传科长，东北航务总局航运处长。天津中波海运公司处长，中国外运代理公司副总经理，天津外运代理公司经理。

1931年开始发表作品，著有诗集《一个年轻女人的故事》《山川海洋集》《桑榆之恋》《新世纪呼声》等。

凌丁

客船

崭新的一艘客船，
航行在珠江上，
它是多么的精神啊！
一直冲驶向前。

风在追赶着它，
浪在追赶着它，
水鸟在追赶着它——
它们在骄傲地比赛着。

两岸的青峰，
广袤的稻田，
乡村和城镇，
都欢迎着它。

农民从稻田里伸起腰来，
母亲和孩子从家里跑出来，
两岸一时人声鼎沸——
喊叫着，欢呼着；奔跑的，跳跃的，
都向着它招手……

正当中午的时候，
集镇上正当闹市，
无数的眼睛闪亮在阳光里，
工厂的烟囱伸得很高很高，
冒着淡淡的青烟。

那儿正在筑堤，
人们在传递着泥土和石料，
技术员在指挥着，
他们一下都转过头来了。

那只对面漂来的小船，
妇人在前，男人在后，
他们一面摇桨，一面笑着
让浪头把他们
打得摇摇荡荡……

崭新的一艘客船，
在珠江上航行着，
凡是看见它的人，
都像看见了自己的亲人。

无
题

踌躇在栅栏之外
却不敢去采撷那朵小花
许多年龄都在期待中枯萎了
收割的只能是一片凄凉

前面的开阔地总要走过去
没有绿荫遮阳已成为事实
要么跌入海底永远沉船
要么耸起身躯化为山脉

唱着歌也好，流着泪也好
冲过去就是壮举
属于每个人的路就那么长
何必蜷缩起身躯爬行

原名馨迪，祖籍江苏淮安，生于天津。就读南开中学时期开始写诗。后毕业于清华大学外文系。

1936—1939 年在英国爱丁堡大学进修，回国后任暨南大学、光华大学教授，中华全国文艺协会上海分会秘书。

1948 年加入中国民主同盟。1949 年后历任上海烟草工业公司、上海食品工业公司副经理，中国作协第四届理事、上海分会副主席。1981 年与八位诗友结集出版《九叶集》，"九叶"诗派由此定名。

著有诗集《珠贝集》《手掌集》《辛笛诗稿》等。

(1912 — 2004)

王辛笛

航

帆起了
帆向落日的去处
明净与古老
风帆吻着暗色的水
有如黑蝶与白蝶

明月照在当头
青色的蛇
弄着银色的明珠
桅上的人语
风吹过来
水手问起雨和星辰

从日到夜
从夜到日
我们航不出这圆圈
后一个圆
前一个圆
一个永恒
而无涯涘的圆圈

将生命的茫茫
脱卸与茫茫的烟水

山中所见——一棵树

你锥形的影子遮满了圆圆的井口
你独立，承受各方的风向
你在宇宙的安置中生长
因了月光的点染，你最美也不孤单
风霜锻炼你，雨露润泽你，
季节交替着，你一年就那么添了一轮
不管有意无情，你默默无言
听夏蝉噪，秋虫鸣

蝴蝶、蜜蜂和常青树

——海外诗简之六

开始相爱的时候不知有多年轻，

你是一只花间的蝴蝶，

翩翩飞舞来临。

为了心和心永远贴近，

我常想该有多好：

要能用胸针

在衣襟上轻轻固定。

祝愿从此长相守呵，

但又不敢往深处追寻，

生怕你一旦失去回翔的生命。

生活在一起了，

知己而体己，

心心念念于共同事业的一往情深。

你不只是一枝带露的鲜花，

而且是只蜜蜂栖止在颊鬓。

年华如逝水，

但总是润泽芳馨。

家已经成为蜂巢，

酿出甜甜的蜜，

往往更为理想而忘却温存。

峥嵘的岁月战斗方新，

送走了多少个期待的早晨，

度过了多少个焦灼的黄昏。

两只小船相依为命，

有时月朗天清，有时也风雨纷纷。

熟悉而服帖，

彼此心上的皱纹早经一一熨平。

常青树深深合抱生根，

更给我们以清凉的覆荫，

遮雨遮阳，就像一把伞那样殷切可亲。

原名孙树勋，河北省安平县人。

1933 年毕业于保定育德中学。

1936 年任安新县同口镇小学教师。

1938 年编刊物开始使用孙犁作为笔名。

1945 年在延安《解放日报》发表著名的短篇作品《荷花淀》。先后担任过延安鲁艺教员，晋察冀通讯社、《晋察冀日报》《平原杂志》编辑。

1949 年后历任《天津日报》副刊科副科长、报社编委，天津市作家协会主席、中国作家协会名誉副主席，中国文联荣誉委员。

著有长篇小说《风云初记》、中篇小说《铁木前传》及《孙犁文集》《孙犁散文集》《孙犁新诗选》《芸斋短简》《耕堂读书记》。

（1913 — 2002）

孙犁

希望——七十自寿

七十岁
时间够长的了
我没有想到
我能活这样长久

我自幼多病
母亲说我是佛脚下的童子
终归还去
在同口教书时
一个同事断言
我活不到四十岁

七十年
如果不是我不断掸扫
就是落到我身上的灰尘
也能把我埋葬

何况有疾病
有饥寒
有枪弹
有迫害和中伤
有人只是为了
针眼大的一点私利
就无端图谋

别人的身家性命

但是我终于没有死
这并不是因为我勇敢
而是因为我怯弱
鲁迅说
死是需要勇气的

我不知道
我哪一天会死去
会在怎样的情况下死去
反正时间不会太长了
死亡终究是一大悲剧

我回顾了一下
我的一生
我同时向前面瞻望
我的为人
也有所谓道乎

我总是放一个希望
在我的眼前
它可以是一只风筝
可以是一泓秋水

可以是不管什么山头上的
一片云
什么林苑里的一团雪
黄昏或是黎明
天边悬挂的一弯新月
它们都能给我一种希望

希望是梦幻
也无关紧要
我养不起也养不活
高贵的花
每年冬末春初
我在小水盆里
养一株大白菜的花
花是黄色的
近似一个梦

种在水盆里的白菜花
不能结籽
紧接着
我又种上原始的牵牛花
它的花朵很小，颜色淡紫
像一缕青烟
像就要凝结的晨雾
这当然又是一个梦

我从记事起
每天夜里都要做梦
七十年的梦该有多少
所有的梦都忘记了
唯有希望的梦在我的前面

我结识了一个少女
即使少女不对我笑
我每天晨起
等候她从家门口走出来
注视她的身影

我摊开一本新书
我修整一册破旧的书
我的心升华了
我的灵魂变得
纯洁而明净

有一位死去的朋友
曾经对我说
人之所以不够理想
就是因为不读书

我读所有的书
圣贤传道的书
星象占卜的书
农耕授时的书
牛羊畜牧的书
但我不愿再读
大言欺人
妖言惑众的书

希望总是在我的前面
希望牵引着我的灵魂向上
当我最终闭上眼睛
希望也不会消失

本名仁健，字岂梦，笔名有朱石笺、庄损衣、杞人、珰朗、净子等，生于天津，朱熹的后裔。

1928 年入南开中学上学。

1932 年考入北平民国学院，得遇在该校任教的林庚，常在一起写诗论诗。

1935 年秋结识废名，从此在诗坛追随林庚、废名二人。不久自费出版诗集《无题之秋》，成为生前唯一一部公开面世的著作。

1940 年至 1941 年在北大担任讲师，主讲新诗，曾与沈启无一起编辑《文学集刊》，并编选废名、沈启无的诗歌合集《水边》。

1949 年后在贝满女中教书，直至退休。

后半生一直坚持"民间地下写作"，是北方沦陷区的代表诗人。

（1913 —— 1983）

朱英诞

戏鱼

来看这些游动的鱼，临水，
贪用慈悲的眉目，十分美，
像看主人的活泼的孩子，
"我的孩子，嘘！"

啊，你用心之语来说吧。
但，泼剌的，一下把水搅动
成一个热烈的，但是懂
礼貌的舞步。

而它是那火焰徐徐地拂着。
在辉煌的寒宵；
或是青色的破晓而像暮色苍茫，
这时我也要落入黑甜的梦想。

箫

一支最动人的，魔术的箫，
拿在那花一般的人的手里；
它是一切有生物和无生物，
它是你的故乡。

那是一面最精密的蛛网，
它完美得正如那纺织出十二角平行线的
蜘蛛的经纶的组织，
完美得一粒微尘也不能脱身。

当采薇的人已经长眠之后，
古代的乌江彼岸曾经有一夜，
它用心的歌哭着，
在宜人的风林明月之下。

而使得那听到它的每一个怀疑着，
这是神仙的智慧；呜咽着，
于是那幽微的但是浩荡的风，
使得三千人不约而同地一齐动容。

而被吹散如一张薄纸和纤细的草啊，
那些背井离乡的幽灵们，
唯我们是两点之间的一条最短的直线，
距离不长，可是很远……

冬天

这件事已经到了冬天了，
毁灭或是憩息，
满地无人收拾的果实变成泥土，
和春花秋叶一样。

棕黄色的旋风像巨大的石柱，
在天与地之间移动着，
我摸索着走出庙宇的大门来，
冰雪开始建筑它们的几何学的悲哀。

原名许图地，福建同安人。童年随父侨居越南，1932 年回国。

1933 年加入反帝大同盟，1936 年参加左联，1938 年入延安抗大学习。曾任晋察冀军区民运干事、战地记者。

1949 年后，历任天津市文学工作者协会主席、中国作协第四届理事天津分会主席、天津分会副主席等职。

著有诗集《醒来的时候》《星的歌》《时间的歌》《天青集》《鲁藜诗选》等。

（1914 — 1999）

鲁藜

山

在夜里
山花开了，灿烂地

如果不是山的颜色比较浓
我们不会相信那是窑洞的灯火
却以为是天上的星星

如果不是那
大理石般的延河一条线
我们会觉得是刚刚航海归来
看到海岸，夜的城镇底光芒

我是一个从人生的黑海里来的
来到这里，看见了灯塔

一个深夜的记忆

月光流进门槛
我以为是阳光
开门，还是深夜

不久，有风从北边来
仿佛吹动了月亮的弓弦
于是我听见了黎明的音响

河岸被山影压着
有星流过旷野去
我感觉到万物还在沉睡
只有我是最初醒来的人

泥土

老是把自己当作珍珠
就时时有怕被埋没的痛苦

把自己当作泥土吧
让众人把你踩成一条道路

河北省任丘市人，居天津。原名远保坤，又名远秀峰。

1930 年，参加中国左翼作家联盟。九一八事变后参加保定学生抗日救亡运动。

1938 年在冀中抗日《自卫》报担任记者，并先后做过《歌与剧》《新世纪诗刊》《诗与画》等刊物的编辑与出版工作。

1949 年后，先后担任《河北日报》副刊组长，河北省文联秘书长、副主席，省文化局副局长、宣传部副部长等职。

出版有《三唱集》《古巴速写》等诗集和《远千里诗文集》。

（1915 — 1968）

远千里

夜闻雨声

忽听窗外洒洒声，
梦中猛惊起，
疑是亿万珍珠落地。
探视帘外，
仿佛降落无数大米小米。

一阵凉爽，
心情舒畅。
天明去看庄稼，
棵棵精神，
绿叶卷着水珠，
直要长上天去。

生命

生命和人交朋友，
不过几十年，
岂能将它轻轻重掷？
碌碌无为是一生，
卑躬屈膝是一生，
而磊落光辉
照耀千古
也是一生！

浙江舟山人，1935 年考入天津河运学校，发起成立革命诗歌团体海风社，主编《诗歌小品》《诗讯》《诗讯周刊》等刊物。

1937 年在津被日本特务机关杀害。

著有诗集《风沙夜》《白河》。

（1916 — 1937）

邵冠祥

信心

我有一个信心，
永恒向光明飞奔，
不怕目前的困难，
为自由而战争。

久炼我们的骨骼，
坚韧此刻的苦难。
我们要提起通红的火把
结成大队，向敌人冲杀！

我们的血快给吸净，
帝国的爪牙爬过我们的周身，
我们不能再图安详的好梦，
快荷起枪刀，争取生存！

祖先没生我们做奴隶，
我们要承受这笔遗产！
从外蒙一直到海南，
尽都是我们的河山！

这个时代不容你分辩，
真理就是一条铁鞭；
我们只有一个信心，
为光明、自由而战。

白河（节选）

你有如飞的狂流，
让一片荒岸落在你的身后。
你夹着泥沙你跑，
你吐着白沫你走。

这些地带太是荒凉，
这些地带太是闷郁！
你沉默你也歌唱
你走，你去你要去的地方。

你没有告诉人你从哪儿来
（你是怕生的人游客路过这里？）
你头也没回，提着腿，
这地方太小，你走入大海。

一点没依恋经过这都城，
（你没停一停脚或问一问他的姓名）
你像没听见这里千万种声音，
夹杂着呐喊、哀哭、呻吟！

多少伤痕已砍在你周身，
多少鲜红的血滴入你腰怀，
那些依偎于你的丘野与山林，
也都变了色在抱头哭喊！

难道你没有知晓，
横过你身旁的那些风暴？
多少无辜而死的奴隶的尸首，*
像石块一样向你怀里抛！

哦！那些多尸首随着你漂去，
（也从那里带来，又带向何处？）
你们犯的什么罪过
轻轻地死了，没一声叹息。

这是死，不是空灵的迷！
他们要生存，心里点着饥饿的火把
……

*1925 年 7 月报载，每天有无名尸首由白河上游而来，均系着短衣之青年工人，
闻为某某建一秘密工程，工程告成后，将此等工人杀害。

号
声

一阵阵悲壮的号声从暗夜响起，
随着十一月的深更飘飞；
它摇醒了安静的大地，
还有那些江河也起了波涛，
如潮水的人群慌乱地奔跑，
好像凶猛的山洪，
紧跟着身后来了。

这时候还用着什么惊慌？
生与死亡全都一样！
五年前我们失掉了四省，
那边住着我们的同胞，
满野长起了高粱，
那边的山地深埋着煤矿，
我们念念的，不能遗忘。

然而今日这生死的抗争里，
敌人的枪口又向
我们绥东的同胞开放！
我们的同胞在伸手呼挽，

这时候再不容许我们苟安，
（去做出那种无耻的脸相，
双膝跪下苦苦地哀求。）

我们的同胞给敌人鞭打，
如打一条狗，
我们的同胞在敌人的指使下
如养着的一群牛马！
今天我们要抛弃往日美好的梦，
几十年的愤怒澎湃在胸中！

抖一抖浑身的力量，
抓一下紊乱的发！
在这寒凉的黑夜里，
我们的英雄披起了征衣，
啊！这是我们的枪支！
悲壮的号声高涨在夜里……

1935 年 11 月 26 日
为绥东将士而作

天津人。现代诗人辛笛的弟弟。

1936 年与其兄一起合出一部诗集《珠贝集》。

(1917 — 2011)

辛谷

错乱

在醉里歌唱
在梦里惆怅
一颗模糊错乱的心
人不觉在哭的时候常笑

心的去处
情感的去处
人用醉的眼
朦胧地对着那朦胧的
在无垠无限的清虚里沉浮

1923 年冬

年景

大街上冻多了乞丐
他们奔走着向人讨要像追债
寒风给太太小姐加件大衣斗篷
在叫花子身上加一件麻袋

远天里几声爆竹
近街头有冻饿的呼号
"一刻就来，谁闲着您就叫谁帮忙。"
食物店的伙计笑得满脸凄凉

1924 年冬

原名查良铮，曾用笔名梁真，祖籍浙江海宁，出生于天津。"九叶诗派"代表性诗人。早年在南开中学读书。

1940 年西南联大毕业后留校任教。

1948 年赴美国留学，入芝加哥大学英国文学系学习。

1952 年获文学硕士学位。

1953 年回国后，任南开大学外文系副教授，长期从事外国文学翻译。

1977 年因心脏病突发去世。

其作品有 20 世纪 40 年代出版的三部诗集，《探险者》《穆旦诗集（1939—1945）》《旗》，20 世纪 90 年代出版《穆旦诗全集》和《蛇的诱惑》（穆旦诗歌书信集）。

（1918 — 1977）

穆旦

诗八首

一

你的眼睛看见这一场火灾，
你看不见我，虽然我为你点燃；
唉，那燃烧着的不过是成熟的年代，
你的，我的。我们相隔如重山。

从这自然的蜕变的程序里，
我却爱了一个暂时的你。
即使我哭泣，变灰，变灰又新生，
姑娘，那只是上帝玩弄他自己。

二

水流山石间沉淀下你我，
而我们成长，在死的子宫里。
在无数的可能里一个变形的生命
永远不能完成他自己。

我和你谈话，相信你，爱你，
这时候就听见我的主暗笑，
不断地他添来另外的你我
使我们丰富而且危险。

三

你的年龄里的小小野兽
它和春草一样地呼吸，
它带来你的颜色，芳香，丰满，
它要你疯狂在温暖的黑暗里。

我越过你大理石的理智殿堂，
而为它埋藏的生命珍惜；
你我的手接触是一片草场，
那里有它的固执，我的惊喜。

四

静静地，我们拥抱在
用语言所能照明的世界里，
而那未成形的黑暗是可怕的，
那可能和不可能的使我们沉迷。

那窒息着我们的
是甜蜜的未生即死的言语，
它的幽灵笼罩，使我们游离，
游进混乱的爱的自由和美丽。

五

夕阳西下，一阵微风吹拂着田野，
是多么久的原因在这里积累。
那移动了的景物移动我的心
从最古老的开端流向你，安睡。

那形成了树木和屹立的岩石的，
将是我此时的渴望永存，
一切在它的过程中流露的美
教我爱你的方法，教我变更。

六

相同和相同溶为怠倦，
在差别间又凝固着陌生；
是一条多么危险的窄路里，
我制造自己在那上面旅行。

他存在，听从我的指使，
他保护，而把我留在孤独里，
他的痛苦是不断地寻求
你的秩序，求得了又必须背离。

七

风暴，远路，寂寞的夜晚，
丢失，记忆，永续的时间，
所有科学不能祛除的恐惧
让我在你的怀里得到安憩——

呵，在你的不能自主的心上，
你的随有随无的美丽的形象，
那里，我看见你孤独的爱情，
笔立着，和我的平行着生长！

八

再没有更近的接近，
所有的偶然在我们间定型；
只有阳光透过缤纷的枝叶
分在两片情愿的心上，相同。

等季候一到就要各自飘落，
而赐生我们的巨树永青，
它对我们的不仁的嘲弄
（和哭泣）在合一的老根里化为平静。

在寒冷的腊月的夜里

在寒冷的腊月的夜里，风扫着北方的平原，
北方的田野是枯干的，大麦和谷子已经推进村庄，
岁月尽竭了，牲口憩息了，村外的小河冻结了，
在古老的路上，在田野的纵横里闪着一盏灯光，
一副厚重的，多纹的脸，
他想什么？他做什么？
在这亲切的，为吱哑的轮子压死的路上。

风向东吹，风向南吹，风在低矮的小街上旋转，
木格的窗子堆着沙土，我们在泥草的屋顶下安眠，
谁家的儿郎吓哭了，哇——呜——呜——从屋顶传过屋顶，
他就要长大了渐渐和我们一样地躺下，一样地打鼾，
从屋顶传过屋顶，
风这样大，岁月这样悠久，
我们不能够听见，我们不能够听见。

火熄了么？红的炭火拨灭了么？一个声音说，
我们的祖先是已经睡了，睡在离我们不远的地方，
所有的故事已经讲完了，只剩下了灰烬的遗留，
在我们没有安慰的梦里，在他们走来又走去以后，
在门口，那些用旧了的镰刀，
锄头，牛轭，石磨，大车，
静静地，正承接着雪花的飘落。

春

绿色的火焰在草上摇曳，
他渴求着拥抱你，花朵。
反抗着土地，花朵伸出来，
当暖风吹来烦恼，或者欢乐。
如果你是醒了，推开窗子，
看这满园的欲望多么美丽。

蓝天下，为永远的谜蛊惑着的
是我们二十岁的紧闭的肉体，
一如那泥土做成的鸟的歌，
你们被点燃，却无处归依。
呵，光，影，声，色，都已经赤裸，
痛苦着，等待伸入新的组合。

原名王莘耕，著名作曲家，天津市音协名誉主席。江苏无锡荡口镇人。

1935 年在上海结识冼星海、吕骥，参加抗日救亡活动。
1937 年在宁波被捕入狱。出狱后一路转行，1938 年到达延安。
1950 年创作《歌唱祖国》。

（1918 — 2007）

王莘

歌唱祖国（歌词）

五星红旗迎风飘扬，
胜利歌声多么响亮；
歌唱我们亲爱的祖国，
从今走向繁荣富强。

越过高山，越过平原，
跨过奔腾的黄河长江；
宽广美丽的土地，
是我们亲爱的家乡，
英雄的人民站起来了，
我们团结友爱坚强如钢。

五星红旗迎风飘扬，
胜利歌声多么响亮；
歌唱我们亲爱的祖国，
从今走向繁荣富强。
我们勤劳，我们勇敢，
独立自由是我们的理想；
我们战胜了多少苦难，
才得到今天的解放！

我们爱和平，我们爱家乡，
谁敢侵犯我们就叫他灭亡！

五星红旗迎风飘扬，
胜利歌声多么响亮；
歌唱我们亲爱的祖国，
从今走向繁荣富强。

东方太阳，正在升起，
人民共和国正在成长；
我们领袖毛泽东，
指引着我们前进的方向。
我们的生活天天向上，
我们的前途万丈光芒。

五星红旗迎风飘扬，
胜利歌声多么响亮；
歌唱我们亲爱的祖国，
从今走向繁荣富强。

生于天津。字禹言、号敏庵，后改字玉言，别署解味道人。中国红学家、古典文学研究家、诗人、书法家。

其作《红楼梦新证》奠定了现当代红学研究的坚实基础。曾编订撰写了多部专著，《中国北京奥运赋》是其90岁时，仿新诗盲写。

（1918 — 2012）

周汝昌

中国北京奥运赋（节选）

爰有古国，东西并驾。东曰中邦，西称希腊。

文明久远，莫分上下。希腊有地，奥林匹亚。

民祀天神，祭坛典雅。礼仪庄严，人物如画。

于兹赛社，竞技潇洒。负者非低，胜者不霸。

自尊自信，自强自化。品德攸同，辉映华夏。

赞曰：溯自奥林匹克运动会之创始，

距今已贰仟柒佰余年之春冬。

西启欧罗巴之北，东抵亚细亚之东。

虽四载而一会，亦盛典而罕逢。

观光上国，赤县寻踪。

揽燕山之千里，入闾阖之九重。

跨虹梁之玉蛛，游宫壁之六龙。

奏夏大韶之古乐，击曾侯乙之编钟。

李凭箜篌之篴月，赵暇长笛之倚风。

唐玄宗之霓裳舞，白居易之琵琶工。

李将军之羽箭，神后羿之雕弓。

九方皋之相马，藐姑射之羞容。

允文允武，礼乐相从，融人文之灿烂，流精气之无穷。

念兹奥运大会，起舞偬偬，幸圣火之所至。

得万邦之谐和，悟人天之契合，历兆世而不磨。

日杲杲以丽景，月穆穆而金波。

颂京华之星象，接天际之银河。

乃诗乃赋，以讴以歌。镌刻斯文，碑碣巍峨。

九十盲人周汝昌戊子立夏节

撰于紫气东来轩

080

海河柳俚歌

海河柳，君知否，根在坤轴枝如绣。依依堤畔长相守，
东风吹透波如酒。桥痕帆影船千艘，在家之人攀以手。
离乡游子争回首，津沽本是人文薮。

嘉靖古寺千年旧，乾隆皇会万人走。多才多艺溯民风，
高人奇士亦时有。海河柳，春如绣，地仍旧，曲新奏，
与时俱进尊传授，古往今来景无穷，至今难忘海河柳。

江西贵溪人。

1939 在成都从事文化活动，组织"平原诗社"，曾任川东中学教员。
1945 年到中原军区参加革命工作，并参加中原突围。
中华人民共和国成立后出任天津市文联秘书长，华北文联常委
等职。

出版诗集《我们是幸福的》、小说《浪涛中的人们》、剧本《第二个
春天》。

芦甸

沉默的竖琴

我懂得，
你为什么起得这样早，
为什么在我的小窗下
低唱着凄婉的歌；

为什么把你的小弟弟
逗进我的室内？
为什么
凝望着远远的天……

原谅我，
我不能给你留下什么
甚至我的名姓。
因为
我是一个亡命的"过客"，
像你门前的水，
流过了，
永远不会折回来……

我只能以沉默的竖琴
弹奏我的祝福：
我愿花朵属于你，
荆棘属于我……

我即将远去，
后有马蹄的追赶，
前有人群的召唤……

我活得像棵树了

我活得像棵树了。
我的根深深地盘结在泥土的下面，
在树林之中，我挺拔地屹立着，
我活得像棵树了。

在幼小的时候，
外来的风暴，没有吹折过我，
冰雪，也没有压倒过我；
我一天天地、青青葱葱地生长着。

但一些被虫蛀空了的树，
却曾趁我还不很茁壮的时候，
用干枯了的枝丫
重重地击伤过我的头颅。

这一次，它们又扑打过来了，
简直是用腐朽的全身向我扑打过来，
我不能忍受了，
我也弹起我的全身去反扑，
于是，我听见我身边也有轰然倒地的声音……

我活得像棵树了，
我的根深深地盘结在泥土的下面，
在树林之中，我挺拔地屹立着，
我活得像棵树了。

原名冯骥。河北人。

1935 年参加"一二·九"学生运动，抗战爆发后随军南下。

1939 年从重庆到延安，先后在陕甘宁抗战协会、《解放日报》社从事编辑和写作。

中华人民共和国成立后，一直在天津工作，曾任中苏友协总干事、市文联党组书记、市委宣传部副部长、《新港》杂志主编，中国作协天津分会主席等职。

出版有短诗集《不尽长江滚滚来》、长诗集《大江东去》，还著有小说集、散文集和文艺评论等。

方纪

过屈祠

半山站立着一座巍峨的殿堂，
青色的飞檐像诗人高高的冠冕，
白色的墙壁像诗人飘飘的衣裳，
匾额上闪着四个金字：屈原祠堂。

呵，诗人，你怎样来到这个地方？
是乘坐那颠簸在风浪中的小舟
逆流而上？还是用你的双脚
走平了那长满荆棘的山岗？

你且吟且行
歌颂了祖国伟大的山川；
你且行且吟
唱不尽去国怀乡的忧伤！

在这千里流放中有谁和你做伴？
是舟子渔人，满山杜鹃，
还是那泣血而啼的蜀中子规，
就像你自己的歌声一样？

是一颗热烈的心，温柔的心，
以手足之情爱你的女人的心；
女婴，人们说她是你的姊妹，
也到这里来慰藉你那破碎的心肠。

人们说，这是她替你洗衣的石板，
那里是后人为她建造的坟墓，
和安放着你那清洁衣冠的庙宇，
永远照耀在这滚滚东流的长江上。

在毛主席身边（节选）

一天晚上，我被带进那座红墙，
夜，在这里是这样安静，
灯光也显得这样明亮。
我轻轻地走，穿过曲折的回廊，
尽量放轻脚步，不让发出声响。
怕唐突了这安静的夜，
惊动了这明亮的灯光，
扰了这里的人这祖国的心脏。

谈话开始了是那样生动，仿佛他就是生活本身；
像一棵大树，每一根根，深扎在泥土里，
如一只树叶，每一片片，吸收着阳光。
每一句话，像熏风吹过大地，
每一重思维，像太阳照满山岗。
而他的笑是一个普通人的笑，
却比每一个人笑得更真实，更响亮。

在他身边，像置身春日的郊野中，
熏风吹拂，阳光照耀，心地明亮。
谈话像日光的小溪，水声朗朗。
我倾听而且注视着
他的眼光温暖了我，
声音在我心里荡漾。
直到告别的时候再一次握住那只手，
才觉得这是真实，自己就在他身旁。

GUO XIAOCHUAN

原名郭恩大，河北丰宁人。

1937 年参加革命。

1941 年初到延安。

1949 年随军南下。

1955 年起，曾先后任中国作协书记处书记兼秘书长及《诗刊》编委等职。

1975 年 9 月，在天津静海五七干校下放劳动时，写下著名诗篇《团泊洼的秋天》。

著有《平原老人》《致青年公民》等十多部诗集。

(1919 — 1976)

郭小川

团泊洼的秋天

秋风像把柔韧的梳子，梳理着静静的团泊洼；
秋光如同发亮的汗珠，飘飘扬扬地在平滩上挥洒。

高粱好似一队队的"红领巾"，悄悄地把周围的道路观察；
向日葵低头微笑着，望不尽太阳起处的红色天涯。

矮小而年高的垂柳，用苍绿的叶子抚摸着快熟的庄稼；
密集的芦苇，细心地护卫着脚下偷偷开放的野花。

蝉声消退了，多嘴的麻雀已不在房顶上吱喳；
蛙声停息了，野性的独流减河也不再喧哗。

大雁即将南去，水上默默浮动着白净的野鸭；
秋凉刚刚在这里落脚，酷暑还藏在好客的人家。

秋天的团泊洼啊，好像在香甜的梦中睡傻；
团泊洼的秋天啊，犹如少女一般羞羞答答。

团泊洼，团泊洼，你真是这样静静的吗？
全世界都在喧腾，哪里没有雷霆怒吼，风云变幻！

是的，团泊洼的呼喊之声，也和别处一样洪大；
请听听人们的胸口吧，其中也和闹市一样嘈杂。

这里没有第三次世界大战，但人人都在枪炮齐发；
谁的心灵深处——没有奔腾咆哮的千军万马！

这里没有刀光剑影的火阵，但日夜都在攻打厮杀；
谁的大小动脉里——没有炽热的鲜血流淌哗哗！

这里的《共产党宣言》，并没有掩盖在尘埃之下；
毛主席的伟大号召，在这里照样有最真挚的回答。

无产阶级专政的理论，在战士的心头放射光华；
反对修正主义的浪潮，正惊退了贼头贼脑的鱼虾。

解放军兵营门口的跑道上，随时都有马蹄踏踏；
五七干校的校室里，荧光屏上不时出现《创业》和《海霞》。

在明朗的阳光下，随时都有对修正主义的口诛笔伐；
在一排排红房之间，常常能听到同志式温存的夜话。

……至于战士的心情，你小小的团泊洼怎能包容得下！
不能用声音，只能用没有声音的"声音"加以表达：

战士自有战士的性格：不怕诬蔑，不怕恫吓；

一切无情的打击，只会使人腰杆挺直，青春焕发。

战士自有战士的抱负：永远改造，从零出发；
一切可耻的衰退，只能使人视若仇敌，踏成泥沙。

战士自有战士的胆识：不信流言，不受欺诈；
一切无稽的罪名，只会使人神志清醒，头脑发达。

战士自有战士的爱情：忠贞不渝，新美如画；
一切额外的贪欲，只能使人感到厌烦，感到肉麻。
战士的歌声，可以休止一时，却永远不会沙哑；
战士的明眼，可以关闭一时，却永远不会昏瞎。

请听听吧，这就是战士一句句从心中掏出的话。
团泊洼，团泊洼，你真是那样静静的吗?

是的，团泊洼是静静的，但时时都会轰轰爆炸!
不，团泊洼是喧腾的，在这首诗篇里就充满着嘈杂。

不管怎样，且把这矛盾重重的诗篇埋在坝下，
它也许不符合你秋天的季节，但到明春准会生根发芽。……

秋歌

一年一度的强劲秋风呵，把我从昏睡中吹醒。
一年一次的节日礼花呵，点燃我心中的火种。

今年的秋风似乎格外清爽，扑进我的心胸；
今年的礼花似乎格外的灿烂，盖过天上的群星！

我曾有过迷乱的时刻，如今一想，顿感阵阵心痛！
我曾有过灰心的日子，如今一想，顿感愧悔无穷！

是战士、决不能放下武器，哪怕是一分钟；
要革命、决不能止步不前，哪怕面对刀丛！

见鬼去吧，三分杂念、半斤气馁、一己声明；
滚他的吧，市侩哲学、庸人习气、懦夫行径。

面对大好形势、一片光明，而不放声歌颂；
这样的人，即使有一万个，也少于零。

眼见修正谬种、鬼蜮横行，而不奋力抗争；
这样的人，即使有五千个，也尽饭桶！

磨快刀刃吧，要向修正主义的营垒勇敢冲锋；
跟上工农兵的队伍吧，用金笔剥开敌人的画皮层层！

清清喉咙吧，重新唱出新鲜有力的战斗歌声；
喝杯生活的浓酒吧，再度激起久久隐伏的革命豪情！

人民的乳汁哺育我长大，党的双手抚养我成人；

不是让我虚度年华，而是要我参加伟大的斗争！

同志给我以温暖，亲人给我以爱情，
不是让我享受清福，而是要我坚持继续革命！

战士的一生，只能是战斗的一生；
战士的作风，只能是革命的作风！

我知道，总有一天我会衰老、老态龙钟；
但愿我的心，还像入伍时候那样年轻。

我知道，总有一天我会化烟、烟气腾空；
但愿它像硝烟，火药味很浓、很浓。

听，冰雪辽河，风雨长江，日夜激荡有声；
听，南方竹阵，北国松涛，还在呼号不停。

看，运粮车队，拖拉机群，一直轰轰跃动；
看，无数战马，百万雄兵，永远向前奔行！

强劲的秋风呵，已经把我的身躯吹得飞上晴空；
节日的礼花呵，已经把我的心胸烧得大火熊熊！

个人是渺小的，但我感到力大无穷；
因为帮我带我的是坚强勇敢的亿万群众！

我是愚笨的，但现在似乎已百倍聪明；
因为领我教我的是英明伟大的领袖毛泽东！

生于天津，原名杨静如。

1937 年考取南开大学，后就读西南联大外文系。

翻译家，主要译著有《呼啸山庄》《永远不会落的太阳》《俄罗斯性格》《伟大的时刻》《天真与经验之歌》等。
著有儿童诗《自己的事自己做》等。

(1919 —)

杨苡

自己的事自己做（儿童诗）

两条辫子两朵花；
镜里宝宝对我笑，
我也对她笑哈哈。

我拿勺子盛米饭，
小猫瞧我多能干；
盛好稀饭盖好锅，
饭后自己来洗碗。

我和太阳来比赛，
看看是谁起得快；
拿起衣服穿身上，
我比太阳先起来。

玩具，玩具，要爱惜，
玩好以后放整齐；
玩具坏了怎么办？
自己动手来修理。

小猫，小猫，你别跑，
看我做事多周到；
穿好袜子穿鞋子，
你瞧穿得好不好？

我的手儿又在忙，
手帕、袜子水中放；
抹上肥皂搓一搓，
洗好晾在竹竿上。

穿好衣服我铺床，
不用妈妈来帮忙；
床单铺得平又平，
毯子叠得方又方。

我拿扫帚来扫地，
扫掉地上脏东西。
桌子椅子擦干净，
屋里清洁又整齐。

刷牙、漱口又洗脸，
洗不干净小猫舔；
洗得干净人人爱，
大家都说我好看。
我拿梳子梳头发，

红花紫花一朵朵，
我来浇水给它喝；
花儿摇摆我唱歌：
"自己的事情自己做。"

本名卢瑞生。天津市作家协会会员、天津市书法家协会会员。

20世纪70年代发表作品，后加入天津工人文学社。

1971年参加河北人民出版社报告文学集《战海河》的编写。

1975年参加天津人民出版社《海河新歌》诗集编辑工作，转年借调百花文艺出版社。

曾在《天津文学》《天津日报》、天津电台等媒体，发表诗文作品百余篇。

卢莽

找寻

我在祖国的地图上寻找你
寻找钻塔，寻找芦苇
寻找拔地而起的石油新城
寻找过去那片悲凉的记忆

蓝色海岸线回响着帝国的马蹄
大沽口炮声震荡着天宇
纵横百里——
每一声蛙鼓都喊着荒凉
每一棵芦苇都记着耻辱

五星红旗来了抚平你的伤痕
钻塔来了你才有了自己的地名
二号院、三号院、港东、港西
尽管它们还未标进祖国的地图
但那是几代石油人创业的足迹

我要告诉地图出版社
把祖国新的地址填进去
填上滨海村、海大道、川港路
填上长长的大堤伸向海里

今天，我们挥手向昨天告别
明天，我们将在祖国的地图上
填上一座座辉煌的港口和城市

咏胡杨树

在新疆沙漠植物园
听讲解员说，这种树
活了，一千年不死
死了，一千年不倒
倒了，一千年不腐

根扎到地下几十米
找不到水不罢休
枝叶摇曳成标本
日复一日
抱着古老的长河落日
笑看大漠孤烟

站在它身旁
我感悟到人生的短暂
再看它一身和风沙搏斗的骨骼
再高明的画家也难描摹
几千年岁月
在它身上雕刻的年轮

我想它肯定接受过秦始皇的巡视
和大将军霍去病见过面
也目睹过李陵血染沙场
瞻仰它坚忍不拔宁死不屈的形象
从心底向胡杨树敬礼

原名王长清。1945 年毕业于北京师范大学历史系。

早年曾在南京《新东方》、北平《时言报》、《青岛文艺》等报刊发表诗作。

1950 年调天津师专任副教授。1988 年离休。

著有诗集《褪了色的牧歌》《回归线上》《闯过雨季》《寻觅季节》《梦痕》等。

海笛

变脸戏

锣鼓声中
舞台上表演"变脸"
眨眼间白脸变红脸
红脸又变成黑脸
嘴里还吐血火焰
一变一个模样
一变一个表情
一会儿是慈祥的菩萨
一会儿是穷凶的恶煞
使你猜不透哪个是真
哪个是假……

原名曹峙，河北平山人。

1938 年参加革命，一直在晋察冀边区群众剧社工作，其间入华北联大文艺学院音乐系学习作曲和指挥。

1949 年在天津军管会文艺处任职。

1952 年从事作曲和行政领导工作。

历任天津歌舞团团长、创作组组长，天津歌舞剧院副院长、院长。中国文联委员，全国音协常务理事，天津音协副主席。

(1924 — 1999)

曹火星

没有共产党没有新中国（歌词）

没有共产党没有新中国
没有共产党没有新中国

共产党，辛劳为人民
共产党，一心救中国
它指给人民解放道路
它领导中国走向光明

它坚持抗战八年多
改善了人民生活
它坚持敌后根据地
执行民主好处多

没有共产党没有新中国
没有共产党没有新中国

原名马汉三，曾用名马非、赵前等。河北清苑人。

1937 年参加晋察冀战线剧社。

1945 年任新华社冀中分社专职记者。

1948 年任《天津日报》编辑科科长，新华社天津分社采编主任、副社长、社长。

1960 年任《天津日报》副总编辑、总编辑。

1983 年调天津市人大，先后出任天津市第十、十一届人大常委会副主任、党组副书记。

（1924 — 2014）

石坚

留下一片绿荫
——致妻子和女儿

如果哪一天我死去

请谢绝送葬的人群

不要花圈，不奏哀乐

我不愿周围的空气那么低沉

送别的乐曲是《快乐的人们》

在奔往黄泉的路上

我也愿跟着愉快的歌声前进

我希望安睡在燕山一棵小树下

遥看我的第二故乡渤海之滨

从我悄悄来到人世

到结束了朝气蓬勃的一生

默默离开亲人

可以问心无愧地说

构成我生命的时间没浪费一秒一分

我回到大地的怀抱

将开始生命的第二个青春

我的骨灰将化作春泥

孕育着小树成长，留下一片绿荫

生于河北省河间市西张村。天津市作家协会会员。

1954 年在《工人日报》发表处女作。

1963 年后陆续在《新晚报》《天津工人日报》《新港》《今晚报》《老年时报》发表诗作。有作品收入《天津诗选》《天津现当代诗选》。

著有诗文集《新茧集》《风雨拾穗》《生活歌谣小集》《胡桃曲》。

（1924 — 2013）

胡书千

假山印象

一

沉默

沉默像一位哲人

我从你永恒的沉默中悟出

你真,真在怪石峥嵘

你假,假在有影无魂

二

你也似乎发现

你身边的树有根

花有根

小草也有根

雨幕中,你伤心地哭了

直哭得满脸泪痕

三

在那月下花前

我一度被你欺骗

现在我才明白

在这人生舞台上

谁个不是做戏的演员

山东滕州人。原名王毡，字毡子。笔名夜泊，号滕固词人，晚号毡翁。毕业于中央美术学院。

1953 年起在天津大学任教，创立天津大学王学仲艺术研究所，兼任南开大学、广州美院及日本筑波大学客座教授。曾任中国书法家协会副主席、学术委员会主任，天津书法家协会主席。中国文联第八届、九届全委会荣誉委员。

著有《三只眼睛看世界》《王学仲书画诗文集》《王学仲散文选》《毡园书简》等。

（1925 — 2013）

王学仲

布鲁塞尔大街

仿佛进入了布满神殿的天堂，
满是裸体的雕塑
凝固在广场、大厦之上。
米开朗琪罗的大卫巨男也到这里，
哥特、巴洛克式点缀着高脊、建瓴。
一颗颗不规则的珍珠，
缀成城市的一串串项链。
早安，布鲁塞尔！
花朵和草地在这里安居，
狗和行人都是美丽城市的主人，
还要把风光与画卷都穿戴在身上。

荷兰风车

野风在空气中舒展
空气在风车翅上盘旋。
好大的手指，
数着夜晚的星星，
搅动着万里蓝天。
伦勃朗在林中小憩，
永恒的逆光笼罩在背后，
野风在空气中舒展。
堂吉诃德的长矛，
可有勇者的酣战？
繁华的水坝已经把它遗忘，
风车被冷落在现代化的一边。

笔名杨鲍、鲍犁等，天津人。历任天津市人民政府宗教事务处秘书，天津市政协文史委员会副主任，天津地方志编委会副主任等职。

主编《北洋政府总统与总理》《吴云心文集》《日本军国主义侵华人物》，参与编著《天津租界》《天津洋行买办》《天津近代人物录》《津门老字号》等书。

（1925 — ）

杨大辛

苦恼对着冷笑

苦恼

对着冷笑

只因为

希望的火花

在胸膛

燃烧!

一瞬间

怎么变得

这样衰老?

莫非

火将熄灭

花也枯凋?

愿深深地

把自我埋葬掉

连同那

希望

和

烦恼!

留给你自己吧

那冰凉凉的

讪笑

笔名血星、学星，河北平山人。

1938 年参加晋察冀边区群众剧社，历任舞蹈队长、青年队长、创作组副组长，天津文联、作协秘书长，天津人艺副院长，天津社科院文学所副所长，中国解放区文学研究中心主任。

著有散文集《火花集》《张学新剧作选》等。

（1925 — 2012）

张学新

给嫦娥

哦，嫦娥，美丽的嫦娥，
你离开后羿，离开人间，
飞向那遥远的月宫，
已经有多么悠久的岁月？

哦，嫦娥，高傲的嫦娥，
你丢下了忠诚的羿和兄弟姐妹
一个人蹲在冰冷的广寒宫里
是否感到孤单寂寞？

哦，嫦娥，孤独的嫦娥，
你倚着银色的桂树唉声叹气，
是怀念你的羿和故乡，
是留恋人间的欢乐？

哦，嫦娥，美丽的嫦娥，
再别唉声叹气，
快把广寒宫门儿打开，
准备把人间的使者迎接。

原名刘国正，著名的语言教育家、作家。曾任《中华诗词》主编，中华诗词学会副会长，中国毛泽东诗词研究会副会长。

1948 年毕业于北京大学西语系。历任北京第八中学语文教师，北京教师进修学院讲师，人民教育出版社副总编辑、编审。

1948 年开始发表作品。

1979 年加入中国作家协会。

（1926 — ）

刘征

烤天鹅的故事

一阵阵馋人的香味透出厨房，
热烘烘的烤炉里正在吱吱作响。
"大嫂，在烤什么山珍海味？"
窗外的田鼠对窗内的蛤蟆大声叫嚷。

"他大哥，不是鸡雏也不是麻雀，
是一只仙鸟，羽毛跟白雪一样。"
"怎么，弄到了一只天鹅吗？
您真有通天的本事，不比寻常。"

田鼠的话蛤蟆打心眼儿里爱听，
她打开话匣子拉起了家常。
"看你说的，我也没什么本事，
事在人为嘛，还不是靠朋友帮忙。"

"你知道池塘管理员鹭鸶爱吃鱼，
我送了几条上好的鲤鱼请他尝尝。
一来二去，我们成了过得着的朋友，
经他介绍，我跟飞禽界有了来往。"

"由鹭鸶我结识了大名鼎鼎的仙鹤，
由仙鹤又结识了老雕，那山林之王。

后来，我跟雕夫人拜了干姐妹，
她爱吃螃蟹，昨天我送去一筐。"

"雕夫人陪我走进她家的餐厅，
我第一次尝到了天鹅肉，又嫩又香。
我请求她帮我弄一只天鹅，
没过几天，她就满足了我的希望。"

"这下子你们全家可以饱餐一顿，
也许我也能分一碗美味的鹅汤。"
"不！不瞒你说，他大哥！
这稀罕物儿我早已安排用场。"

"我打算请喜鹊先生来吃个便饭，
他才真正通天，能见到织女牛郎。
如果他肯赏脸尝尝天鹅的味道，
通过他，就不难弄到天上的凤凰。"

且住！我这该死的笔胡诌些什么？
蛤蟆能吃到天鹅肉，岂不荒唐！
但"关系"是笑眯眯的许可证，
不久，凤凰就会放进蛤蟆的烤箱。

春风燕语

某局办公楼的一角绿荫遮檐，
一双燕子坐在柳梢上闲谈。
他们热烈地讨论建造新巢，
孵卵育雏趁着风和日暖。

"咱们的新巢何必搭在房梁上，
搭在局长的办公桌上倒更方便。
再不必担心从空中跌落下来，
又有光滑的玻璃桌面可做地板。"

"要在局长的办公桌上筑巢？
还不如在猫儿尾巴上打秋千。"
"用不着大惊小怪，我的计划
经过了周密观察，仔细盘算：

"即便筑巢第一天被发现，
可是要把我们赶走并不简单。
科里先要写一份冗长的报告，
这才仅仅是漫长旅程的开端。

"这个局一共有十五个局长，
各位局长都必须一一传看。

在每人手里压上半个月不算多，
十个半月就是一百五十天。

"十位局长看罢还不算完，
十位局长有十种不同意见。
有的赞成，说是着急办理；
有的反对，说是查查文件。

"有的既不赞成也不反对，
尽管名下的圈儿画得很圆。
于是这份报告又退回科里，
批示不明确只好暂时存卷。

"卷里挤满了各种急件，
这份报告不过是小事一端。
轮到再次研究清除燕巢的问题，
地球围着太阳已经转了一圈。

"我们尽管放心大胆地筑巢，
尽管在局长鼻子尖下软语呢喃。
也许我们携儿带女再度飞来，
桌子上旧居可以使用一年。"

让我们猜猜对这段燕语的反应，
摇头、皱眉、争论都是理所当然。
但愿不要照例埋在卷宗里，
身上带着整整齐齐一串圆圈。

原名马世豪，广东潮阳人。肆业于北京大学。历任北京大学诗联丛刊编辑，《诗号角》《大众诗歌》《华北海员》编辑，华北区海员工会宣传部副部长、办公室副主任，塘沽文联主席、宣传部副部长，中国作协天津分会秘书长。

1947 年开始发表作品。

1983 年加入中国作家协会。

著有诗集《海员之歌》，长诗《七月》《反迫害进行曲》等。

(1926 — 1996)

马丁

火

火！我爱火。
活着，生命之火燃炽；
死了，把身躯交给火
烧成灰，再蒸腾出最后的热。

当我第一次含愤写诗
闻一多先生，我崇敬的老师
告诉我一个真理：
"诗人，就应该火一样公开自己。"

当我第一次参加战斗，
耳边响着闻一多先生的铭誓：
"前脚跨出去，后脚就不准备回！"
这誓言是火，把我浑身热血烧沸。

火的考验，一次又一次，
烧掉我灵魂中丑恶的东西。
我更爱火，我拥向火，

我厌恶在不冷不热中漫步吟诗。
火的考验，当我走向国民党法庭，
敢把诗歌当作炸弹扔去！
火的考验，
当我被押进"四人帮"的牢狱，
却像囚在铁棺材里，
只有心火在燃烧不熄。

有人说：何必让火烧上自己
不冷不热，活着最为惬意。
不，没有火，就是诗歌的死亡；
不冷不热地活着，
就是走肉行尸！

当年哀歌闻一多先生的火葬，
我用愤怒的拳头擦着脸上流淌的泪滴，
而当我火化被"四人帮"害死的妻子，
流出来的是用牙齿咬破嘴唇的血渍……

咬牙渗出的血，心底冒出的火，
化为烧向"四人帮"的血红蜡炬，
我愿在燃烧中继续发光，
献给这光明的世纪。

笔名刘曲、刘海子，山东即墨人。

1957年毕业于中国作协鲁迅文学院。

1945年后历任即墨考院街小学教务主任，青岛《民声月报》总编辑，《青岛文艺》《海声》《文坛》等刊物主编，广州《考验小集》诗丛主编，天津百花文艺出版社副编审。中国民间文艺家协会、中国曲艺家协会会员。

1939年开始发表作品。1980年加入中国作家协会。

著有诗集《三秋集》，儿歌集《新儿歌》，民间故事集《崂山传说》。

(1926 — 1997)

刘燕及

这个人

这个人
春天来到了
还在打听春消息

这个人
头颅被踩烂
仍在当上马石

这个人
受骗无数
又把谎言当真实

这个人
遍体鳞伤
揪住凶手无人理

这个人
结拜了正义刚直
也常穿小鞋吃闷棍子

这个人
不声不响拉犁
却得个好捏咕评语

这个人
应有的全都丢失
只剩下一颗童心几页诗

天津人。历任安徽省黄梅剧团团长，中国作协天津分会及天津市文联副秘书长。天津诗社顾问，鲁藜研究会副会长。

曾在各级报刊发表大量诗文。著有诗集《枫叶集》《落霞》。

(1927 —   )

闵人

蒲公英飞了

妈妈，我慢慢地飞了

没有你妊娠的磨难
哪有我茸毛的分娩
好个素球花蕊丝丝蓬松
好个银星光芒闪闪弧旋
我感觉——
母乳滋养的幸运儿
漫游有一柄悬浮的阳伞

妈妈，我轻轻地飞了

没有你冬眠的梦幻
哪有我醒来的春天
不比娇小杨花留恋徘徊
不比纤弱柳絮惜别缠绵
我知道——
母体分离的伶仃儿
漂泊有一番生命的历险

妈妈，我高高地飞了

没有你拓荒的老练
哪有我航行的大观
要像戈壁沙枣抵抗黄尘
要像冰峰雪莲呼吸青烟
我相信——
母心鼓舞的凌风儿
天边有一片播种的家园

妈妈，我远远地飞了

骆驼刺的断代史

家在边疆隔山隔水远闹市

百草园里没住址，群芳谱上无名氏

我生之初依偎沙窝当襁褓

以灼热阳光和冰冻飞雪做乳汁

花容月貌哪能侥幸赋予我

飘香闻桂子飘香，相思听红豆相思

但我并非痴儿也不是浪子

沙漠独怜沙漠草，骆驼自爱骆驼刺

我返璞归真垦荒拓土

情缱绻盘根，意缠绵曲枝

吐蓓蕾开花，含果巢结子

瀚海潮奔腾不息，弄潮儿逐浪不止

渴望丝绸之路变高速横空出世

悬想海市蜃楼化边陲遍野景致

银川秋雨梧桐叶，玉门春风杨柳丝

木成荫，水成网，沙成壤

我传儿，儿传孙，孙传子

破天荒绿洲诞生日，骆驼刺大漠断代史

云雀

身无白羽鹤顶红
更无凤凰花团锦簇的尾翎
雀跃草莽行腔与百鸟争鸣

黄莺婉转日光柳
月光岩下的夜莺恋歌痴情
独有告天子一啸直上苍穹 *

回望荒巢忆噩梦
雏儿破壳遇风雪啼饥号寒
健儿展翅遭罗网闭口塞声

劫后解放雀之灵
大地归来一朵会唱歌的云
长空归去一颗能奏乐的星

* 云雀又名告天子。

原名赵朝谷，河北省隆尧县人，当代诗人、书法家和国学家。

中华人民共和国成立前曾在京津报界任副刊编辑。

中华人民共和国成立后在新华社平原分社和《平原日报》工作，后转教育界，在河北工大任职。

著有诗集《骆痕》。

（1928—— ）

沙驼

骆驼

骆驼

阴阴　晴晴

水水　火火

充满了它整个征途

涂满了它的峥嵘岁月

风风　雨雨

霜霜　雪雪

像根鞭子把它抽打

它忍受过无数的折磨

可它终是默不作声

依然是那么沉着

昂起头望望远方

一步一个脚印向前走着

白天它望见远方的光彩

夜晚它望见希望的灯火

理想的世界把它召唤

它梦见草绿花红的大漠

于是，它习惯于艰苦甘于寂寞

让沉重的负荷压上双肩

不畏崎岖的路石把扁掌磨破

它迈动坚实的蹄步

穿过瀚海向沙线突破

赠红柳一串清脆的项铃

向黎明的地平线坚韧跋涉

笔名胡青，原名孙家森，祖籍河南南阳市。天津市文联荣誉委员、天津市杂技家协会名誉主席、天津市作家协会会员。

中华人民共和国成立前曾有诗作发表于上海《大公报》等报刊。

中华人民共和国成立后长期在文化部门工作，有诗歌、散文、戏剧、杂技评论散见于国内多种报刊。

出版《沽上百戏——辉煌的天津杂技》(与人合著)、《路边的红叶——胡青诗文选》、诗集《迟开的花朵》等作品。

(1929 ——)

孙胡青

山谷回声

我眺望着前方的高山峡谷

大声呼唤放开喉咙

山谷立时回应

满山谷激荡共鸣

回响声声

我呼唤着它

它呼唤着我

分不出

哪是我的声

哪是它的声

两声浑然一体

缓缓升腾

长久地长久地

飘荡在空中

野马

它是一匹脱缰的野马
载着我在辽阔的原野上奔腾

它释放出疯狂的野性
它追赶着飞渡的白云
它驾着风
仰天长啸
它嚎叫嘶鸣
四方响彻隆隆的回声
那个肉体的我已不复存在
我将重生

我不会让它停蹄
更不会给它套上缰绳

辽宁沈阳人，祖籍山东。

1931 年随父迁居北平，在北宏庙小学、辅仁中学上学。

1946 年投奔解放区。

1949 年随军进入天津，先后任人艺歌舞团办公室主任、天津文联副秘书长、中国作家协会天津分会副主席等职。

1978 年出任天津师范学院中文系主任。

1985 年调任中国作家协会书记处常务书记。

有短篇小说《苤苤草》及长篇小说《庚子风云》、专著《鲁迅年谱》等著作问世。

鲍昌

那时，我的心

那时，我的心
被烧红的石头烙着
血
干硬
化成翡翠

而岁月并不垂青于我
有如在野马嘶声里
苍穹离我远去
我扪心自问
生
在哪里？
死
在何地？

车辙地翻浆时
我的脉管灼热了
红柳树
像无字的书
记录下我
升华的历史

夜晚
银河下泻
斗转星移
我突发
田野之顿悟

人
一生要活两次

凉州古意

饮尽所有的月光，
人生就抛到脑后。
问东来的渭城春雨，
润绿左公柳否？
问跳罢胡旋的唐姬，
几时钻入我的心头？
问一声凄凉芦管，
雁来几多征人回首？

我醉了，
就在水晶之杯里。
想到一切，
忘记一切。
热泪汇成酒泉，
黄河返向西流。

知道吗？
我要你的剑气洒脱，
我要他的变调管篌，
在这翻天覆地的时代，
我要一个
风急，
雨骤！

笔名路苇、夏季，侗族，湖南新晃人。

年轻时在天津求学，1949 年毕业于华北大学。

同年参军，先后任广州军区文化部文艺处副处长、处长，广州军区政治部研究员，师级干部。广东省文联委员，广东省作家协会第三、四、五届理事，中国散文诗研究会第二、三、四届会长，世界华文诗人协会理事。

1946 年开始发表作品，1962 年加入中国作家协会。

（1931 — ）

柯原

中国鸽子树

无数白色的翅膀拍击着
栖息成一棵树
——中国鸽子树

这树上开满了
会飞翔的花朵
翅膀上载着爱的花朵

可是这树，把嘹亮的鸽哨
洒在北京瓦蓝瓦蓝的晴空
可是这树，飞出无数雨滴
点染了江南迷人的春意

珙树，中国鸽子树
让鸽子飞呵，飞呵
飞过蓝天，飞过碧海
飞进毕加索洗练的图画中
飞进伊拉迪尔柔曼的歌曲里

去讲述，一个古老的国度
那一株株鸽子树
那纷披的白色花朵
正载满了爱，飞呵飞呵
把美好的祝福，送给世界
每一丛绿树
每一扇窗户

寄给海河

海河浮冰随水漂走
到我心中变成一股暖流
我的童年，那烟雾沉沉的童年呵
会随着年年桥下的流冰漂走

不忍看着母亲惜别的眼泪
我离开城市去追寻自由
今天我回来了，门前小小的杨树
已长得高如宝塔，绿满枝头

行色匆匆，又要踏上征途
来不及去看望童年的朋友
心中的浪涛汹涌激荡
我长久地伫立在桥头

海河的水，慢慢地流吧
请留下一个南海战士的问候
当童年的朋友走过你的身边
愿你握握他们久别的手……

笔名云曙、石方，福建石狮人。

1957 年毕业于天津师范学院。

1950 年参加福建省委文工团，此后历任天津教育学院讲师、天津第五十七中学教务主任、天津社科院文学所研究员、中国现代文学研究会第七届理事、天津解放区文研会秘书长、天津鲁藜研究会会长等。

1995 年加入中国作家协会。

著有《新诗纵横观》《虎印雪泥集》《世华文学星空灿烂》《浅谈诗与写诗》等二十多部著作。主编《鲁迅与西方文化》《红雨文丛》《鲁藜诗文集》《鲁藜传论》等。

（1932 —　　）

王玉树

新居生活畅想曲

从前住过的地方叫作旧宅，
留下青春年代的一串串脚印。
它比牧歌更加悠久缠绵，
旧宅又是衰老的黑色象征，
如同生命总有终结的时候。

崛起的楼群笑对一条条大马路，
阳光灿烂指向辉煌的未来。
当代人用双手创造巨大财富，
全凭智慧经营和科技的神力，
筑成千百年来希冀的人间天堂。

举目可见新楼林立如白色石林，
小镇转眼换上现代城市的彩衣，
到处花开富贵人人希望就在眼前，
学子争当博士，商家在国外开办公司，
中国人领先走向人类的伊甸园。

外国有的我们都能拥有它，
奥迪小轿车早已取代了"飞鸽牌"。
天空游弋着绕月的嫦娥飞船，
地上高铁的长度占全球第一，
好啊!每个中国人脸上焕发着最大荣光。

笔名文苑，广东吴川人。

1954 年开始发表作品。

1956 年毕业于南京大学中文系。历任中国社科院少数民族语言研究所研究人员、中学语文教员、《天津文艺》诗歌编辑，天津作协研究员及第三届理事。

1988 年加入中国作家协会。

著有长篇小说《深宫锁恨》《烟雨迷惘》，随笔集《唐诗琐语》《唐诗随笔》《唐诗趣话》《唐诗情韵》，论著《诗酒流芳》《白居易》，长诗《鱼鳞剑》等。

（1933 — 2002）

肖文苑

李白故里

一线山泉从你故里流过，
跌落崖下叮咚有声。
像横在你膝上的一张古琴，
你手弄丝弦，目送飞鸿。
琴声里有杜鹃花的艳丽，
琴声里有子规鸟的欢鸣。
高亢时你弹奏出大济苍生的壮志，
低缓时你抒发出对故土的深情。
最美妙的歌声只能绕梁三日，
你的歌声却千载不停。
山泉只能灌溉着两旁的田野，
你的歌声却滋润着亿万人的心灵。
我坐在礁石上凝神谛听，
不觉半轮山月已经西倾。

字墨龙，祖籍浙江绍兴，生于江苏宜兴。

天津市音乐家协会副主席，中国音乐文学学会理事，天津市音乐文学学会会长，《歌词月报》主编。

1949年从艺，曾与王莘、唐诃、施光南等几十位作曲家合作。

创作歌曲《祖国大地任我走》《金色的童年》《月光下的凤尾竹》，大合唱《腾飞吧，祖国》，电影《海上升明月》中的大型声乐套曲《海的恋歌》，民族舞剧《孔雀恋歌》，歌剧《孔雀公主》等。

倪维德

泼 水（歌词）

一串串笑，一盆盆水，
小伙子赶，小姑娘追。
米涛笑开了口，
水就泼进了嘴。
乡支书刚要躲，
水就飞上了背。
你泼我，我泼你，
欢乐啊在人心里飞。
啊——
吉祥的水，如意的水，
爱情的水，幸福的水。
人人都泼成了水孔雀，
水天水地水在飞。
波涛将敬意泼向毛主席像，
一片欢呼：水，水，水！

月光下的凤尾竹（歌词）

月光下的凤尾竹哟，
轻柔啊美丽像绿色的雾哟；
竹楼里的好姑娘，
光彩夺目像夜明珠。
听啊多少深情的葫芦笙，
对你倾诉着心中的爱慕。
哎，金孔雀般的好姑娘
为什么不打开哎你的窗户。

月光下的凤尾竹，
轻柔啊美丽像绿色的雾哟；
竹楼里的好姑娘，
歌声啊甜润像果子露。
痴情的小伙子，
野藤莫缠槟榔树；
姑娘啊我的心已经属于人，
金孔雀要配金马鹿。

月光下的凤尾竹，
轻柔啊美丽像绿色的雾哟；
竹楼里的好姑娘，
为谁敞开门又开窗户。
哦，是农科站的小岩鹏，
摘走这颗夜明珠哎；
金孔雀跟着金马鹿，
一起啊走向那绿色的雾哎。

笔名小剑，山西洪洞人。

1948—1953 年参加解放战争和抗美援朝战争。

1958 年毕业于南开大学中文系。

历任《诗刊》编辑部主任，《当代》杂志、《现代人》杂志主编，人民文学出版社社长，中宣部文艺局局长，中国文联党组副书记兼秘书长。中国作协第四届理事、第五届全委会委员及第六、七届名誉委员。

著有长篇小说《昨天的战争》《访问失踪者》，诗歌集《孟伟哉诗选》，小说集《孟伟哉小说选》及散文集《战地醉雪》，书画集《我的画》等多部作品。部分作品译有德、日、俄、朝、英、西等多种外文版本。

孟伟哉

迎春歌

春天到，太阳笑，
青青麦苗绿柳梢，
大好时光莫错过呀，
加紧猛干快飞跃！

劈大山，挖渠道，
百斤棉花千斤稻，
繁殖牛马养猪鸭呀，
积肥筑路防旱涝！

开荒地，灭鼠雀，
改良土壤把水土保，
绿化荒野栽树苗呀，
业余再把文盲扫。

跨黄河，越长江，
看谁劳动效率高，
人人都把窍门找呀，
为了增产宝中宝。

勤办社，俭持家，
精打细算要节约，
爱国爱社又爱家呀，
日子越过越美好！

1957年冬季，多次到天津郊区农村进行社会实践，
了解农村情况，徒步去，徒步回。在一个晚间，我还
给社员讲过一次课。无此经历，不可能写此墙头诗。

海河对渤海说

海河对着渤海说：
渤海渤海你听着，
从今咱们要分家，
你是你来我是我。

渤海一听猛回头：
这话自古没听过。
谁敢拦我冲天浪？
谁敢堵我万顷波？

海河听完哈哈笑：
叫声渤海你错了。
你看这千万个英雄汉，
哪怕你波浪比天高！

1958 年初夏，天津市大动员治理海河，
南开大学部分师生参加此工程，我于海
河工地也挖土抬筐十余天。

天津人

天津人，劲头大，
海河不敢不听话，
叫它清浊分头流，
它就不敢再打架。

天津人，敢夸口，
说到做到不吹牛，
咸水淡水一刀断，
要叫海河流水如美酒。

天津人，不怕苦，
因为我们爱幸福！

以上三首诗歌，是孟伟哉先生参加抗美援朝
战争回国后，考取南开大学中文系就读时描
写天津生活的作品。收入 2014 年 12 月人民
文学出版社出版的《孟伟哉文集》。

原名石恒基，笔名荧光，山东龙口人。

1957 年开始发表作品。

1961 年毕业于南开大学中文系。历任《新港》月刊编辑，百花文艺出版社副总编辑，《散文》主编，天津作协副主席，《人民日报》文艺部副主任、编审，中国散文学会副会长。享受政府特殊津贴。

1979 年加入中国作家协会。

著有长篇小说《火漫银滩》《血雨》《密码》，诗集《故乡的星星》《石英精短诗选》，散文集《秋水波》《母爱》《石英杂文随笔选》，短篇小说集《气节》等，逾千万字。

（1934— ）

石英

翠亨村

风云呼唤中成长的小村
却并不寂静
姐姐缠足的痛楚，伴着
打更的梆子声直到天明
平生第一次抗议的对象是母亲
敢对千百年来的习俗说"不"!

翠亨村秀丽平和
没有一点肃重的王气
犹似本村一位成员性格
少怀大志
却无意黄袍加身
只希望中山装的纽扣
反射出太阳的本来光色

更懂事时他才明白
被裹疼的不只是姐姐
那执掌生杀予夺的圣旨
与伤筋断骨的裹脚一样
紧紧捆绑住人们的手足
不分男女　就连那
最安分的山水也疼得啜泣

他呱呱坠地的年代
毛虫正蛀蚀中国版图
香港、澳门如两团乌云
扑向南窗一片昏暗
北风将"天京"余烬的灰腥
送入褓襁中男婴的鼻息
北风南云都在低声呼唤
——孙文

他痛恶缠足
如痛恶象征皇权万岁的圣旨
日夜思索　怎样使
千百万双紧裹的手足舒放
手　不再用来触地跪拜
脚　应走在自己选择的道路上
为此他离开牵挂着的翠亨村
辞别了姐姐痛楚的哭声

作为医生

作为医生
他
奔走于澳门——香港——广州
匆匆
听诊器谛听着心室的颤音
蹙眉推动伶仃洋的浪涌
此时体弱多病的中国
还能经得起几把圆明园之火
国库的余额已被太后号画舫载走
搜尽四万万干瘪的腰包
还能凑得起四万万五千两吗?

病入骨髓
手术刀已难疗救
不如两耳谛听紫禁城的动静
让来复枪暂且取代手术刀
惠州——镇南关——黄花岗
志士喋血凝成殷红的席子
卷起积存的污腥

期待民主共和国的秋雨洗礼
在烈士洒血处看枫叶摇红

或许后世明公
会伸出两根手指品评——
作为医生是够格的
作为军事指挥家还稍嫌文弱
罢啦 空调车里的智者
知否万事开头难
我钦佩历史的先行者
敢以数十载前仆后继
将两千年帝制打入坟丘
剪除积满污垢的长辫
洗雪腐败软弱带来的民族耻辱
也许口才不及同乡康、梁
但他敢于喊出两个字
——革命!

只有敢于不畏死
才称得上是革命
只有扳倒龙椅而不坐
置于博物馆作为永逝的象征
才是跳出怪圈的革命家

本名陈阿乐，印尼华侨，1951 年归国。

1958 年毕业于天津师范大学中文系。退休前曾任天津滨海职业学院副教授、塘沽侨联主席、塘沽文联副主席、塘沽作协主席、天津作协理事、天津民间文艺家协会理事等职。

著有诗集《我们的祖国》《相思情》以及若干散文。

（1934— ）

阿乐

祖坟

突然一下子发现寻找很久的钥匙，
连同外婆曾讲过的姑娘塔的故事，
连同元宵节龙灯迷人的来历，
连同包粽子的竹叶，茶叶的馨香，
还有唐人街传了几辈的习俗。

突然一下子发现盘根错节的榕树，
连同外公的拐杖和没有系牢的泪珠，
连同月夜里流浪的思乡曲，
连同无名的情愫，喃喃地自语，
还有唐人街几代苦涩的梦。

哦，就在祖先繁衍生息的半山腰，
灰色的墓碑，红色的墓砖，
阿祖的坟就像巨大燃烧的印章，
给来自万里认祖的赤子之心啊，
烙上鲜红鲜红的中国的印……

侨乡石路

东家的梦在新加坡港口，
西家的梦在马尼拉街头，
南家的梦在阿姆斯特丹餐馆，
北家的梦在旧金山的高楼。
弯弯曲曲的侨乡石路呵，
伸向世界的各个角落。

一封平安信寄自马尼拉，
一笔侨汇来自新加坡，
彩色照片从阿姆斯特丹始发，
电波由旧金山飞到古城泉州。
弯弯曲曲的侨乡石路呵，
聚集五大洲的阳光和云朵。

夜晚，梦魂向东西南北，
白昼，祈福来自南北西东，
弯弯曲曲的侨乡石路呵，
它像一条奔腾的小河，
河上航行海外侨胞乡愁的帆船，
满河奔流侨眷怀念亲人的浪波。

祖籍河南。少小离家参军加入东海舰队。自幼喜欢文学，在部队即成为新华社特约通讯员。

复员后自学考入天津师范学院，毕业后任重点中学语文教师，同时笔耕不辍，在各类报刊发表大量诗歌散文作品。

(1934 — 2010)

纪东序

孵

孵出一窝黄绒绒的天真
孵出一窝撩拨人心又挤在一起的童话
连音符都从蛋壳中孵出来了
孵出一个挑着竹篓去发家的希冀

守着暖房，他是把星星煮在锅里熬夜的
猛地醒来，他却从锅里盛出半个月亮
粥呢？芋头呢？妻子责怪他累傻了
夜宵、一锅水只煮了一个梦

"捞月亮吃吧，捞星星吃吧"……
诙谐，娇嗔的妻子饱了一家人
几只翠鸟衔着晨曦来润色他腾飞的构想
一只只空蛋壳儿脱去贫苦的挣扎和苦涩

妻子缠绵的视线放飞了他，又拽回他
一个个沉沉的竹篓盛着汗水腌渍的岁月
胆子和信心从市场上、晚霞中担回
摊在妻子的饭桌上，膨胀成一圈欢乐

炕头上他把甜、惬意和自己都交给妻子
笨拙的妻子便接住了一个热乎乎的富足
炕头上的暖和孵房的暖都是诗和哲学
孵一个升华的人生和一个拱破蛋皮的殷实

每当霞光燃烧的傍晚……

每当霞光燃烧的傍晚
她的思绪异常紊乱——
有个挂着奖章吹着小笛的青年
准时地在这时候经过她家门前

笛声就像一首动人的诗篇
倾诉着青年工人的心愿
那挑逗的笛子音波呵
震动了姑娘多情的心弦

她装着悠闲地站在家门口的路边
眼珠儿跟着颤动的旋律打转
弟弟喊她到家里帮助母亲做饭
她说："我在这儿等着爸爸下班……"

爸爸不知在什么时候站在她的面前
她很久很久地没有发现
爸爸说："你在呆呆地想些什么？
为什么连爸爸回来都没有看见？"

她的脸立刻红得像石榴花一样鲜艳
这突然的问题使她无法答辩
她说："我等着弟弟放学回来
随便在门前站一站……"

那个青年愈走愈远
笛音呵，只能隐隐约约地听见
当爸爸缓步地走进家门
那个青年的影子已经消失在街前

……为什么爸爸偏偏这个时候下班
使我满腹的心里话无法对他倾谈
要想再听到那幸福的笛音呵
还得等待一个黑夜和一个漫长的白天……

本名窦学魁，生于山东烟台。

1949 年加入青岛文联，不久即来天津，任天津《新生晚报》副刊编辑。

1987 年任天津印刷协会编委会副主任，并创办昆仑诗社，在国内外报刊发表数百首诗歌作品。

米斗

我在钓饵与鱼之间

隐秘就是诱惑
诱惑是一个漩涡
漩涡里有阴阳鱼
鱼跃心池春波

心池在哪里
在心之谷谷底
心池是什么
不正是一幅太极图吗

周文王曾在心池投饵
引得姜太公痴迷地垂钓
钓什么　谁钓谁
众口纷纭难评说

是钓者设下香饵的金鳌
还是金鳌作饵钓钓者
其实钓与被钓
只是一种相互求索

你要钓青春之鱼吗
鱼正要钓伊甸园禁果
如果达成默契
何妨暂时人鱼倒错

我走在钓饵与鱼之间
赞叹太极变化的玄奥
心池何需别人挥竿
自己岂不正是钓客……

生于鲁西北，大学肄业，1951年参加工作，历任中国人民解放军、志愿军报务员，党政机关秘书，《小说家》主编，《小说月报》副主编等职。天津作家协会理事，天津杂文学会会员，鲁藜研究会理事。

有诗歌、散文、杂文、小说、文艺评论等作品，散见于全国报刊。结集出版散文集《天津——渤海湾的明珠》《子干小说》《子干文汇》等。

（1934——　）

李子干

大海的语言

时而仰天长啸，狂涛腾跃；

时而细雨绵绵，轻浪逐波。

日日夜夜，年年月月；

永不缄口，永不沉默，

大海呀大海，

你在说些什么，说些什么？

直抒胸臆？自述沿革？

阐释哲理？评说功过？

啊！神奇的大海，难降的巨魔，

你是否在讲，是否在说：

谁不懂得你的语言，

谁不摸准你的脉搏，

谁就休想得到你的赐予，

谁就终将被你无情吞没！

大海呀大海，

你在说些什么，说些什么……

原名王福全，天津橡胶厂研究所干部。

从 1958 年开始发表诗作。中国作协天津分会会员，曾任天津七月诗社社委、天津和平区文联副主席。

王全

对镜吟

一

岁月，用其独特手法

恣意雕刻我前额

三条深深的皱纹

组成令人费解的几何

哪一条属于写实

哪一缕含义象征

呵，这命运的拓印

能否为某个画廊

添幅无愧时代的杰作

二

霜鬓能染得乌黑

衰颜能涂得红润

当然，还有

更高超的美容术呢

可我，面对着

时光如刀似箭的指针

唯一渴求的

是砥砺意志锐而不钝

那种无意心灵修补的原色

原名赵秉筠，女，原籍江苏，生于昆明。

1956 年云南大学中文系毕业，毕业后分配至天津，曾任《新港》诗歌编辑，后调至黑龙江哈尔滨任《哈尔滨文艺》诗歌组组长。

1957 年开始在全国报刊上发表作品，先后出版有与张步虹合作的越剧剧本《文成公主》，诗集《给他》。

（1935— ）

林子

给他（之二）

所有羞涩和胆怯的诗篇，

对他，都不适合；

他掠夺去了我的爱情，

像一个天生的主人，一把烈火！

从我们相识的那天起，

他的眼睛就笔直地望着我，

那样深深地留在我的心里，

宣告了他永久的占领。

他说，世界为我准备了你，

而我却无法对他说一个"不"字，

除非存心撕裂了自己的心……

我们从来用不着海誓山盟，

如果谁竟想得起来怀疑我们的爱情，

那么，就再没有什么能够使人相信！

给　他（之十）

只要你要，我爱，我就全给，
给你——我的灵魂，我的身体。
常春藤般柔软的手臂，
百合花般纯洁的嘴唇，
都在等待着你……
爱，膨胀了它的主人的心；
温柔的渴望，像海潮寻找着沙滩，
要把你淹没……
再明亮的眼睛又有什么用，
如果里面没有映出你的存在；
就像没有星星的晚上，
幽静的池塘也黯然无光。
深夜，我只能派遣有翅膀的使者，
带去珍重的许诺和苦苦的思念，
它忧伤地回来了——你的窗户已经睡熟。

本名侯红鹅，师范学校毕业，做过教师、编辑，曾就职于天津《新港》杂志。

发表过诗歌、小说、剧本若干，出版诗集四部，长篇小说五部，中篇小说几十部。多部作品被搬上银幕和话剧舞台。

（1935——　）

林希

你曾经是我的舞伴

你曾经是我的舞伴
我们踏着水一般清澈的华尔兹舞曲
在冰一般平滑的地板上旋转
那时，我像女孩子一样羞怯
你，又比男孩子还要大胆

你曾经是我的舞伴
纷扬的彩色纸条飘下来
缠住了我们的双肩
我想把它拨开
你说：缠着吧
直到永远，永远

啊！我真悔恨
悔恨我竟把舞步踏乱
那一声声温暖的节奏
敲碎了我心上平静的水面
我多么希望那乐曲再重复演奏一次
那乐曲里有一个音符
曾把我们的心弦拨颤

而最后
那缠绕着我们的绚丽纸条终于裂断
当旋律随夜风徐徐飘散
我悔恨又为什么分别得这样仓促
竟没有来得及说一声再见
只把那一个音符
留你心中一半
留我心中一半

母亲的瞳孔里写着我的历史

母亲的瞳孔里写着我的历史
写着崎岖的山路上我不屈的意志

我曾经走进风里
那粗狂的呼啸淹没了我的踪迹
只有母亲的瞳孔看到我
看到我艰难的脚步踏着坚实的大地

我曾经走进雾里
那迷漫的雾霭朦胧了我的身躯
只有母亲的瞳孔看到我
看到遮掩的视野里
有我不能遮掩的寻觅

我曾经走进闪电里
我曾经走进雷霆里
泥泞的道路上蹒跚过我被扭曲的形体
然而只有母亲的瞳孔看到我
看到我走进那样复杂的人生
看到我经历神圣的洗礼

啊！我们都从母亲的泪光中走出来
我们又在母亲的泪光中
向远方走去
属于我的岁月并非都是温暖的春天
与我相处的人又并非都给我以友谊
只有母亲的瞳孔看到我
我磊落的心灵
带给她幸福的慰藉

为了母亲的瞳孔里写着我的历史
我愿以自己的经历
给她留下美好的记忆

无名河（节选）

我来自亲爱的党心头渗出的第一滴血

我来自亲爱的党心头渗出的第一滴血

我来自年轻的共和国第一颗悲伤的泪

我来自我们阶级向光明的队伍

我来自自己甜味的梦境

我来自老首长恍惚的眼神中无限深沉的惋惜

我来自一个柔弱姑娘一双哭红的眼睛

我来自人民心头对于现实的第一个问号

我来自祖国大地第一片被乌云遮掩的暗影

接见室里坐着一位少女

一

接见室里坐着一位少女

对于我，她已经变得完全陌生

我并不感激你千里迢迢的探望

何必呢，何必再燃起死灭的梦

虽然我来到这里已经过三个寒冬

然而过早出现的白发已使我显得不再年轻

如果说我们之间曾经有过青梅竹马的情爱

此时，生活命令我们必须把它抛弃干净

二

接见室里坐着一位少女

对于我，她已经变得完全陌生

然而，即便是我有一副铁石的心肠

也依然要被她无声的泪水感动

但是，人不能回避严酷的现实

我将在严寒的天涯海角度过自己的一生

我竟不如一个给人民制造灾难的歹徒

他们来这里最多接受三年的处刑

三

那么，让我们相互忘掉吧

也许这样，倒使心头获得安宁

你应该在人间寻觅到幸福

命运必将报答你一个美满的家庭

即便是到永远永远

你也不必再想到我

我将如一株娇弱的野草

在寂寞的山涧默默地看着叶的嫩绿，花的嫣红

四

接见室里坐着一位少女

她双手捂着面庞呜咽失声

而我却呆呆地坐在她的对面

像一尊石雕的偶像，没有一丝感情

只有我自己知道我心头承受着怎样的熬煎

正如一把利刃插在我的心灵

尽管那悲伤的少女哭得几乎昏厥

我直到咬碎了牙齿，没有流露一丝感情

又名陈钟璞。

1957 年开始发表文学作品。

1961 年毕业于河北大学汉语言文学系，先后任百花文艺出版社编辑，《天津文学》编审、副主编。中国作家协会会员、中国诗歌学会理事、天津市作家协会理事，天津市出版工作者协会、期刊协会、版权协会理事。

出版诗集《白果树》《苦夏》《负重的太阳》《雾秋》《情感的表现方式》等。

（1935 — 2002）

陈茂欣

情感的表现方式

谁都有
自己情感的表现方式
风也有雨也有
禾稼有林木也有
唯独我的情感
却常以一种
绝无仅有的方式去表现
足可以惊世

我的爱是首悲哀的诗
我的恨是首欢乐的诗
我的生是首无韵的诗
我的死是首无字的诗
诗不是阳光也不是空气
诗不是粮食也不是水

是把白昼的太阳当成月亮
是把夜晚的月亮当成太阳
于是
我的一腔情感
便不再死而复苏

回首

记得
柳笛儿吹出的每个曲调
都是一首别致的诗
令人爱不释手
或许错愕间
才发现自己的
思维的迟钝
在时间与时间的差异上
总也算不出准确的结果
书生的呆气可想而知

其实
若回首却一片空白
怕是喝酒醉了的缘故
偶然的一瞬间
该当刻骨铭心
而细柔的一株嫩柳
且与秋风秋雨

成为书房里
一幅仰视的油画
是唯一最欣慰的事

不过
有谁曾怀疑呢
老桑奉献给蚕的叶子
是天经地义
尽管茧的缫丝
会织出美丽的衣衫
桑也只为别人祝福
况且夕阳不居功于彩霞
因彩霞和白云一样
是素洁的精灵

相知者的负重
虽尽尝苦况滋味
也倍感酣畅淋漓

山鬼

我站立在根雕面前
根雕兀立在我面前
我们默默地凝视着
却以真诚去理解对方

你身上的树冠呢
你成熟的果实种子呢
你的记忆中的年龄呢
为什么你孤独地来伴我
根雕

你扭曲折弯的身躯
你空裸瘆人的胸腔
你傲然丑陋的面孔
不就是一部历史书么
我愿意从第一字读到
你的最末的一个字

或许你以往的不幸
正是唯你独具的幸运
而击你的雷烧你的火
砍伐你的斧蛀你的虫
是不会想到你竟成为
惊世的一件木雕艺术啊

我站在根雕面前
根雕兀立在我面前
我失声喊出你的名字
山鬼

173

天津人。毕业于中等财经专业学校，曾任天津市作家协会副秘书长等职。

多年致力于诗歌和抒情散文创作，著有诗歌集《流泉与彩贝》《在海底世界》《艺术画廊》《真情》《山情水韵》等，散文集《海月圆》《鄂伦春风情》《素笺情书》《绿染心灵》。

（1935 — 2009）

柴德森

森林的色彩

生命该充满音响
大森林却默然无声

明丽的清晨
森林是嫩绿的
灿烂的正午
森林是鲜绿的
沉静的黄昏
森林是墨绿的

河水在阳光里莹耀
河水在霞光里泛红
河水在雨丝里黝黑

遥远的山
是灰白的
层叠的山
是黛色的
头上的山
是苍碧的

大森林无声无息么
色彩就是生命

我愿裁得一匹瀑布

仰望云天深处
呵，天湖垂挂着万仞瀑布

闪光的丝缕
取阳光七彩作图
大山的织机
纺进了茫茫水雾
我愿裁得一匹瀑布
去缝制一件新服
披身将求得磅礴之情
更会脱胎换来刚毅之骨

激情虽灌满胸腹
手又难找裁处
伫立沉思怎来举剪
徘徊山崖怎不踌躇
干脆举起相机留影
可惜这声势又何以得求

此时，飞瀑声声更高
如轰雷震破耳鼓
此时，飞瀑步步加速
如急电触感双目

我俯身捧饮一掬瀑水
终于得来一点灵悟
于是再抬头仔细观看
发现只有千缕经线在垂天飞舞

条条纬线究竟在哪里
否则怎把我的愿望织就
呵，原来只有从心底抽出意志之丝
绝不该有吝惜地存储

我将投入瀑布般的生活洪流
百折不挠地把理想追求
最终我必将得到一匹闪光的瀑布
以慰生命，心满意足

河北沧州人。曾经是铁路巡道工，在铁路行业工作数十年直至退休，业余时间写诗，作品在国内一些报刊发表，为天津作家协会会员。

已出版诗集《还需表白》。

（1935——　）

袁秉彝

百里盐滩

崇拜人的脊梁
那是擎托灰尘的原址
崇拜脊梁上的汗
那是珍珠的老家
而盐滩形神兼备
百味之祖啊
人是它的伙伴

由此推开去一马平川
由此想下去遍地蒺藜
沟沟坎坎是如何削平

晒如火如荼地晒
其后是刮骨疗毒
处处下管流出去
扬一片淤积
剩下的才是精华
谁能在此尝一下味道

泛花结籽针入线
剪入棉雪啊大地温暖
人抖擞起来万里无云
万里清风这一马平川
才酿出真正的东西

盐滩脊背铜头罗汉
哪儿是家
就在这滋味
由享用的人见证

原名苏承宗，安徽石台人。曾任天津机床厂夜校英文教师。

1957年加入世界语协会，历任《世界文学》特约撰稿人、国际世界读者青年联合会中央委员。曾任百花文艺出版社编辑。

著有诗集《来自中国的诗》（意大利语）、《春日的悲歌》（世界语）、《迟来的素馨花》（汉语），译著《意大利威尼斯》等。

（1936 —— 1990）

苏阿芒

我爱你，中华

世界上有许多美丽的地方，
它们常常引起我的幻想。
埃及古老的金字塔，
俄罗斯神秘的白夜，
塞纳河畔迷人的黄昏，
和挪威午夜的太阳……
但是，我最爱的只有你啊，
——美丽的中华。

手绢

在我们痛苦的分手后
船已渐渐离岸
我看到你在远方
向我挥着手绢

你的手绢就好像海鸥
在蓝天飞翔
在无尽的黑夜里
在我的梦中飘荡

字文淦，满族。生于古都西安，祖籍辽宁凤城。

先后在学校、工厂、机关、事业单位任职，并长期从事文学创作，有《海的音响》《山的依恋》《五月原野》等九部诗集出版。曾任天津画院院长，有《艺术恒言卷》《古今书画名人故事》等著作问世。现为一级作家，国务院政府特殊津贴获得者，中国作家协会会员。

（1936—　）

白金

我的血呦，血呦

血呦，血呦，血呦
血在这里凝成立体的我
要在黑暗和冷漠中燃烧
我不是咸苦酸涩的泪水
也不会变成风中飞散的灰烬
我是宁静又火热的战士
挺直地伫立在夜幕里
或步入幽深的洞窟、巷道

我发誓燃烧，我要燃烧
鲜红的血滴缓缓流淌着
把光给了寻觅，给了辛劳
哪怕微弱的只是点点火星
那也是我耿直无邪的心
心甘情愿做出的牺牲
不必像烛光那样炫耀
我的血呦，与光肝胆相照

我的每滴血都似无数星光
照耀着匍匐或冲击的身影
照耀着低沉或昂扬的号角
照耀着滂沱狂骤的风雨之夜
照耀着哽塞呜咽的溪流河道
血呦，迎来雷声，迎来漫天霞光
迎来晴空，迎来欢乐的呼啸
我的血幸福地滴着，滴着

血滴和火焰迈着同一个步伐
在神妙的星群中巡游
给太阳以默默的微笑
我的血将为光流尽最后一滴
最后一滴也含着尊严和自豪
我清楚自己的生命很短暂
短暂的生命更应无畏地燃烧
我的血呦，血呦，血呦

变幻的云朵

云朵，在高空导演很多故事
魔幻，扇起时疾时缓的风
从千道山梁万条河流翻过去
从每个季节每圈年轮刮过去
仰起头是丽日虹彩的婚礼
让星星全藏到洞房去调皮
转过脸就颠倒了天地故事
请山洪巨涛卷满了惊悸

没有比气候更诡谲多变的了
娇柔是它，撒泼也是它
不定的脾性，可疑的行迹
面对着风雨雷电的打击
迎接霜露雪雾的侵袭
怎么排除这一切的灾害呢
靠谁？只能靠我们自己
靠这山坳间耸立的创举

请看，百叶箱，测温计
伴同气流图、风向仪
面对云朵导演的故事
制服着冰雹、龙卷风
疏散着雪霰、毛毛雨
把众多星球送来的信息
酿成春潺融化掉冬的凄厉
让满目温润洇透青草地

随着太阳弹欢的舞步
这里曾录下每道电波的心音
和每个风讯的起伏情绪
让睥睨孱弱的跪拜远远逝去
坦然掌管大自然的命运
还有什么不可洞悉的呢
跟紧，专心一致地跟紧
跟紧阴晴四季的行迹

驼影，大步走来

驼影，大步大步地
从塞外艰辛走来
埋下头，一口一口
反刍着胃里的积蓄
城门外，我赶来迎接你
迎接你持久的耐力
迎接大兴安岭的松柏
给你的芳香气息

二十岁出头年纪
有的人还是戏耍的伴侣
你却厮守在钢锯旁
记挂着采伐工人的劳累
立志用电脑的神秘
创造一种新的机器
让每座森林中的帐篷
涌满轻松和惬意

你熬没了上千个黎明、黄昏
寻觅了五大洲如海的信息
储存了数百份试验数据
你是多么钟爱林海雪原
又是多么赞佩山鹰的坚毅
你心灵的湖水清澈透明
顾不上理睬阴风冷雨
急急催赶着自己的步履

你终于成功地制成伐木机
稳当当开进频密的林地
工人们簇拥起你的创举
抚摸着你瘦弱的身躯
好似看到长途跋涉的骆驼
一直不停地向前赶路
今天风尘仆仆到城里来
可是去参加国际采伐会议

福建漳州市人。

1959 年毕业于厦门大学化学系。天津大学教授、博导，享受国务院政府特殊津贴专家，兼任过环境核化学与水化学研究所所长，中国核化学与放射化学学会理事，中国核学会核化工分会顾问，锕系元素与核燃料循环专业委员会委员，国际放射分析与核化学学报顾问编委，加拿大国家水研究所客座教授，北京大学兼职教授，纽约科学院院士等。

曾在《光明日报》《解放军报》《人民文学》和《诗刊》等报刊发表过诗歌与评论。

王榕树

海
心

多么活跃的生命之源！
最原始的藻类呵，
就在你的怀中诞生，演变……
人，也是海洋的后代吧，
血液与海水的组分何等近缘

哦，大海，
我热恋于你奇特的岸边，
却不是为了观赏你那——
晨曦中飞舞的彩带，
夕阳下静谧的金盘……
是的，这一切都可以给人以
奇情丽景般的美感。
然而，更激励我的
是你那不息的鼓浪。
那么深沉的低吟呵，
那么动魄的呼唤！
它是发自海心的吗？
几十亿年的澎湃与荡漾呵，
才造就了繁华世界气象万千。

哦，大海，

哦，大海，
你以你那博大的胸怀，
提供了人类交往的运输线；
你以你的豪富与慷慨，
贡献了鲜美的鱼、虾、蟹、贝，
更有治病的溴、碘，生力的食盐……
从那遥远的年代起，
你就以持久的魅力，
拨动过多少人心弦
谁能数清——
海滩上有多少晶莹的卵石；
人世间有多少颂海的佳篇。
哦，大海，
你这太阳系里唯一的水域呵，
大概连宇宙人也十分羡慕吧，
要不，何以常闻——

梦幻般的飞碟
屡屡在海中盘旋……
哦，大海，
你那咸苦的滋味令人清醒
我在欣喜之余，
不免有点怅然。
平川化泽国的悲剧
永远过去了……
但你在人类的心灵里
还萦上一层神秘的雾帘。
人们对你的认识，
甚至逊于月球表面，
你有取之不竭的生物资源呵，
可环球处处，多少人尚缺营养；
你不乏仿造太阳的氢燃料，
可当今世界却愁欠能源……
人们走访月球，探秘金星，
也难寻你这富饶的聚宝盆；
可为什么地球人的生活，
未能达到应有的富足完善？
哦，大海，至密的伙伴。

我听懂了你那发自海心的呼唤：
"人们啊，快增长你的才干吧！
人所应有的，海样样贡献。"

哦，大海，你欢腾吧，
我们多难兴邦的母亲呵，
正慈爱地培青育秀，
让每一股智慧的涓流，
都用来灌溉"四化"的明天。
向前奔驰的大波呵，
请载上我们奋进的心帆……
我们既然把热血
献给造福人类的事业
我们既然把信念
交给美丽崇高的理想，
我们就要像你浪花里的
每滴水珠
在生活的海洋里，
在科学的海洋里，
献尽自己的
一卡热，一缕光，一度电！

元素诗话·铍

我们住在翠绿的、海蓝的、火红的宝石里，
如晨曦中和骄阳下变幻的渤海奇特瑰丽；
不幸无聊的装饰品生涯虚度几千个年华，
如今才在远征太空、驯服核能中扬眉吐气。

我们骨头好硬，莫、干是否早就熟悉我们？
要不他俩的宝剑怎能削铁如泥锋刃无损；
今日的发明家呵能不能再来个新的突破，
炼出比水轻比钢硬像宝石般永恒的合金。

注：铍，主要以绿柱石存在，早先被琢成装饰品。纯铍仅
为水重的 1.8 倍。其合金质坚而轻，富有延展性、弹性、
耐热性。近年来，铍合金在制造优质飞机机件、火箭及卫
星外壳，以及核反应堆的反射体上起着重大作用。

笔名高吟，出生于河北省怀来县，天津市作家协会会员。

在《人民日报》《长城》《诗刊》《星星》等全国各地报刊发表小说、散文、诗歌数千篇（首），作品入选《当代短诗选》，2007年出版个人作品选《读山品海》。

（1936 — 2007）

高近远

两地情——献给我的妻

结婚二十年，
相聚三百天。

你在山村住土屋，
我在机关桌当铺。

你牵挂我的孤独，
我思念你的辛苦。

你不会给我写信，
我写信你认不清楚。

每当枫叶飘进屋，
邮包定有棉衣裤；

五月端阳麦子黄，
黏米红枣邮包装；

八月中秋月儿明，
千里迢迢寄糖饼……

你的来信我最爱看，
画两颗心儿青（情）线穿。

我给你回信更奥妙，
画了一个大"知了"。

中国作家协会会员、中国音乐文学学会会员、天津市儿童文学研究会会长、《金摇篮》儿童诗报主编。

在海内外发表儿歌、童诗作品五十余部。《比尾巴》《雪地里的小画家》等作品，被编入小学语文课本。

（1937——　）

程宏明

猴
戏

锣声里，
步履蹒跚。
皮鞭下，
跟斗连翻。

急切切，
逢场表演。
眼巴巴，
端盘敛钱。

当年"齐天大圣"子孙，
为何落得这般？
哦，只缘身后——
那张善变的脸！

笔名莹石、楫放舟，生于天津市北辰区小淀镇。

1956 年开始文学创作，在《新晚报》《新港》《天津日报》《天津工人报》等刊物发表作品。

现为中国音乐著作权协会会员、中国音乐文学学会会员、天津市作家协会会员。

（1937 — ）

杨树楷

哦，天塔

不管我走到哪条街道里巷
哦，天塔
都能遥望见你的塔尖

你把园林式的楼群小区装点
你在林立的新楼间出现
和它们组画
组成壮美的画卷

你是金梭银梭
在蓝天的锦缎上
刺绣着天津人豪迈的情感

你是一座山
都市人的心中
永远矗立的峰巅

你是一棵君子兰
一枝亭亭玉立的花箭
你是一棵钻天的圣诞树
挂满日月星辰
金果灿烂

你是旗杆是巨笔
早晨挑一轮红日
傍晚挥动红霞一片

哦，天塔
天空旋云是唱盘的纹路
你是唱针
唱津城的今天和明天

山东牟平人。

1957 年毕业于天津工业学校，毕业后被分配到天津自行车厂业校任教，同年发表诗歌处女作。

1961 年出版诗集《雪花飘飘》，是第一位荣获劳模称号的工人诗人。

几十年来曾在《诗刊》《星星》等数十家报刊发表诗歌百余首。

（1938 — 2009）

刘中枢

荷花池

一

盛夏的日子，你我在这里相见，
怎能忘记那么朦胧的初恋？
看池塘，红也荷花，白也荷花，
多像你，半是羞涩，半是缠绵。

荷花池听见了心的惊慌
一颗石子，投入平静的水面……
于是我们将怀念这个地方，
从青春年少到白发的晚年。

二

飒飒落叶，飘来秋的傍晚
你走来了，向着夜的池畔
从这里我们走向静悄悄的树林，
哦，一弯明月涌出了云端。

不要说，爱情月一样婵娟，
它是心灵，和相似心灵的结伴；
真的吗？你眯起眼睛笑了，
真的，月光下的盟誓月月天天。

三

我喜欢明亮的星星吗？喜欢，
当我和你徘徊在荷花池边；
星光一样战栗，星光一样晶莹……
第一次，你的啜泣，你的泪眼。

分别是短暂的，不要哭，
旅途上，我不会寂寞，也不孤单；
哦，亲爱的人像天上的星星，
走到天涯海角，也能够看得见。

焊工祖孙

电焊火垂一幅蓝色的幔帐，
一老一少，摄出身影一双；
星星像是钢板上无数被焊火穿透的眼儿，
地上一排冲天的白杨。

秋夜，老杨树落下苍绿的叶子，
身边的幼杨长得更加茁壮，
那摇曳的枝叶在老焊工心里响着，
风呀，风在老焊工耳边轻轻歌唱。

——爷爷，我要在这扎根长大，
像不老的杨树，和爷爷一样：
——孩子，不要像爷爷驼了脊背，
我巴望着一代更比一代强。

——孩子，遇上这好年月，
你可不要枝枝杈杈往歪里长！
——爷爷，我要在风里不摇，雨里不摆，
不忘祖辈的心血，党的阳光。

——嘿嘿，孩子，
咱焊工就是要当一杆不锈的焊枪；
——那就把枪交给我吧，
行吗？爷爷，我来接您的岗……

一老一少，背衬蓝的幔帐，
闪亮的焊火给他们拍一张相，
伴着那初升的月牙儿，
亮的星，蓝的火，冲天的白杨！

祖籍河南。

1954 年开始发表作品。

1964 年毕业于郑州大学中文系。历任天津人民出版社编辑、百花
文艺出版社副编审。

著有诗集《海上渔歌》《柳笛》《科学之光》《海河诗笺》等。

（1938 — 1998）

刘国良

残荷

来时误花期，

红荷已凋零。

漫步湖岸察秋色，

却觉清香上九重！

莫非是

红荷尚多故人情

花别去

留得清香浓？

漫道残荷失秀容，

花开自然有节令！

即使岁寒花不发

纵然大地凝坚冰，

冰下更生心

耿耿自坚贞！待到来岁柳丝舞

湖中荷花依然红，

叶翩翩，

花亭亭，

红绿丛里小莲蓬，

落蜻蜓……

眼望残荷思人生，

人生可曾自坚贞？

君莫忘：

红荷朵朵秀，

出自岁岁污泥中！

无智尚能洁其身，

有智人

莫使污垢染魂灵！

本名王石祥，河北清河县人。

1958 年入伍，曾任北京军区政治部创作室主任。第五届全国人大代表。军旅诗人、歌词作家、书法家。诗歌《周总理办公室的灯光》入选全国中学语文教材，诗集《兵之歌》1964 年由百花文艺出版社出版。

参加引滦入津工程，并创作诗歌《五百一十七级台阶》以及《十五的月亮》《望星空》等一大批歌曲。

（1939 —　　）

石祥

五百一十七级台阶

——这是一条什么路啊，
片麻岩支离破碎，
地下水瓢泼如注。
宽——转不开身子，
坡——五六十度。
崎崎岖岖，凹凹凸凸，
我们日日夜夜就在这里，
上上，下下，
进进，出出。

我们有时把它当作琴键，
——哆、来、咪、发、嗦……
嘴里哼着小曲儿，
弹动飞快的脚步。

我们有时把它当作塔尺，
一、二、三、四、五……

比赛着施工进度，
刷新着掘进纪录。

我们有时也浮想联翩——
把台阶纳入中华腾飞的征途。
泰山玉皇顶海拔一千五百四十五米，
我们三四个来回，
就登上一次这"天左一柱"；
珠穆朗玛峰海拔八千八百四十八米，
我们上下十几趟，
就能攀上这世界最高峰的绝顶处。
我们有时更富于浪漫——
想写一首长诗——五百一十七行，
行行都要精雕细琢。
写得甚至有点朦胧，
不过，不是云中赏月，雾中看花，
而是夜观月圆，午看日出……

也想绘一幅画——
"一线天""千丈瀑"，
地上长城连着地下长城，
羊肠小道连着万千大路。

我们有时也感到疲劳，

作业一天，实在抬不动脚步。
有时渴得咽口唾沫，
谁知嘴里早已干涸。

有时累倒在台阶上，
躺下就打开了呼噜。
顷刻，倒做了一个香甜的梦，
梦见：天津
——这个苦水里泡大的孩子，

第一次喝到鲜美的乳。

我们也想到过子孙万代，
到未来，这五百一十七级台阶，
也许成了历史文物。
让后人用电子计算机来考古，
看二十世纪八十年代——
中国士兵、中华民族，
是怎样引滦入津，为民造福！

在引滦入津工程中，我部承担了在将军帽山下开凿 12.39 公里穿山引水隧洞任务。为了使分散在 30 多个作业面上的兵力进行正洞施工，先后开挖了 17 个斜井深入地下，每个斜井长达几百米，最长的台阶有 517 级……

瞄星星

枪口对准星星，
星星大吃一惊!

看它呀，躲躲闪闪，
看它呀，跳跳蹦蹦。

星星，不要害怕，
战士的眼睛最清。

我们揍的是空中强盗，
瞄你，只是练功。

星星笑了，
笑着跳上准星。

眼睛—准星—星星，三点一线，
牵来了多少黎明!

战士夜间练习瞄准，把星星当作枪靶。

中国作家协会会员，中国音乐文学学会会员。

创作千余首儿歌、儿童诗、歌词，出版《小歌谣》《童话儿歌》《绿色童谣》等书。有儿歌入选全国小学语文教材。

（1940 — 2012）

郭荣安

狐狸说过谎话

狐狸曾说过谎话，
一见乌鸦就害怕。
它曾夸过乌鸦是歌星，
乌鸦一张嘴把肉送给它。

狐狸曾说过谎话，
一见小熊就害怕。
它曾装扮成熊妈妈，
把送熊姥姥的生日蛋糕骗走啦。

狐狸曾说过谎话，
连自己的孩子也害怕。
它曾让小狐狸装病，
骗狐狸爷爷给它买好吃的。

狐狸自以为有个聪明的脑瓜，
骗人的能耐比谁都大。
从此，它没有了朋友在山林里溜达，
扑通！掉进了猎人的陷阱……

南开大学外语学院教授，天津市作家协会会员，圣彼得堡作家协会会员，资深翻译家。

主要译著有《俄罗斯名诗 300 首》《普希金诗选》《克雷洛夫寓言九卷集》《费特诗选》《茨维塔耶娃诗选》《蒲宁诗选》，传记《茨维塔耶娃：生活与创作》等，并主持翻译《俄罗斯白银时代文学史》。

（1940 — ）

谷羽

阳光 月光 目光
——波罗的海滨海城市与故乡时差五小时

让我们约定时间同看太阳

虽然你看它在高空

我看它在东方

但这是同一个太阳

阳光中有你的目光

有我的目光

让我们约定时间同看月亮

虽然我看它在中天

你看它在西方

但这是同一个月亮

月光中有你的目光

有我的目光

我们相隔万里

山高水长

所幸

我们拥有

同一个太阳

同一个月亮

同样的目光

架桥铺路工

有人说："文学翻译，
是吃力不讨好的劳动，
译得好，
光荣归于原作；
译不好，
自己招惹骂名……"

可真正的译家不重名声，
他们甘愿做架桥铺路工，
陪外来作家过桥，
排除障碍，
伴读者出国远行，
一路畅通……

译著——
是修桥铺路的基石，
流血流汗，
只要桥宽路平，
广交朋友，心里高兴，
任人褒贬，平静从容。

雪花梨

从小爱吃
家乡的雪花梨
香甜细蜜
咬一口
甜在心里
那是妈妈买的

我上高中
远在外地
妈妈给我买雪花梨
为了保鲜
把梨藏在小米缸里
回家咬口雪花梨
甜蜜一个假期

妈妈走了
再没有什么人
为我买梨
为我藏梨

天津人，中国作协会员。

1957年参加工作。

1959年入伍，曾在部队任文化干事、宣传股长等职。

1973年转业至天津冶金局，后调入天津市文化局创评室，曾任《天津文学》杂志社副社长、《通俗小说报》主编、天津作协理事。有大量散文、随笔、诗歌问世。

著有诗集《钢之歌》、作品集《甲子人语》《冯景元杂文自选集》等。

(1941——　)

冯景元

1976·钢丝绳谣

拧成一根绳
拧成一条心
拧得紧绷绷！

钢丝绳，拧呵拧

千股钢筋齐汇拢
万根钢丝合成绳
要问劲头有多大
拉山——山倒
拽天——天倾

钢丝绳，拧呵拧

门吊等着起万吨
绞车等着拉起重
巨轮等着缆铁锚
钻塔等着钻地层
哪里建设都急需呀
分分秒秒要力争！

钢丝绳，拧呵拧

根根钢丝经拉拔
股股注满阶级情
奋力投身于集体
风吹不断
雷轰不崩
浪打不散
水泡不松！

钢丝绳，拧呵拧

千拧万拧不断头
万米千米方向明
登矿山，下盐井
入海洋，上高空
钢丝齐心劲无敌
团结起来劲无穷

钢丝绳，拧呵拧

上下前后手挽手
东西南北齐向中
拧成一股劲

国家拧成钢丝绳
帝修反，胆战惊
人民拧成钢丝绳
日月也要改进程

2005·春节农历表

一

春节，农生辰，岁出诞
生肖分娩

太阳用手
托着我们

二

所有文明加在一起
抵不上自然的一丝分量
人类用雄起的塔楼
把头昂举上天的时候

自然如来的手轻轻一挥
掸尘一样，便拂去
钢筋水泥筑下的
全部尊严

——爱
不在顺之而在告之

三

不是每条江河都能入海

不是每粒种子都能成树
不是每块云彩都能下雨
不是每个早晨都出太阳
廿四节气，是廿四颗准星
年年人过春节
岁岁户需农耕

四

人道不平
天道制衡
被人类惶恐的灾难
于自然，是自然

另眼看地震、海啸
和社会一样——
那是用能量显示的
一种威力存在

五

厨房是出味的
厕所也是出味的
是人把上水变成下水
香，变成臭

有物力祸乱物力
有能源祸乱能源
有时间祸乱时间

消费不消化
有什么祸乱什么

把中国人治成许多外国人
西医用中药治本
把中药都治成了外国的

六

冷时一回事
暖时一回事
说别人是一回事
对自己是一回事

人活着最应该耕耘的
不是土地，而是那颗
容易长草的心

九

好时一回事
坏时一回事
过来是一回事
没过来是一回事

生活是脆弱的
所以有了蚂蚁的呼喊

生命是不屈的
所以有了蚂蚁精神

人总是一回事
经历了一回事
还是一回事

在蚂蚁的视界里
蚂蚁是伟大的

七

十

历史不是衣服
而是肤色
长在身上
谁也脱不掉

存在就是理由
为所有人祈祷

用敬畏的眼睛，用无助的手，
用震撼的心，用能付出的情感

生活
或许就是
填满空的
掏空满的

用蜡，用烛，用鞭炮，用钟声，用香火，
用门神，用福祉，用楹联，用花市，
用鸡，用猪，用牛
也用日月给我的
活着的每一天

八

中医用西药治标

2014·尘

尘的前面是埃

埃的前面是沙

沙的前面是纤

纤的前面是微

微的前面是忽

忽的前面是丝

丝的再前面

才是毫、厘、分、钱

它的位置

在一万年以前的世界

就这样排定

单位最小最小

分量最轻最轻

毫厘之毫厘

微末之微末

有限之有限，

无极之无极

多高多久多显多赫多威多名

法、哲、理

风、花、月

情、爱、恨

都不能超越

都不免最终

它是

一切一切的

落定

本名任庆泽，天津宝坻人。

历任海军南海舰队新闻干事、创作员、海军后勤学院军事教研室副主任、副教授，大校军衔。中国作家协会会员、第四次全国文联代表大会代表。

1965 年开始发表作品。出版诗集《春满西沙》《大海琴声》。

(1941 —   )

任海鹰

望西沙群岛

好似满天星斗，
撒落汪洋碧波，
犹如颗颗珍宝，
在海上金光闪烁。

有的像嫣红的玛瑙，
有的像橙黄的琥珀，
有的像墨绿的翡翠，
有的像五彩的贝壳。

啊，这群美丽的珊瑚岛哟，
在南海水面环抱着祖国，
灿烂辉煌，五光十色，
每个都是海花一朵。

百鸟像采花的蜜蜂，
在群岛中穿梭；
渔帆如银色的飞鱼，
在珊瑚丛中出没。

这里有采不完的特产，
运不完的海鸟粪垛，

唱不完的丰收歌曲，
写不完的战斗生活。

这美丽富饶的群岛哟，
就是一本光彩夺目的画册；
祖国的阵阵春风，
吹开西沙多少动人的画页！

哨所上飘扬着五星红旗，
太阳一出红似火，
照耀千里海防，
辉映万顷碧波。

老渔工猛扠鱼叉，
渔家姑娘磨刀淬火。
海上传来打靶捷报，
民兵荷枪在海滩巡逻。

西沙群岛哟一座座堡垒，
西沙群岛哟一个个哨所；
朋友来了，她是欢迎的花环，
敌人来了，她就是无情的绞索！

天津人，天津歌舞剧院创作室主任、国家一级编剧、词作家、享受国务院政府特殊津贴。中国音乐家协会会员、天津市儿童文化研究会副会长、天津市企业文化协会理事。

发表诗词、文论、影视等作品四千余首（篇）。

(1941 —   )

万卯义

东方巨人（歌词）

千年文明的积淀，
造就了你的卓识远见；
万里江山的浩瀚，
支撑起你的挺拔伟岸。

历史风云的变幻，
锤炼了你的智勇双全；
明媚春光的展现，
述说着你的英明果断。

你举起一片蓝天，
使春色永驻人间；
你绘出一幅画卷，
令世界不胜惊叹！

神奇的中国字（歌词）

中华几千年，
沧海变桑田。
创造了独特的中国字，
一大奇迹留人间。

方块字是岁月的帆，
推动着历史不断向前；
方块字是顽强的砖，
垒起了长城保卫江山；
方块字是艺术的花，
造就了书法令人赞叹；
方块字是生活的书，
写尽了人间苦辣酸甜。

中国字是知识的宝库，
中国字是智慧的源泉。
全世界争学中国字，
华夏文明天下传。

生于张家口，毕业于张家口师范学校。先后在陕西军工 115、天施工会、天津一机局、文化局等单位工作。

在《天津日报》《天津文学》《诗刊》等发表多首诗作。和著名作曲家王莘、施光南、万卯辰合作，创作《铁牛我爱你》等歌曲。为著名曲艺家李润杰、骆玉笙等创作演出作品。

（1942 —　）

段振纲

春 天（外一首）

叶子和叶子拉着手

小花和小花对着脸

叶子叫爱

小花叫情

花儿叶儿长大的时候已到了青年

可它们却说我们愿意永远在童年

因为那是春天

岁月的颜色

年轻时的爱人

长辫的头发黑黑的

年老的妻子

短短的头发白白的

她笑看两处幸福的酒窝

一个是温情的夜景

一个是饱满的夕阳

波光流转旧貌换新颜

笑数风流

辽宁省大连市普兰店镇人。

1962 年考入吉林大学中文系。
1968 年毕业入伍。
1985 年转业至百花文艺出版社。

历任小说编辑室、散文编辑室主任，编审。中国作家协会会员。
主要著作：随笔集《家庭社交漫谈》（与人合著）、诗集《五片枫叶》、
散文集《牛背上的黄昏》、文艺评论集《品书与品人》等。

(1943 —   )

颜廷奎

炊烟

刚够吃

炊烟很直
不会拐弯抹角

二

笔直笔直的
筑一片蓊郁的防风林
山村之晨安谧如
情窦未开的淑女

一

无风天很少
它总是弯着腰说话

不在茅草屋里住
不知它在说些什么
历史上　第一个诠释炊烟的
是陈胜和吴广
炊烟一旦折断就成了
农民手中的杆子
所向披靡

毛泽东从垄亩走来
把一株株炊烟扶直
系上一面如火的红旗
东方红了
农民感激他
天天派炊烟向他报告
锅里的粮食不多

也似浅灰色的渔线在垂钓
诱饵十分丰盛
鱼儿饱餐之后便自由地
游进玉米高粱大豆的海洋
这诱饵没有阴谋

汗水浸过的亢奋
浑身隆起长白山和兴安岭
胸毛如黝黑的森林
女人在浓荫里乘凉
防风林其实并不防风
风一来便纷纷倾斜
小村开始骚动
失去宁静

黄河之冬

黄河睡了
激情在冰层下静静流淌
等待
明年咆哮

睡得香甜而安详
冬雷阵阵响着鼾声
北风凛凛鸣着呼吸
一川白雪浮起一轮红日
他的头颅高昂着

冰封雪锁只能肆虐一时
而春天，正在训练
鲤鱼
跳过龙门

黄河之冬
冬之黄河
依然是中华的象征

雪花

只有这一种花
不需要绿叶扶持

只有这一种花
不依附于枝条

只有这一种花
是从天上落下来的

所有的地方都可以生长
屋脊、小巷、田垄和人的身上

给一点温暖就感动得流泪
浇灌出杏花、桃花、李花

万花之先是梅
万花之母是雪

原名张学善，河北易县人。中国作家协会会员、中国诗歌学会理事、中国散文学会常务理事、天津市作家协会理事。

1966 年毕业于河北大学中文系，曾在报社、高校、工厂工作，1973 年调入百花文艺出版社，曾任副总编、编审，兼任《散文》月刊、《小说家》双月刊、《东方企业家》月刊主编。

出版诗集《攻关集》《山歌集》《雪花笺》《花魂》《梦的启示录》《三色花》《半行策》《情结 99》等。作品被文摘报刊多次选载并收入多种诗选和中小学课本。

（1943 — 2007）

张雪杉

祖国二题

一

我的名字和你的名字
紧紧紧紧地连在一起

当你的名字
被人践踏在地的时候
我的名字和我自身
同时陷入了森森地狱

当你的名字
被人仰首凝视的时候
我的名字和我自身
才得以在地平线欣然站起

二

鹰说，蓝天最好
鱼说，江河最好
蚯蚓说，土地最好
啄木鸟说，森林最好
我说，祖国最好
祖国——最好

尽管蓝天上翻腾过乌云
尽管江河上席卷过风暴
尽管土地还很贫瘠
尽管森林还不繁茂
但我时刻都很清醒
唯有祖国
才是充满母爱的怀抱

黄河

那行昏昏黄黄的老泪
总在流淌　总在流淌
是女娲造人的激情吗
是大禹治水的衷情吗

激情流淌成万岁万万岁
衷情流淌成万岁万万岁
昏黄了中原　昏黄了渤海
昏黄了日轮　昏黄了月轮

那行老泪
年年纵横为万行涕泪
万行涕泪
年年汇合为那行老泪

那荡漾于九曲回肠的
激情　衷情
回环复沓着有歌有泣
倾诉不尽的　永恒情歌
永恒地流传在世界东方

中国

在外国人的心目中
你是茶叶　你是瓷器
你是泰山　你是长城
你是北京的太和殿
你是西安的兵马俑

在中国人的心目中
你是盘古　你是女娲
你是大禹　你是黄帝
你是白居易的《长恨歌》
你是曹雪芹的《红楼梦》

在历史的心目中
你是庄子　你是孔丘
你是《易经》　你是《通鉴》
你是合久必分分久必合
你是天灾人祸歌舞升平

在未来的心目中
你是问号　你是叹号
你是破折号　你是省略号
你是半部楷书工整严谨
你是半部狂草虎跃龙腾

天津西青区邓店村人。

20世纪七八十年代活跃在天津文坛。此后从政，曾在宣传、组织、新闻、广电等部门任职。退休后，重新开始写作。

曾出版长篇小说《溶洞》，散文集《苇淀边的传说》《浅陌集》等。

（1943 — 2015）

陈子如

秋色

风，推着多米诺骨牌

在田野里行走

谷穗斜了

豆秧斜了

高粱斜了

稻秆斜了

河边的芦苇，蒲棒斜了

池塘的荷叶，莲蓬斜了

龇牙的玉米斜长在秸秆上

葡萄珠下垂的姿势是斜的

白薯叶招手的样子是斜的

太阳射下的光线是斜的

老农抱着的鞭杆儿是斜的

农妇欢笑的嘴角是斜的

斜往前走就是弯腰下垂

那是庄稼成熟的姿态

最后都得像多米诺骨牌

被秋风推倒收获回家

吻故乡

我是一束艳丽的阳光，吻故乡
我是一轮银白的月亮，吻故乡
我是一阵细腻的春风，吻故乡
我是一路柔和的熏风，吻故乡
吻故乡的山水，吻故乡的牛羊
吻故乡的小路，吻故乡的谷场
吻故乡的果林，吻故乡的荷塘
吻故乡缥缈的炊烟
吻故乡新盖的楼房
吻故乡纯朴的乡亲
吻故乡雄浑的气象
我用笑眯的眼在吻
我用炽热的唇在吻
我用激跳的心在吻
我张开双臂搂住故乡吻
吻故乡，情多深
吻得小河涨潮

祖籍河南省内黄县。

1961 年参军，1968 年复员到天津国棉四厂。
1979 年 3 月调入天津社会科学院，任哲学所所长、研究员。

先后发表过诗歌、散文、小说、影评、独幕剧、理论文章和学术论文，著作九部。

（1943 —　）

李超元

唱吧，再唱一个

唱吧，再唱一个，
听众正为你热烈鼓掌；
唱吧，唱吧，
用热血，用青春，用理想。
崎岖征途上，
不能没有激人奋进的号角，
时代长空里，
怎能没有号角般的歌声激荡，

唱吧，纵情唱吧！
祖国有春歌，
人民有新曲，
就连钢水和麦浪，
都会发出音乐的声响。
哪怕只是唱一唱——
飘着书声的晨风，
传送笑语的月光，
也会引起人们深情的遐想。

唱吧，再唱一首《祝酒歌》，
献给已上征程的战将。
歌喉一旦挣脱锁链，
就会加倍地洪亮。
唱吧，唱吧！
不必去觅知音，
每个同志的胸膛，
全是歌唱"四化"的共鸣箱！

本名郜彬儒。语文特级教师，天津作家协会会员。

坚持业余儿童文学创作，曾有六百多首儿歌、儿童诗散见于报刊，收入《海峡两岸儿歌百家》《当代儿童少年朗诵诗》《中国儿童文学50年精品库》《中国当代最佳儿歌选》等四十余部选集。

（1943—　）

郜彬如

春风娃娃

春风娃娃真勤劳，
轻轻悄悄一路跑。

找到小河挠挠痒，
小河醒了哗哗笑。

找到小草拍拍头，
小草醒了换绿袄。

找到麦苗推一推，
麦苗醒了要蹿高。

找到树枝摇一摇，
树枝绿叶捧花苞。

春风娃娃心里美，
大声欢呼春来了！

本名李老乡，河南省伊川县人。

甘肃《飞天》文学月刊编审，退休后移居天津。中国作家协会会员。

(1943 —)

老 乡

天
伦

我被挤出一种境界　我可以
伸胳膊伸腿了
我买到了江山

我买到了江山　买到了
十五平方米的高层房间
我要发光　发六十瓦的光芒
照耀我的小天小地　我的
三十年河东　三十年河西

夹着铺盖卷的妻子儿女
拥进门了　我饱含热泪
举起伟人般的手掌
拍了拍我的人民

猎爱

自我把你抢上马鞍
烈性的马蹄
从此裹满沙枣的花香
我要把你带到男人与鬼
喝酒的荒野
让你看一次诡谲的磷火
听我一句大胆的情话

你的漂亮
没有背景
常常处在男人目光
摇撼的空间
在那打闪的雨夜
我曾渴望你的身影
能够为我躺下

既然我
迟早总要挨你
一记耳光
晚打　不如早打
打吧　打完了我们接着飞奔
反正大戈壁没有悬崖
再也不用时时勒马

回避鸟的目光

捕获猎物　一粒子弹
是最短的捷径
但我射出的子弹
却围着一只小鸟
整整走了三天三夜

她　依然站在枝上
荞麦壳一样的眼皮
黑豆大的眼睛
在她尖巧的小嘴两边
暗暗闪动

正是这只小鸟　是她
小小的眼睛
把我射出的子弹
——逼回到
枪膛

笔名乔麦、麦地、乔致一，江苏南京人，长居天津。

著有诗集、散文集、中短篇小说选、长篇小说等。作品散见于国内外百余种报刊或选本，曾任《天津口岸》总编辑、《中国港湾建设》杂志副主编等。

（1944 —　）

金同悌

我和我，你和你

从炎热的风里走来　我们
在沙滩上拾贝壳　或奔跑着笑着
踏浅湾里的海水　或者
从一座礁石跳向另一座礁石

我们会忽然无语　你看
远处的鸟影　而我在想着
采椰子的事　你说
海涨潮了　我正担心
天阴起来会不会有雨

挽着手散步说话　有时
会感到你走在了前头　或是
我走在了前头　其实
我们肩挨着肩
怎么就分开了呢

有时我不完全是我　有时
你不完全是你　有时
我站在自己面前　有时
你站在自己面前　我们就这样
彼此相知又彼此惊讶
甚至陌生

夜晚我们在灯下各自察看
自己的手　也都知道
手指疼痛的地方　当我们
手握在一起时　疼痛就开始
变换位置　于是
就有很多要想的事
——我和我
——你和你

山巅有许多云

爬到山巅上了
来时的路
已埋在雾里
这地方
和我平时从山脚望它
有什么两样呢

——山巅有许多云

背靠陡壁
朝下望是深渊
朝上望
也是深渊

云缓缓飘忽
阖上眼睛
感觉到云的沉重
远处有嗡嗡雷吟

云淹没天空
又露出天空
就想，有的云
或出于自己的呼吸

那么我说了的话
我的喘息
随风去了吧别再回来

——山巅有许多云

1978 年发表第一首诗后，陆续在多家国家级文学期刊及天津市各类报刊发表诗作数百首。

(1944 —   )

张翼

一个坐着的词

孩子就是我
是我生命存在的另一种形式
人都三十多岁了还在读书
读书的时间比读我的时间长
或许她没有必要过多地读我
因为我就是她
我就是她生命上游的源头

她常年在外
我总惦记着另一个我
假日回来，我总想和她多说会儿话
看她落在书上的目光专注
我恍然大悟：她分明就是一个词
一个坐在那里的词
一个我常年总是默念着的那个词

响着的灯

女儿乘机而去，作为访问学者
去访问居里夫人学习过的学院
我没有"父母在，不远游"的想法
只是久久望着响着的天空
频频挥手，挥动着亲情
她就是我，她的远行
就是我生命长度的延伸

空中没有崎岖
现代人出去不走丝绸之路
她从空中出去还从空中回来
她和许多人的来来往往
使曾经寂静的航道也络绎不绝
夜航的班机如盏响着的灯
夜航的班机如盏移动着的灯
——人在天上比星星亮

一种姿势（节选）

手术那天厂里来了许多人
许多人是下了夜班或请假来的
田师傅替护士给我举着输液瓶
肖师傅替护士推着载我的小车
从病房到手术室前聚满了人
望着一张张亲切而熟悉的脸
我觉得比得到过的奖状珍贵
虽然我躺着被推向手术台
但那是感受真情的一种姿势

本名张智庭，回族。河北省黄骅市人。南开大学外国语学院法语教授、翻译家、符号学研究者。

1968 年毕业于阿尔及利亚阿尔及尔大学文学院法国语言文学专业。
1979 年转入大学执教。
1993—1998 年驻法国大使馆担任商务一等秘书。
2002—2005 年担任国内公司驻法国马赛代表。

出版诗集《欢乐的手鼓》《外交诗情》《怀宇域外诗选》三部。翻译出版法国文学和符号学相关著述三十余种，出版有《符号学论集》、法国研究论文集《近观法国》。中国作家协会会员。

(1944—)

怀宇

外交官在家人的眼里

在家人的眼里，

外交官

受到不同的礼遇。

在年迈父母的眼里，

当外交官的儿子

是他们心头的骄傲，

是他们嘴边的欢喜；

面对左邻右舍的赞誉，

他们又多了几分宽心的谦虚；

常有挂忧，也不无感叹：

人老了，却难得常与儿子团聚——

听惯了儿子的"祝福"和"对不起"，

真正明白了"忠孝难得两全"的含义。

在年幼儿子的眼里，

当外交官的爸爸

是他刚懂事时的"不速之客"，

是他稍懂事时的"空中飞人"，

是与外国玩具同来的开怀大笑，

是躲闪不及的扎人的胡须；

现在，爸爸成了他心中仰慕的英雄，

也成了他塑造自己的样板和依据——

期望着能与爸爸在一起多待一些时刻，

看他走路，学他说话，也模仿他与人交际……

只有在妻子的眼里，

外交官的生活才没有了神秘，

孩子小时，他们常常"分居"，

开始懂事，又双双把他的成长惦记；

妻子是花，常陪丈夫出头露面，

更是保姆，要负责起丈夫全部的饮食和起居；

最担心丈夫工作有什么疏漏，

常常叮嘱"开车小心，工作仔细——"

时间长了，她成了出色的"家庭主妇"，

个人的才智也全部倾注在丈夫的工作里……

在家人的眼里，

外交官

是聚焦的镜头、

是连心的话题——

理解使这个家庭和睦、幸福，

一个人牵动着全家人的心绪……

布朗宁森林踏春

春朝着我的期盼走来，
期盼又推着我向你的怀抱跑去；

依偎着偌大的文明古城——巴黎，
布朗宁，你发出自然的感召和诱惑力；

你原始，原始得叫人感到神奇，
你深邃，深邃得把人裹进迷离；

任凭枝叶刮破了面皮，
我愿变作彩蝶追逐游戏；

任凭露水泡洗了衣裤，
我愿让野花熏醉，长卧不起；

鸟屎砸落在头上、脸上，
一阵惊叫，催开满心欢喜；

搓一把面包屑，张开手臂，
我愿成群的野鸽与我亲昵；

小松鼠直跳到我的肩上，
群野鸭直游到我的脚底；

望着湖心岛上天工神斧的美景，
我纵身拔步，却一下子跌进水里……

山西应县人，大学学历。天津动力机厂宣传部副部长，天津市政府研究室处长、副主任，天津市政府副秘书长，天津市委副秘书长，天津市第十四届人大常委会秘书长。

从事诗歌创作五十余年。先后创作古典诗词两千五百余首，出版《乔富源诗词选》多卷，《盛世长歌》，新诗集《换个活法》《苍天对我不薄》。

为世纪钟落成撰写纪念碑文。倡议、策划、组织了"中国·天津诗歌节"，创作诗歌节主题歌《水调歌头·喜相逢》。

（1944—　）

乔富源

入夜，走过唐诗宋词

一

群峰肃立，聆听夕阳讲禅
有人端坐诗坛，入妙通灵，合掌生莲

倚三尺栏杆，揽一天苍茫
心路迢迢，似黄河入海，白日依山

二

从烟火人间走来，吟千古兴亡
喜怒哀乐中陶醉一首首永世绝唱

执一壶好酒邀诗仙诗圣诗鬼
那如水禅心如铁硬骨教我如何面对炎凉

三

怀仰先贤，情寄毫素
我以一个人的仪仗队接受检阅

往事越千年。走过秦时明月汉时雄关
走过盛唐七律的高亢大宋长调的悲欢

四

遥望星空，天有几重？
肉眼看不到的诗眼却分外通明

把所有心思说给九万里晴空

云天外，也有唐诗宋词的意境

五

我真想告诉你：诗通神

一双灵感的翅膀驮来天上人间的风景

清绝一世，乐与天马为伍，

钟吕管弦，唱响世界不能衰败的心声

六

今夜，我携一群汉字浪漫飞翔

悠悠灯光，燃烧整个夜空

远方，有姑娘拆开我的来信

读出：一窗明月，一湖秋水，一树清风

此生说人话

请记住船老大的话：
与黄河打交道的人
注定活得很敞亮；
走过九曲十八弯
生命就不平淡
一声船工号子通天达地
几句黄河谣响彻古今
扬一坡天上之水
还你满山遍野好颜色
看一眼长河落日圆
便能破解美人迟暮的密码
就连鲤鱼也怀有梦想
跳龙门，完成前世今生的蜕变
自己是蹚过河的男人
黄河给了我直立的生命
站在黄土高原喊世界
此生，我要说人话！

旗
帜

一根长杆，挑起一片风景
塑造世俗教义的孤标
飘忽不定的风，絮絮叨叨
诉说撕扯不清的荣耀

我也曾有几次摇晃
欲望之火明明灭灭
——总想山高我为峰
老了，决意放下目光的梯子
席坐大地，祈祷众神：
把高天交给辽阔

我辟一块孤独安放空静之美
默默地注目
山水间，那个隐者
为天下留白

祖籍河北南宫。

1962 年 8 月在天津市第 69 中学应征入伍，受战友影响，读诗、爱诗、写诗至今。

1998 年 2 月 1 日加入天津作家协会。

（1945 —   ）

韩桐芳

旷野的黄旋风

一眼望不到边的黄土地

在春寒料峭的日子　只有

黄旋风在上面肆虐地撒欢

黄旋风接着地连着天

像无数条呼风唤雨的黄色巨龙

把偌大个苍穹搅得天昏地暗

黄旋风卷起遍地的枯枝败叶

黄旋风卷起遍地的黄土尘烟

黄旋风卷起孩子们奔跑的惊恐

黄旋风卷起老人们嘶哑的呼喊

黄旋风卷起一代人对另一代人

依依的浓情

深深的缅怀

久久的思念

黄旋风呼呼地在黄土地上旋转

旋转出黄土地上女人的困惑

旋转出黄土地上男人的惊叹

旋转出黄土地上世世代代的渴望

旋转出黄土地上四月的壮观

抛弃一切陈腐的观念

生于斯长于斯死于斯的子民

在冲天的黄旋风从眼前呼呼远去之后

将迎来一个桃红柳绿的春天

祖籍黑龙江，毕业于天津音乐学院音乐文学专业。

1963 年进入天津歌舞剧院创作室。
20 世纪 90 年代初调入北京武警部队文工团创作室。

曾与著名作曲家施光南合作了一批在全国广为流传的歌曲，策划过央视的一些文艺晚会，并著有大型歌剧《宦娘》《屈原》《伤逝》等。

（1945 — ）

韩伟

祝酒歌（歌词）

美酒飘香啊歌声飞

朋友啊请你干一杯请你干一杯

胜利的十月永难忘

杯中洒满幸福泪

十月里，响春雷

八亿神州举金杯

舒心的酒啊浓又美

千杯万盏也不醉

手捧美酒啊望北京

豪情啊胜过长江水胜过长江水

锦绣前程党指引

万里山河尽朝晖

瞻未来，无限美

人人胸中春风吹

美酒浇旺心头火

燃得斗志永不退

今天啊畅饮胜利酒

明日啊上阵劲百倍

为了实现四个现代化

愿洒热血和汗水

征途上，战鼓擂

条条战线捷报飞

待到理想化宏图

咱重摆美酒再相会

打起手鼓唱起歌（歌词）

打起手鼓唱起歌
我骑着马儿翻山坡
千里牧场牛羊壮
丰收的庄稼闪金波
我的手鼓纵情唱
欢乐的歌声震山河
草原盛开幸福花
花开千万朵

打起手鼓唱起歌
我骑着马儿跨江河
歌声融进泉水里
流得家乡遍地歌
我的手鼓纵情唱
唱不尽美好的新生活
站在草原望北京
越唱歌越多

打起手鼓唱起歌
我唱得豪情红似火
各族人民肩并肩
前进的道路多宽阔
我的手鼓纵情唱
快马加鞭建设祖国
春光永远在边疆
歌声永不落

天津人，曾用笔名鲁牛。

1963 年 8 月入伍。
1967 年复员回津，进新华印刷一厂，开始文学创作。
20 世纪 90 年代进万德弗尔文化公司，任办公室主任。

天津工人文学社成员，天津作家协会会员。

（1945 — 2003）

王光烈

我给师傅来印书（新民歌）

版卡好，墨添足，
今天印我师傅写的书；
马达风泵连翩转，
印机撵着书页舞。

印刷厂印书千千万，
没见过，
写书人从咱身边出。

师傅从十岁开始摇大轮，
印出书页无其数；
只因不识多少字，
落了名号大老粗。

想不到一辈子走过来，
每天围着印机读天书；
三万铅字入肺腑，
大老粗写出大部头。

师傅牛，我也牛，
我给师傅来印书；
印机翩翩豪情滚，
心里别提多舒服！

情系军营

曾经在同一面军旗下排兵布阵，
曾经在同一曲号角中冲杀进军，
绿军装里腾飞着同样的青春，
红五星下闪烁着同样的忠贞，
我们曾是相隔万水千山的战友，
我们曾是浇铸铜墙铁壁的知音。

别军营三十载痴心不泯，
志未改心依旧情意殷殷，
有道是当兵的人永不忘本，
不怕苦不畏死传世家珍；
莫说是如今时代变迁历史演进，
忠于祖国忠于人民才能福及子孙。

河北省沧州人，曾以笔名雪蕾在《北京晚报》首发《山区丰收》诗三首。在部队服役多年，辗转多个驻地，曾任师政治部副主任。

创作大量军旅诗篇，发表于多个报刊。其中，1976 年发表在《诗刊》的《写在世界屋脊上》组诗受到关注。1981 年出版诗集《闪光的国土》。

(1945 —)

王淑臣

海河纤夫曲

掬一捧荆轲饮过的河水，
沿着夸父追日的轨迹
身躯匍匐在地上
双脚深插进土里
纤绳勒进了肉里
青石板上也有一串
汪着汗水的脚印
饱经风浪的艄公
用沉重的大舵
把海河水系
拧成九曲十八弯

命里注定，你们终生
都要逆——流——而——上

今天的海河已经静谧了
但是，它永远流淌在
我儿时的记忆
那时，从出海口到九河上
两岸处处镶嵌着
你们的身影

一根绷紧的纤绳
一排整齐的脚步
一声整齐的"嗨哟"
纤夫，在求生的逆境中
最早悟出了团队精神

那时，河面上舟楫往来
但是顺流而下的船上
从未见到你们的面孔
你们天生不是
靠别人送达的旅客

清晨，用湿漉漉的纤绳，
在大海深处拉出一个
被海水浸透的太阳

黄昏，用沉重的铁锚，
钩住，沾满泥沙的月亮
一簇跳动的篝火
半瓶烧沸血液的老酒，
枕着涛声，梦回
绿云掩映的农家小院

当舟楫在河中纹丝不动
那是你们与激流较劲中
恐怖的平衡
一个要拴住大河拉回太行
一个要挣脱绳索扑向海洋
那才是千钧一发的时刻
那才是惊心动魄的时刻
你们四肢着地
苦苦支撑，深知
稍一松懈就会
功亏一篑，一泻千里

海河纤夫啊
牛马不能代替你
旧社会，穷人帮不了你
富人不愿帮你
但是，纤夫是聪明的

你们把四处流浪的风
捆在白帆上
帮你们拉纤

一阵风起
借风使帆
纤夫们一声怒吼
停滞的船儿终于又
缓缓上行

世世代代
你们就是用这根纤绳
反复丈量着东西部的差距
如今，又用这根纤绳，一寸寸
拉近了东西部的距离
把海河的干流和支流踏成
条条黄金水道

如今，纤夫们的身影
已经遁去
但是，那根永远
拉不断的纤绳
又被千万海河儿女，用生命
奋——力——拉——起!

守卫在世界屋脊

这里是全球闻名的世界屋脊，
群山望我们要把头仰起再仰起。
高原战士多雄伟呀——
胸脯一挺，海拔四千米！

这里，地面上只飘着一层稀薄的氧气，
温度计的水银柱终年缩着脖子，
老天的脸色一会儿一变，
时而鹅毛大雪，时而冰雹骤雨。

这里，一年三百六十五天，
不见春夏秋，只有冬季。
大风虽然每年只有一次，
却从初一刮到大年三十……

老天想用恶劣气候把我们赶走，
它也不问问我们属于哪个阶级！
革命战士战胜过千难万险，
困难只能磨炼我们的坚强意志。

世界屋脊的真正主人是我们，
对每片雪花比银子还珍惜。
为了守卫祖国的"制高点"，
饮风餐雪，其乐无比。
半碗冷饭，半碗冰雹，
我们吃得香甜如蜜。
白天训练，冷冰冰的雪花迎面飞，
夜里站岗，亮晶晶的流星扑进怀里。

祖国啊，高原战士牢记您的嘱托，
对侵略者时刻保持警惕，
火热的胸膛挡住北冰洋的寒流，
永远和珠穆朗玛并肩屹立！

中国作家协会会员。

1963 年高中时与同学创《诗草》诗刊。

1968—1978 年为天津缝纫机厂铸工。

1977 年天津师大中文系毕业，在校组织繁星诗社，出《繁星》诗刊。

1982—2006 年在天津一轻系统工作至退休。

1970 年开始发表诗作，出版作品《枕下集》《俯拾集》《止水集》《王粲集注》《曹丕集校注》《中华贤文》《中华德行》等。

（1946 — ）

唐绍忠

唤阿妈

海河之滨天津娃，
清水泉边山茶花，
五年山歌未离口，
不觉改了故乡话。

肩挑货担云中走，
一头青山一头霞，
脚蹬草鞋石上踩，
边疆深深把根扎。

边疆的水边疆的茶，
喝下学会边疆的话，
赴边如同扑娘怀，
边疆教我唤阿妈。

一唤阿妈刚进山，
竹楼赶走征途乏，

一觉醒来天欲晓，
阿妈烧饭油灯下。

二唤阿妈穿草鞋，
阿妈照我脚样打，
我学阿妈走山路，
平稳扎实步子大。

三唤阿妈月夜天，
赶送农药我回坝，
更深路险阿妈来，
火把竹矛手中拿。

一声唤，一声答，
一声阿妈一声娃，
青山座座起回音，
声声阿妈声声娃。

静听自己的新乡音，
心窝一阵阵热辣辣，
青山连着中南海，
毛主席也能听到它。

品

弯下腰来

撩一指卤水

轻轻放在舌边

品今年太阳的承诺

有几分真诚

犁海人心里清楚

天诚民不忍欺

天伪民不敢诚

太阳和我们一样

同是出工

出工就要干良心活

为苍天为古今为百姓

晒盐人

是掂量太阳的人

老
诗

诗老了
没了漂亮的眉眼
每句话
都是皱纹

从白骨嶙嶙的淘金路上
踉跄归来
提着空空的布袋
只剩一双昏花老眼睁着
那粒曾经沧海的老盐
用沉默述说棱角上的苦咸

诗老了，轻轻躺下
倚着草垛晒太阳
望着巫山的云

天津人，天津市作家协会会员。

1980 年开始发表文学作品，以诗歌为主。
1995 年出版诗集《原野上》。

（1946 — ）

丁国栋

当
……
我
们

当河流干涸
我们沿着龟裂的河床寻找水源

当青春残谢
我们迈着蹒跚的步伐追忆华年

我们捡起憔悴的叶子
泪水也无法使她青翠滋润
当春天走远

当大幕落下
我们在空空荡荡的戏院里流连忘返

当火车离站
我们在寂寞的站台上遥望 尘垢满面

我们咀嚼着失落的伤悲 冷月凝霜
当紧握的手分离

我们期盼着船何时靠岸
咿咿呀呀的水声敲碎黑夜
当钟声响起

我们是否还能找回往昔的灿烂
当太阳升起

当绿草如茵蜂舞蝶飞花团锦簇
群童嬉戏涛声渐起万物复苏
我们丢弃拐杖走向田野撩起衣襟迎着阳光
为生命之清越繁茂而腾欢雀跃吧

走进夏天

他以手加额的姿态
似在瞭望似在倾听

汗湿的蝉声此起彼伏
燥热　无处栖止
玉米叶片上滚动滴滴阳光
激情四溢　诱使
静卧的蝴蝶
无忧地晾晒美丽
一群燕子飞来了
带来喧闹的风景
羞羞答答的野花
竞相捧出芬芳的微笑
他一定感觉到了　你瞧
他弯下腰　挥动锄头
重复着古老而真实的造型

多想摘取彩色的微笑
捕捉翠绿的蝉鸣
献给栉风沐雨倾情于土地与太阳的父兄

天津市作家协会会员、天津市河北区作协理事。

20世纪70年代初开始发表作品，先后在《诗刊》《解放军文艺》《天津文学》《天津日报》《今晚报》《未央文学》《中国微博诗刊》等刊物发表诗作数百首，有作品编入《挺立中国》《天津现当代诗选》《天津诗年编》《精卫衔歌》《诗情五大道》等三十余种诗歌选本，出版诗集《有阳光的窗子》。

(1946—)

宋仕敏

在城市的夹缝中寻找故乡

水，被你改变着自由的方向
用一只桶提水两只桶担水
送上山坡，一次一次
登踩出台阶
浇灌可以温饱一家人的庄稼

城里没有山坡，你的眼前
路，依然需要攀登
一桶水，拎起来，扛在肩上
顺着楼梯登着一级一级

从早晨到晚上，重复着
相同的攀登
发颤的腿被你命令着
但是，从不放倒
生活的梯子

腰直起来，又弯下
弯下再直起来
你呼吸足够的氧
用一桶纯净水
在城市的夹缝中寻找故乡

笔名雨辰，天津人。

中国作协会员。曾任天津市和平文化宫副主任，研究馆员。天津市民间文艺家协会副主席，中国通俗文艺研究会理事，天津七月诗社社长。

出版有长篇小说《大画坊》、小说集《都市风》、诗集《零打碎敲集》、报告文学集《人生风景线》等，主编《七月：现代诗精选》《三地集》《小小说选萃 100 篇》《诗意五大道》《诗情义聚永》等。

(1948 —   )

扈其震

水淋淋的粽叶

当年的粽叶　曾经哭泣

那位瘦弱老人　抱着一个国家

毅然地沉入黑暗暗的江底

他曾用脊骨　写下困惑　写下赤诚

他曾苦苦追问九天　久久求索大地

他投江后　水淋淋的粽叶

用涌流不息的泪泉　涌涨大潮

汨罗江　便激荡起

一道两千年不灭的闪光涟漪

今天的粽叶　又在哭泣

它听到了穿休闲装的小青年

回答的所谓吃粽子的来历

曾写下不朽诗篇的三间大夫的后辈

你们的骨骼　还刻有多少历史的真实记忆

或许　不该责怪年轻人的无知

君不见　中华的端午节已被别国抢先"申遗"

成熟于苦涩江水中的粽叶　怎能不悲痛呢

我们忙碌于搭建水泥的高楼新厦

须知　若那建筑丢失了魂魄

动摇了根基　小风一吹

就会变成一堆废墟

明天的粽叶　还会哭泣吗？

为寻找答案

我想追问苍天　我要求索大地

想娘亲

娘亲是一条不结冰的小河
突然断流在农历雨水之后
当我沉溺进去 无法挣脱的时刻
她让整个春天 涨满我的思念

娘亲是一颗不圆滑的石子
当我戴着红领巾 在下学的路上
被顽劣少年欺辱追家的时候
她就像子弹一样 飞射出去了

娘亲是一把不怕烫的勺子
当老少六只 无底洞的嘴巴
每天三次张开的时候
她就从清水日子里 打捞冒热气的饭粒

娘亲是一张不嫌累的木凳
当亲友邻居疲惫的身子
需要歇一歇的时候
她就悄悄摆出来 让人家可意坐坐

娘亲是一枚不褪色的邮票
当九十一圈年轮印章
一次次把她盖满的时候
那票面上的慈善图案 仍然鲜明

娘亲是一朵不起眼的荷花
快枯萎了 还絮叨着泥水的恩泽
当我上床睡觉的时候
她就香了孩儿湿漉漉的梦境

天津市作家协会会员。曾就读于河西职工大学学习中国古典文学，毕业于中国人民大学函授学院。

20 世纪 70 年代参加河西文学创作组，曾在《天津日报》《今朝》《天津文艺》发表过诗歌作品。

出版诗集《梦约》《梦约诗稿》。

（1948 —　）

路振忠

母亲

岁月的风尘，
湮没不了脸上的沧桑。
历史的变迁，转变不了，
您昂扬向上的力量。

少女时代，
您用胆量，
敲击深夜的庙门，
同龄人都为之鼓掌。

您也曾努力冲破枷锁，
剪发放足为妇女担当。
也曾为了抗日呼喊，
在"地道下"参加了党。

历史不是小说，
不一定有完美的篇章。

可那真实的生活，
是永远抹不去的辉煌。

您含辛茹苦，
把孩子们抚养。
也曾用自己的口粮，
帮助邻家度过饥荒。

当孩子们有了病难，
您跪在院里祈求上苍。
母亲的呼声，
穿越云天跨过海洋。

如今您九十九岁的高龄，
我们也子孙成行。
您安享晚年，
就是我们的期望。

人无法同年轮对抗，
可是您的慈爱却像光芒。
把我们子女的心，
照得玉一样洁，月一样亮。

河北省坝上康保县人，1968 年参军直至退休。

历任内蒙古军区、天津警备区战士，天津警备区宣传处干事，北京军区战友歌舞团、军区政治部创作室创作员。

(1949 —　)

李钧

枪杆诗三题

授 枪

祖国授我枪一杆，
端在手中细细掂，
谁说这是七斤半？
千山万水交给咱！

早 操

立正——一道长城，
前进——铁流滚滚，
一行行闪亮的刺刀，
一双双明亮的眼睛。
祖国喊令，
我们向前进！
一二三四……
脚步永不停。

我的枪

横看我的枪，
是祖国的一条江；
竖观我的枪，
是祖国的一座岗；
扛起我的枪，
祖国在肩上；
怀抱我的枪，
祖国在心房；
"保卫祖国扛起枪……"
听，战斗的歌声多嘹亮！

在没有阳光的地方

这里没有明丽的阳光
这里没有怡人的空气
只有呛人的石尘
只有潮湿和阴冷
这是大山的腹内，隧洞的深处
阳光，只能照耀着山的皮肤

但是，这里有我
有曾在完全袒露给阳光的练兵场上
摸爬滚打过的我
有太阳给了我古铜色皮肤与健壮
肌肉和骨骼的我
有每一个细胞内都积蓄了过多的阳光的我
这积蓄完全是为了奉献
像我身后的潘家口和大黑汀水库

这里有我啊
有阳光凝成理想的我
有阳光赋予力量的我
有每时每刻都心向阳光的我
在这没有阳光的地方
我，就是阳光

我就是阳光啊
我是能穿透岩石的阳光
我不知疲倦地闪耀着，冲刺着
为让滦河注入海河
照彻了十二公里厚的岩层
把一支浸透着阳光的绿色的歌
注入了这长久寂寞的山的心脏……

啊！在任何一个没有阳光的地方
我，就是阳光！

本名雷玉华。河北东光人。现居天津雷人诗吧。中国作家协会、翻译家协会、诗歌学会会员。

曾任天津市塘沽区第 14 届人大代表、天津开发区商会第 4 届副会长，现任天津市民营企业家协会副会长。出版诗集六部。

(1949 —)

雷人

水
赋

水的脾气，水没有脾气：水，

摧枯拉朽，水

颠山倒海，水！

水，天上地下山南海北地跑，水

千家万户地流，水任人打开任人关闭，

水是秋波横，水是举案齐眉

水是敬亭山，相看两不厌

水是情人的柔情，水是鳄鱼的眼泪

我吃水喝水生水活水长水，我

爱水恨水，水在汨罗江吃了屈原，在太平湖

吃了老舍，在哪儿吃了王勃，还有凡·高？还有?!

水是海明威的老人与大鲨鱼，

水是海子的山海关

水是水，水是冰，水是气，水是血液，水是筋骨

水是肉，水是眼神儿，水是含情脉脉，

是怒目，是横眉，是精液卵子，水

是红粉知己是情郎，

水是在桥头一跃而结束了

一首诗的？奥登的冰蓝的？

多瑙河的江水，水是雨，水是雾，水是冰雹

水是闪电，水是生命的源泉，水

是生命，是人间，是人间万象

是升华，是精气神，水没有腿，没有翅膀，没有

国防，也没有文化，水只有它自己，水

水是洪水猛兽，水是上善若水，

水是国界，水是越过国界的导弹的动力浮力

和气力，水，你在哪里？

水是种族，水是

祖先的遗传的密码，水是火烧连营的载体，水是飞流直下三千尺，水

春来江水绿如蓝，水，

一道斜阳铺水中，水

是明月，水是明月何时照我还！

水是想象，水是浮想联翩，水是梦

是五湖四海七大洲五大洋

水是沧海桑田，水是酒是酒仙，

水到渠成，水在梁山泊作乱，水，烧了赤壁

水是干旱，水是饥饿，水是

减肥的牺牲品，水是欧阳，水是江河，水

是马加的黑人总统。

水？水，难道不是我？不是你？

不是谁？水是拐弯，水是换药，水是下载，

水是混凝土的配比，水风生水起，水，跟

奥斯维辛的集中营一起，声泪俱下

水可以载舟水可以覆舟，

水漫金山，水点石成金，

金生水，水生木，

木生火，火生金？

水是量子缠绕下智能机器人机器子宫里智能的羊水

落霞与孤鹜齐飞，秋水共长天一色。

水穿过苏伊士巴拿马

婆娑了我的老泪……

天津市蓟县人。曾任天津市鲁藜研究会会长。

20世纪70年代初开始文学创作。有作品被收入《天津现当代诗选》《中华精英颂歌贺盛世》《汶川诗抄》等。主编诗集《辛卯诗选》《2012—2013天津诗歌双年选》《2014—2015天津诗歌双年选》。

著有长诗《十月的歌》《人民律师颂》，诗歌集《昔阳行》《山情水韵》（与人合著）等。

（1949——　）

胡元祥

电杆颂

是你最先迎来朝阳，
是你最后送走繁星，
你头向青天植根大地，
惯看人间秋月春风。

从你肩上传来多少纠纷的烦恼，
你们手牵手带走多少和谐的笑声，
金石也恤民间事，
一波一段总关情。

你的形象透出你性格的正直，
四通八达的银线勾出你宽广的心胸，
日月星辰也比不上你的勤劳，
风雪雷电也撼不动你铁骨铮铮。

敬业、阳光、刚正不阿，
忍清苦、耐寂寞、无怨无争，
是伟大的使命给了你神奇的力量，
是人民法官的正气把你铸就凝成。

本名付学智，天津作家协会会员。

有作品入选文联出版社出版的《中国散文精选三百篇》《中国诗歌精选三百首》。

出版诗文集《轻辉入梦》。诗文收录于《大直沽诗选》《天津诗人》《海河文化》《太阳诗刊》《乡土诗人》等。

（1949 — ）

三平

与赑屃对话
——写在大直沽

我站在这具几年前出土的赑屃身边

这用躯体托举过几个世纪风雷的神器回到了人间

几个世纪黑暗的掩埋　经年累月泥土的绑缚

石碑重重地驮在身上

黑暗中痛失家国的你

用什么抚平灵魂的伤痕？

在守望中忍辱负重　用担当化解郁积的孤独

龙之子　国之重器　在黑暗中托起遥远的波光

在无边的暗夜里　离失故园　扛鼎着大我的希冀和渴望

是怎样的一种力量使你在泥土里生根？

奔涌出地心深处的火　在大地之上冷凝成石头的你

默然孤寂　可你依旧是一团火啊

你护佑的这方土地

在成为桑田的风云路上经过了怎样的泣血磨难和苦斗

用汗水、血水、泪水和熟了的土地在烈火焚烧后也不曾干涸

你身上的石碑已然了无去处　世间最残酷的莫过于青史成灰

碑上镌刻的史实已无从知晓

历史就是石与火　火与金　金与水　水与土　土与木的涵养和相克

是天地间的气韵和辉光在某一段时间的统摄

漂泊的依旧漂泊　负重的依旧负重

在漂泊和负重中爱与被爱　痛并爱着就是尘世生活的全部

祖籍四川达州，现居天津。文学批评家，编审，毕业于南开大学中文系，少年学习写作，由诗歌入门。

曾任《文学自由谈》《艺术家》主编。现任天津市文艺评论家协会主席，天津市写作学会会长。

（1950 —　　）

任芙康

山崖上一户人家

一颗心禁不住怦然而跳，
倏地回到了稚气的童年：
我与小妹在河沟里玩得饿了，
山崖上便传来妈妈的呼唤。

车窗外的山崖上没有妈妈，
只有酷似我家的一户小院：
房前几笼密密的翠竹，
屋顶飘起诱人的炊烟。

有人把这看作美的点缀，
巴山是一幅写意的画卷；
也有人把这视为穷的象征，
荒凉和孤寂笼罩了山间。

巴山里每一户这样的人家，
都犹如一只历史的航船。

它虽然简陋但异常忠实，
载着欢乐也载着苦难。

从这里走出过红军士兵，
曾在夜空里划出希望的闪电；
在这里居住的勤劳乡亲，
正向大巴山洒下慷慨的热汗。

一根电线牵进崖上人家，
电流已接通古老的航船。
它虽然简陋但只有忠实，
就一定能驶进幸福的港湾！

一重岭遮掩了崖上的人家，
又一户人家在山崖上出现。
一重岭一道崖户户不断，
使悠长的挚爱缕缕相连。

我的家由此而去还有很远，
但再远也没有远出巴山。
透过列车摇动的音节，
我已经听到了妈妈的呼唤！

中国作家协会会员。河北丰南人。

1968 年参加工作，历任天津市汉沽区文教局干事，中共汉沽区委办公室副科长、副主任、主任及区委常委，区人民政府副区长、区长。

著有诗歌集《盐诗咸韵》，民间文学作品集《歇后语趣谈》等。

(1950 —   )

谷正义

盐妹子哟你真美

我说你有雀斑却看不出的古铜色脸蛋儿真美
我说你常常含着海水并且能够结晶的眸子真美
我说你飘落着白蝴蝶蓬蓬松松的乌发真美
我说你浑身散发香气和卤气的混合味儿真美
我说你烈日下冒着热气波浪般起伏的胸脯真美
我说你结满老茧布满沟壑的双手真美
我说你喉咙里飞出来瓮声瓮气的梆子腔真美
我说你一扬脖喝半瓶酒也不醉的豪爽劲儿真美
我说你整天不离身的碱花花湿漉漉毫无曲线的工装真美
我说你扒起盐来就眉飞色舞旁若无人的神态真美
我说你光着脚丫在滩头发疯地跳一圈儿迪斯科的姿态真美
我说你一旦被野性的目光所注视就高高昂起的头真美
我说你有时也跺着脚甩几句粗话的叫骂声真美
我说你撒娇时就喊妈妈叫姐姐甚至倒地打个滚儿的天真样儿真美
我说你即使一点儿不爱我我也日日夜夜梦盐妹子哟你真美

我的话恰似滔滔盐河水
你却哑默无语　为什么不敢开心扉

夕阳西下

夕阳缓缓下滑
一只海鸥静立于盐池边
看落日之悲壮

盐池袒露柔柔胸怀
任夕阳尽情拥抱
吻片片绯红

卤水又浓了几度
盐花又开了几朵
晶粒又纯了几分

只听鸥鸟放一声感叹
驮着夕阳腾空飞
羽翅抖落一颗白里透红的大盐粒

原名孙桂贞，天津人，中国作家协会会员。1984 年毕业于中国作家协会文学讲习所。

1969 年赴海兴县乡村插队务农，后历任铁道兵钢铁厂宣传干事、廊坊地区文联干部、《天津文学》编辑。

著有诗集《黄皮肤的旗帜》《伊蕾诗选》等。

（1951— ）

伊蕾

独身女人的卧室（组诗选三）

镜子的魔术

你猜我认识的是谁
她是一个，又是许多个
在各个方向突然出现
又瞬间消失
她目光直视
没有幸福的痕迹
她自言自语，没有声音
她肌肉健美，没有热气
她是立体，又是平面
她给你什么你也无法接受
她不能属于任何人
——她就是镜子中的我
整个世界除以二
剩下的一个单数
一个自由运动的独立的单子
一个具有创造力的精神实体
——她就是镜子中的我
我的木框镜子就在床头
它一天做一百次这样的魔术
你不来与我同居

土耳其浴室

这小屋裸体的素描太多
一个男同胞偶然推门
高叫"土耳其浴室"
他不知道在夏天我紧锁房门
我是这浴室名副其实的顾客
顾影自怜——

四肢很长，身材窈窕

臀部紧凑，肩膀斜削

碗状的乳房轻轻颤动

每一块肌肉都充满激情

我是我自己的模特

我创造了艺术，艺术创造了我

床上堆满了画册

袜子和短裤在桌子上

玻璃瓶里迎春花枯萎了

地上乱开着暗淡的金黄

软垫和靠背四面都是

每个角落都可以安然入睡

你不来与我同居

窗帘的秘密

白天我总是拉着窗帘

以便想象阳光下的罪恶

或者进入感情王国

心里空前安全

心里空前自由

然后幽灵一样的灵感纷纷出笼

我结交他们达到快感高潮

新生儿立即出世

智力空前良好

如果需要幸福我就拉上窗帘

痛苦立即变成享受

如果我想自杀我就拉上窗帘

生存欲望油然而生

拉上窗帘听一段交响曲

爱情就充满各个角落

你不来与我同居

笔名车水，河北省廊坊人，天津市作家协会会员。天津钢管集团工会干事，部队转业，创建钢管文学社。

曾先后加入天津七月诗社、天津工人文学社，著有诗集《这里不是黄土地》，长篇报告文学《大无缝人》（与人合著）、《钢太阳》。

（1951 — 2004）

张连波

妈妈是一堵墙

小时候没有风
风被妈妈挡住了
妈妈是一堵
很高很高的墙

我依偎在墙根
曾天真地想
长大喽
我要站成一座山
让妈妈在山下
晒太阳

而今我终于长大了
我却没站成山
我的孩子
正在山根下等我

围
裙

被你裹起的日子
总那么汗津津的
像煤气炉上的那壶水
每天晚上七点钟
热到沸点

情感是汗津津的
思绪是汗津津的
壁上的窗口是汗津津的
窗口外面挂着的那块天
也是汗津津的

而你从没忘记
把挚爱的故事裹在里面
把甜味的低语裹在里面
那香喷喷的憧憬裹在里面
日子才挣不脱你呀

本名朱继和，天津市作家协会会员。生在白洋淀，长在杨柳青，毕业于天津师范大学。

作品曾获天津市文化杯小说、诗歌、散文奖。多年来致力于知青文学、民工文学、校园文学的创作与研究。

作品见《诗探索》《天津现当代诗选》《辛卯诗选》《杨柳春风》《新番杨柳》；著有长篇小说《大船》；早期曾有油印诗集《白洋淀诗畔》《民工的诗》等。

（1951— ）

白青

白洋淀物语

衔着哀声，在阴霾里
翻飞的翅膀连成蔓延的乌云
消逝了踪影，依然萦回缕缕恐惧

洪荒的记忆
与天青水蓝和纯朴的淀景村风
汇合成难以忘记的最后记忆
她的原始自然与她的闭塞迷离
似襁褓中婴儿的哭声一样凄厉

昔日白洋淀水青葱一碧
在水天相接的汪洋里
风嚎叫着像小刀子割脸
暮色在哀愁的云罅间叹息
一双颤抖的手，将襁褓中的死婴
挂在高高的树桠上，树顶
许多飞翔的乌鸦盘旋
尖喙在斑驳的树皮上磨砺

旭日高高升起来
阳光的十字脚走遍大地
在明眸皓齿的风采里
我与她相携百年
厮守在淡然的感觉和战栗里

孤零零棹归的渔船
渔人的衣襟在风中展开蜂翼
天空碾着水浪，水浪撕咬着上苍
稀里哗啦乱云败絮般飞去

长堤还是联想般浮沉绵亘
苇荡氤氲摇曳，苇缨蓊然葱郁
秋水像讲不完的故事浩渺无垠
淀风把波浪吹起，书简般兀立
荷塘里丰盈的莲蓬昂然挺立
我的心蕾依然纠结，一片碧绿

水坞头刚刚晓事的孩子
胆战心惊地指着那飞去的凶鸟

草丛小路

草地被轻柔的熏风一再梳理
翻转的叶片浮泛出一片雪意
淹没了风的足迹，一条羊肠小路
隐没在草丛里，清澈的脚步
踏响黎明的门扉，许多蝴蝶
迎着阳光，从草丛飞起
像烟花四射，弥漫了空气

我只身一人，仿佛行走在云朵里
晶莹的露珠反映出七彩的虹霓
当我在中途徜徉，胸襟浩瀚无比
周围的树丛像哗哗的河流
流淌着广阔的潮汐

哪怕绕道我也想在草丛间穿行
这一条孤零零的草丛小路
确实映照出我心底的孤寂
它的周遭又是这样宁静
万钟市嚣也不能够摇移
每每身处其间油然生出敬意
惊骇于绿野中的碧绿
惊骇草地与天空衔接得如此紧密

中国作协会员，毕业于南开大学汉语言文学专业，创作诗歌一千多首，出版诗集《太阳树》《太阳梦》《太阳花开》《太阳之光》，文集《太阳林》。

散文及诗歌作品发表于《鸭绿江》《诗林》《天津文学》《淮风诗刊》《左诗苑》《黄河诗报》《天津日报》《今晚报》及美国《休斯敦诗苑》等国内外刊物，有诗歌入选《中国网络诗歌史编》《五月的祈祷》《天津诗选》等诗集。

(1952 —)

田放

太阳树

听说太阳也是一种植物
如果把它的光线搓成种子
播种在感情犁开的心田里
便会长成一片辉煌的太阳林

为了实现这个遥远的梦
我每天都爬到人生的最高处
去采撷一束鲜嫩的阳光
大半生过去了
播下的种子都发了芽
可最终没有长成一棵太阳树

有一天
突然有人惊呼
说我的胸腔内射出一束光芒
我顿时大彻大悟
原来我自己已经长成了一棵太阳树
蓦然回首
在我踩出的每一个印窝里
都有一束淡淡的光芒

啊 太阳树
你真的是我吗
如果真是这样
那么世界上还会有许多的太阳树
把这些太阳树都连在一起
不就是太阳林了吗
那么关于太阳林的故事
就再也不是传说了

有些情话，我是对天说的

有些情话　我是对天说的
天离我太远
他永远猜不透我的心思
为了一个爱字
我三生为鱼一世为树

为鱼的时候　我受尽了脱鳞的苦痛
当相思将我的鳞片脱尽之后
一身的冷血
竟然烧热满池的春水

为树的日子　我以羞涩
绽放出一朵朵桃花
让那个骑马的痴情汉子
流连忘返　他的青布长衫
浸满我芳香的花露

也许是孽缘太深的缘故吧
上苍罚我今生做人
让我以感情动物的外壳存在
他让我爱　却不给我爱
似乎只有这样
才能还清我生生世世的情债

说不清的恩恩怨怨
就像我菜地里缠绕的藤蔓
我只想在夜深人静的时候
与天穹说话　告诉那位仁慈的上帝
不要再折磨我了

要么　不要让我再遇到爱
要么　就痛痛快快地
用你的牧羊鞭
把爱赶进我的宅院
哪怕是　仅仅入梦也好

天津宝坻人，1972 年高中毕业回乡务农，曾任小靳庄党支部委员、民兵连长。

1973 年任《河北日报》特约通讯员，并有诗作发表，有十几首诗收入《小靳庄诗选》。

（1952 —　）

王杜

十里堤上

十里长堤披霞光，
十里垂柳十里杨。
十里堤内水长流，
十里堤外稻花香。

忽听堤上铃声响，
马结队来车成行。
把式鞭催马蹄急，
车上姑娘笑声朗。

昔日碱洼不长草，
十年九涝水汪汪。
全靠党的好领导，
今日碱洼变粮仓。

十里长堤车不断，
十里堤上歌声扬。
丰收不忘毛主席，
咱们喜交爱国粮。

山东蓬莱人。

《今晚报》高级编辑，曾任副刊部主任。中国作家协会会员、中国民俗学会理事、中国生肖文化研究中心学术委员会主任。天津市政协第十一届、十二届文史委委员。

出版《生肖与中国文化》《中国门文化》《中国井文化》《中国龙》等著作。

吴裕成

稻作农业

——题《河姆渡遗址》邮票

这稻该叫华夏 – 河姆渡 1 号
它成熟于农业文明的拂晓
骨耜将土地调理成田
采集果腹进步为播种温饱

黄帝为一张食谱尝遍了百草
后稷教稼是否种植过水稻
金颗粒绿秧苗生生不息
营养了七千年直到今朝

题抗非典邮票

借长城威武的垛口做齿孔
来陪衬一个众志成城的象征
把瘟神的王冠挑翻在地
——用斩钉截铁的斜杠：禁行

邮票带着中国的信心
读春天里太多的口罩和感动
历史将记下这场遭遇战
诠释关爱诠释勇敢诠释生命

苏铁
——
题邮票诗

铁树像难得一笑的包公
以嫣然一粲回赠久候的友情
也为漫长的绿色行旅
亮出自己美丽的彩梦

语言如松香凝为琥珀
将"铁树开花"包含其中
万年的枯藤能发芽吗
苏铁羽叶是不凋的风景

国家一级作家，中国作家协会会员，天津市作家协会第四届代表大会荣誉委员，天津市鲁藜研究会副会长，先后共出版五部诗集，出席第七届全国作协代表大会，曾随中国作家代表团访问阿尔及尔、约旦、韩国、日本等。

（1953— ）

许向诚

盲者之弦

有一个夜　深深地
深深地埋葬了　日　月　星
谁掉进去　谁就会双目失明

有一个人
什么都看见了的时候　也许
什么都看不透
什么都看不见了的时候　也许
什么都能看懂

如同一尾洋底深水鱼
幽暗之中渐渐退化视觉
却通体透明　闪闪发光
阿炳　阿炳　瞎子阿炳
两眼枯井　却要　二泉映月
月呀　月
一枚小小的药片
谁在为谁止痛

旧帽　破衫
背负十字路口的十字架
寻找　迷失街头的真实姓名

一杆盲杖
也算是一根响骨了
被接长的手臂
叩击命运之门
不能点石成金
却在坚硬的寒夜
敲亮几粒火星

二胡　二胡　流浪的二胡
如一个流浪的人　皮包着骨
挺直　一根脊梁
绷紧　两条青筋
坚持生命之中最本质的成分
二胡　二胡　贫穷的二胡
一夜大风　掠走所有的叶子
惟余一株孤木　披拂两丝瘦藤
而月光的白色鸟儿　翔落
泉声啼亮梦茵
五个小矮人　小精灵　舞之蹈之
踏歌而行

二胡　二胡　不死的二胡

独悬于墙　灵动的钟

夜夜　不奏自鸣

月下　月下

有一匹烈马　蒙着盲罩

仰天　昂立　扬尾　振鬃

悲愤地嘶鸣

泉边　泉边

有一条大蟒　正在蜕皮

石缝和草丛　磨砺　痉挛

就要蜕化成龙

是谁的一只战栗的手

按捺　另一只战栗的手　感应

岁月战栗的脉动

是谁的一把锋利的锯子

拉动着——

狠狠地锯我——我的皮　我的肉　我的筋

我的骨

弦外之音　铮然有声

让我一生地痛

阿炳　阿炳　瞎子阿炳

忽然　睁开眼睛——

目光炯炯

是两滴硕大的泪

月呀

月是泉的魂

泉呀

泉是月的坟

土地

祖父说　土地是个女人
种什么　就生什么
祖母说　土地是个男人
长什么　就吃什么

我把手像根似的插入泥土
寻找祖父们没有找到的东西

诗
人

世间
最苦最咸的水
是从眼睛里
流出的汗

我用
执着的目光
在一张稿纸上
晒盐

回族，1953 年 10 月生于天津，居天津。

作品见诸多种文学杂志及报章，著有诗集《北方城市的情歌》。

（1953 —　）

马国语

身边外

是我还是他们在飞升
恍然似闯入另一维度
身边外隐隐的不明之音
穿行于暗沉沉的空际
是那些我们看不见的
暗物质和暗能量
熙来攘往的影子吧
飘悠悠与我流离遇合
而我只清楚自己
陷入空转的感觉
无意关注他们
他们的飞升属于他们
他们有自己的使命
他们与谁冲撞都是对的
谁冒犯他们也都是对的
他们也许大有来历
可能会引领什么飞升
却始终在我身边外

乌托邦
——致勒克莱齐奥

的确，我和你是一样的
是满怀希望的悲观主义者
漂泊是从祖辈开始的
没有一个国家属于你
也没有什么物事属于我

战争是你最早的记忆
炸弹落在你家房子不远处
你逃遁到词语中，创造了
想象中的国家，乌拉尼亚
美好的现代的乌托邦

我的乌托邦是在动乱中
无奈地构成的童话
没有人类，有鸟类和昆虫
有我痴迷的目光悬浮
但那不该是我的理想国

勒克莱齐奥，你轻轻地说
雨洗的树沉浸在幸福之中
你似乎融入宇宙，回到
尚未被玷污的混沌之初
而我还在归回的路上

注：勒克莱齐奥是法语作家，2008 年获诺贝尔文
学奖。

中国作家协会会员，天津市作家协会第四届委员会委员，研究馆员。

1977 年开始发表作品，迄今为止已发表六十余万字。

著有诗集《女人，那一片海》，作品集《那一片海，女人》。

(1953 —   )

王玉梅

老船

你 老了
却不肯上岸
伤痕累累的你
守着海滩
看儿女远航

你 骄傲
劈风斩浪的日子
风光过
如今 收藏在海滩
印证着征战的辉煌

有人曾劝你离开
可他们失望了
你属于海的身躯
岿然不动

一天 你的身影
出现在画展上
《岁月》
为画家赢得一份金奖

渔民飞镲

渔民敲镲　不叫敲镲
叫飞镲
只有拉纤　撒网的手臂
才舞得动
这震天的风火轮

飞镲　约大鼓助威
唤雷电加盟
呐喊中　辗转腾挪的汉子
让海天合一

矫健　英武
似海鸥翱翔　蛟龙翻江
与滩涂成一色

鸟　惊之　愧之
齐刷刷跌落
为海之舞殉葬

籍贯山东省济南市平阴县东阿镇苗海村。

天津市作家协会会员，天津市音乐家协会会员，天津工人文学社副社长，天津诗社执行理事，天津青年诗社创办者、顾问。

自 17 岁开始诗歌写作，先后出版《智胜之道》《写在手机上的爱情诗》《八行散章赠诗友》《我来为你写首诗》等诗集，及一部杂文集、一部 MV《诗韵歌声——让诗插上歌的翅膀·苗绪法诗歌集》。

（1953 — 2015）

苗绪法

瘦月有钩

瘦月，一条思念挤压成的弯弯的街
一头刺痛了眼睛，一头扎进感觉
于是期待变作飞翔的梦，将星空穿越

由于别离，圆月瘦去了缘遇的欣喜
心路走出尖角，随身的背影远去
其实只要回头再绕个弯儿，就能重聚

浓缩已久的情，绷成一张瘦月的弓
寻找佳径，瞄准方向朦胧的行踪
希望快些射出利箭，梦境被响声惊醒

借用相思的绵长，勒瘦圆圆的月亮
做一画框，镶进心乡寄语的张望
轻轻推开夜窗，荡给远方放飞的目光

难忘草地深情偎依，两棵树冠高举
瘦月在天上，圆圆的月装在心里
记住了你的那句话，赏月的人无距离

渡口

我的生命，就是一叶小舟
起航母腹的渡口，日夜畅游
那时我紧闭着眼睛，不知道还有忧愁

我的第一声哭喊，因小舟离岸
我紧握母亲温暖的手，松开了风帆
我要在尘世独行遥远，眼前茫然

第一场风雨，淹没渡口距离
想母亲，小舟颠簸出泪滴
燃烧记忆的那盏油灯，燃起勇气

航行的水中，浮现母亲身影
原来她不放心，始终陪伴行程
回望我启程的渡口，亮着一颗星

带着快乐与伤残，我回归家园
新港口船满，老渡口已不见
白发苍苍的母亲，雕像等在岸边

靠近文字

读你，拆解文字组合的秘密
河床没有表情，流动清亮小溪
空旷原野，回荡铜钟敲击的乐曲

视线触觉，喜欢品味情感浓烈
即使一首小诗，也浸满心血
展示真诚，愈合的伤口又被撕裂

月弧光，洒落文字搭建的门窗
映现孤独脚步，徘徊中仰望
欣赏是一种美丽，谁与梦乡共享

无须躲藏，文字是容易穿透的墙
虽然隔岸遥望，尽管阶梯很长
只要心船执意起航，目标靠近手掌

播种文字的田野，永远游荡春魂
即使落叶枯萎，也会再生新韵
何必让悲戚的泪，躲在碧绿中沉沦

天津人，天津市作家协会会员、中国诗歌学会会员。

1981 年后在《天津日报》《今晚报》《儿童文学》《天津文学》《人民日报》及海外版、《诗刊》等报刊发表作品。

有诗歌《雨，轻叩临街的小窗》《倾听》等收录诗刊诗集。著有诗集《沙柳集》。

（1953 —　）

张永生

昆仑滩抒怀

是哪一种长调这般委婉
是哪一条秋水如此回环
昆仑滩啊
你是我昨日沸血的青春
你是我至今走不出的梦幻

究竟有多少故事
讲也讲不完的曲折波澜
究竟为谁在眷恋
这份放陈了的缠绵、悠远
昆仑滩啊
马背上弥漫的风沙在沉落
黄河上纤夫的号子已风干

骑马的人、牧羊的人
甩开流水的袍袖
舞动大漠的情怀
拉琴的人、唱歌的人
捧出祝福的马奶酒
沉寂的心，开始回暖

情，被喜悦燃烧着
心，被真诚感动着
高兴的泪，开始涨潮
开怀的笑，眉间舒展

此刻，杯杯美酒
斟满了情，溢满了爱
醉了，战友
醉了，整个鄂尔多斯高原

昆仑滩是位于内蒙古河套地区淤出的一片滩地，北濒滔滔的九曲黄河，南临绵延的库布其沙漠，占鄂尔多斯高原西北一角，为当时内蒙古生产建设兵团 3 师 23 团属地，是我当年生活和成长的地方。

笔名朱墨，陕西华阴人。

南开大学外国语学院教授，博士生导师，中国文化典籍翻译研究会会长，中国翻译工作者协会专家会员，天津市作家协会会员，《国际汉语诗坛》艺术顾问，《中华人文》（*Chinese Arts & Letters*）编委。

发表论文逾百篇，著述六十余部，包括《意象的萌发：新诗话语释读》《诗与翻译：双向互动与多维阐释》《诗人翻译家穆旦（查良铮）评传》《彼岸集：旅美散记》《朱墨诗集》及续集等。

(1953— ）

王宏印

南开园即景：或幻想曲

大师宁可超越，是啊
一个难题，看报纸
不能不看反面，意念中
一只云雀，高飞，尖叫
在鹰鹞的上方，逃离
如躲避流言和暑热
当夏日的繁华不再疯长
阴暗中，听蟋蟀的笑声
唧唧，唧唧——

二

穿过古典文学的长廊
新诗在硝烟散去的凄风中
饮泣，谁定了谁的格律
经不住，一团朦胧的意象
消融如宣纸上的墨迹
而你仍然在雕像中沉思
森林之魅环绕着你，智慧
诗八首，如何能唱得毕
生前孤独，死后也孤独
我们甚至不知道献你什么花
东村你住过的房子还在吗？

一

深绿与橙黄照样泼洒风采
斑斓如贵妇的枝叶凌空垂下
一路过来，一场演出的华幕
窗口，秋色如染，如醉
紫色的小珠丸，粒粒满足
透过知识与诗的浓烈
熏倒一室学子
凌霄花，淡橙色的骄傲
摇曳在一串墨绿的攀缘上
楼多高，旅途就有多长

诗魂，东艺楼的琴箫缠绵

你听到了吗？权作你

梦中的琵琶，图书馆，是新

是旧，还不是一个样

那楼梯下方的小书店

才是一个值得的去处

三

门前那一树桃花开得正艳

当花瓣散落，春归去

一只大花猫窜出

不知，从哪里，去哪里

新开湖，总有一方水

一些景色变幻着，偶然

二胡拉出一段不知名的曲子

谁的男中音如此温润

在傍晚的散步时分，练习

大海一样的深情，消散了

一天的疲惫——

东门，太远，不去了

驻足在马蹄，看池荷的丽

月色初上，新叶，绿水

垂柳飘拂，西风凋残

暮色中，有远方的塔影

回眸，昨日的辉煌

四

还记得那迎风婆娑的君子吗

竹石园，一个不经意的去处

每日省身，三次吧，不算多

如今只有一块黑板，几个圆凳

在绿色的草丛中讲述数学

树下的河水默默流去，我们

坐在林中交谈，何去

何从，一个人的青春

有多少岁月，临风消磨

门外是桥，你可以看到风景

路灯擎着橘色的小光亮

游人如梭，复康路上

喧嚣与宁静，仅一墙之隔

怎抵它晚来风雨急，待

飞雪过后，一片洁白

红雁泥爪，几多留痕

本名马来村，天津市作家协会会员，天津七月诗社常务副社长，曾任《诗人报》执行副主编。

作品在多种报刊发表，入选不同选本。创作以诗歌为主，兼写小说、散文和随笔。

（1954— ）

深耕

三才胡同

一

烧开一壶隔日水，老旧心绪，开始冒泡
焖上一杯乌龙茶，陈年往事，渐泡渐浓

二

丢弃的日子，像羊，边走边拉的粪蛋
五十年后捡回来，颗颗，变成金豆子

三

三才胡同，天地人，映对日月星，是哪个先人
志存高远，用如此好的口彩，为你命名

四

走故地寻旧，三才胡同，说是发炎阑尾
一刀，被激进医生从版图上割去

三才胡同的后生们，太阳般鲜活，只有我
还把多余一段盲肠，紧紧揣在怀里

绕遗地三匝，高邻犹在，不报大名，互不相识：
三条石，已被打磨成光亮拐杖，历史真实，还需后人探认

河北大街，文眉后美女
多情亮招子，笑迎南来北往之客

剔卸后，北开大街，剩一片鸡肋
食之无味，弃之可惜，只好摆在楼群叫卖

五

三才胡同，这支翻场木叉，当年有多少
热气腾腾日子，在闪光三齿上，翻来倒去？

三才胡同，老母手中三条细麻，拴挂一根
捻转日月的老骨头，被褶皱手掌不停旋打
饥日子，饱日子，一寸寸，伸延出来，有滋有味

六

高台阶，胡同中段一座杂居
据院为王的母大虫，人送外号"熬死你"

黄齿间滚动保定话口头语
"告诉你"就变成"熬死你"

她长有蛤蟆样粗脖，整日气哼哼
好像哪家都欠她的钱

天生两坨硕乳，时常随她填堵敌手门口
兴奋地闯开衣扣出拳，敌方必定溃不成军

她的文明举止：跨门槛，嗑瓜子
专给斗架孩子支招

七

姜老五，圆门里大院一条青龙
谁家日子旱了，就为谁家下雨

一九五一年三八节，娶了"妇女学习班"学员为妻
从此，对"熬死你"就再也不多看一眼

他是三才胡同侠士，对他的传闻
总是和孝悌、脚行、下半身有关

八

糖房，早已无糖可买

海陆空，像狮鼠，改卖毛片，兼租小人书

《聊斋》里的小狐女，从此
是我一生都在等待的情人

糖房老主人，抽过白面儿，断烟后的胸腔
从南呼噜到北，变成胡同里的风箱

他家胖闺女，出出进进，像只雪兔
总把我搅得心神不安

九

小小三才胡同，也有歌谣为它传唱
小小顽童，歌谣里也留下了身影：
"一进三才里，有人偷皮底。你问他是谁？他叫马来雨。"

马来雨是我哥哥，那年偷走赵家鞋铺刷晾的旧鞋
他就做了"砍鞋"游戏的英雄

五十年后，他的皮囊，也被顽皮的岁月偷走
却因一偷走进歌谣，成全了三才胡同，也成全了自己

十

三才胡同，一座储存老物的仓库，随手取下一件
巧遇爸爸冬夜叫门："来村——开门——来——"

月光下，微醺的爸爸，歪歪斜斜，游成一条兴奋老鲤
把寂静小溪，游得风波四起

十一

回忆是枚甜甜果糖，稍稍夸饰，是果糖美丽衣裳
我把果糖含在嘴里，再把衣裳，轻轻叠放

曾用名张仲宪，籍贯河北丰润。

1977 年 12 月考入天津师范大学中文系，开始诗歌创作。天津市作家协会会员、天津市书法家协会会员。

诗歌作品陆续发表在《今晚报》《诗歌月刊》《山东文学》《天津诗人》等报刊，诗作入选《天津现当代诗选》。

（1954— ）

张重宪

直觉证明

你对人们说

我没醉

人们笑了

这句话

是人们认为你醉了的直觉证明

你对医生说

我没疯

医生笑了

这句话

是医生认为你疯了的直觉证明

你对警察说

我没做

警察笑了

这句话

是警察认为你做了的直觉证明

你对女孩说

我爱你

女孩笑了

这句话

是女孩认为你没爱的直觉证明

诗子弹

我的诗
潇洒排列
像子弹一样

子弹的
性感与内涵
像我的诗一样

法国诗人阿尔托说
好诗是一种坚硬的
纯净发光的东西

我觉得
他说的就是
子弹

表达爱
丘比特用箭
我用子弹

我的诗是一颗爱的子弹
在每一次击中你之前
都穿过我的身体

网名海河随想，天津市作家协会会员。

自 1970 年开始写诗，先后出版了诗集《海河随想》《老雀儿集》以及诗文集《博上妆言》和《晚照集》。

(1954 —)

苗睿

你不来，我不敢老去

莫非你正在开我的玩笑
还是我不该就这样老去
我的内心是如此坦诚
你不来，我不敢老去

我似红烛已燃到根底
仍努力支撑这塌陷的身体
你不来，我不敢老去

本应就这样默默地老去
又生怕一生都对不起你
你不来，我不敢老去

寒冬已经到了
花草枯萎，树木凋敝
你不来，我不敢老去

你是和风，是细雨
是温暖的阳光
是清新的空气
你不来，我不敢老去

我与你注定无缘
却深藏对你的垂青
你不来，我不敢老去

我大半辈子听别人的话
心却始终期待着你
你不来，我不敢老去

我知你迟早会来
我知我就要老去
虽然绝非我的本意
可实在是无能为力

你为何至今不来
冷了上百年热血
你明知我在苦等
你不来，我不敢老去

你快来快来快来
我就要就要老去
你不来，我不敢老去
我喃喃着，这该死的梦呓

笔名雨甜、宇天、晓逊等，天津人。

天津市作家协会会员，天津七月诗社社委、副秘书长。

诗歌、散文、小说、报告文学、文学评论散见于《天津日报》《工人日报》《中国石油报》《滨海时报》《渤海早报》《地火》《热土》及泰国《中华日报》等多种报刊。

(1954——)

孙玉田

秋雨中

淅淅沥沥的秋雨
打透了我的衣衫
吹湿了你的心怀
精神的坐标
纵横交错
点点斑斑

秋雨中
你依偎着我的臂膀
跳动的心怦怦作响
艳丽的伞下
击起圈圈涟漪
眸子里
亮着你晶莹的泪花

秋雨中
你忧郁
我茫然
此生这般，路途漫漫
两相依依，秋雨涟涟——
秋雨中
我心依然

天津市作家协会会员，天津市东丽区作家协会副主席，天津市红烛诗社副社长。

20 世纪 80 年代初开始写诗。出版诗集《向太阳走去》《我的星空》《屐痕如歌》《岁月漫歌》。

（1954 —　）

刘则成

母亲·搓板·洗衣机（节选）

洗衣机下
垫稳一块陈旧的搓板
凸凹不平的板面
刻下母亲
过去了的一段记忆……

为了一个洁净的日子
母亲曾用它，在海河边
将补丁缝里的污垢洗涤
不知搓破了多少层补丁
和她那补丁一样的茧皮

渐渐地
补缀的色彩搓淡了
连同她瀑布似的发际

涟漪在她额头凝固了
连同她眉宇间的欢喜
那粗硬的手指
也在倒映中扭曲……

今天
母亲用她握锄把
磨起过血泡的手
被寒风和冰水
咬破一个个小口的手
扭动了豆绿色的洗衣机
洗衣机里的水旋转了
转出母亲面颊的笑纹
全家人的欢愉……

母亲啊，你告别了搓板
同时在生活的路上
也告别了搓板一样的崎岖
母亲啊，你流泪了
一滴滴，像纯净的露珠
滴在绿色的扁豆叶上
像含情的秋雨
洒进嫣红的凌霄花里……

月亮，挂在中秋眼角的一滴泪

月亮
是挂在中秋
眼角的一滴泪
逢也含着
别也噙着
为什么
久久不肯为我滴落

你不是走得匆匆
就是来得姗姗
心事如荷
被季节层层剥开
剩下一枝枝
酒杯似的莲
莲蕊里的露珠
是月亮酿造的酒吗
在孕育颗颗
饱满而微苦的莲子
莲的眼睛——
望穿秋水
——等你

秋月如绽放的白荷
荷瓣儿是我心空中
徜徉的一朵白云
我不敢像秋风一样冲动
不小心碰到你的疼处
怕晶莹的泪滴
从眼角滚落
冲淡杯盏里的
滴滴醇香

生在津沽，中国作家协会会员，天津市作协副主席。

1982 年毕业于南开大学中文系，一级作家。供职于天津文联，在百余家海内外报刊发表文学作品与批评文章近三百万字。

部分作品被《新华文摘》《小说月报》《散文选刊》《作家文摘》等报刊转载或连载，入选年度中国最佳作品选本十余次，已出版长篇小说、文学评论集、散文随笔集、作家评传六种。

（1955 —　　）

黄桂元

季风

季风　喝醉了酒的画师
每一次落笔都那般传神

我俨然一株潇洒的大树
任凭枝叶回黄转绿　荣而复枯
却常于漫不经意之中
怅然低首
默数悄悄增添的年轮

一些过程恍若云烟
一些结局已有定论
一些往事羞于细品

人生注定了沐浴岁月
沐浴一次又一次季风的遗韵

为了一份永久的诺言
为了一个无悔的诱惑
穿过了夏晨　又穿过冬昏

如果憧憬只能是海市蜃楼
为什么风声一季比一季深沉

竹篱笆的背影

黄河故道，江淮流域，松江平原
走西口、闯关东、填四川
漂流遥远的东南亚异邦
无数离人的泪水
以潮湿的咸涩绘制华夏的地理版图
而自生自灭的眷村背影
则是一页秘史的断章

当时光掏空了竹篱笆的骨架
眷村只剩下深邃的绝望
被物化成衰朽的古董
被风化为残破的废墟
如烟缕袅袅，随历史的尘埃飘散

六十年前，隆隆的炮声
给宝岛送出六十万溃败的军人
也丢下了六十万个外省人的乡愁
六十载岁月的堆积，汇聚，发酵
压垮了这患了思乡症的族群

历史落地开花，却有茎无根

家园不属于这里，梦想不属于这里

老兵捂着发炎的伤口

年复一年，打理灰蒙蒙的日子

他们习惯于夜半醉眼惺忪，东倒西歪

吼着家乡小调，与命运划拳

苏州豆干，临沂煎饼，云梦鱼面

西安泡馍，桂林米粉，天水凉粉

湖南腊肉，绍兴黄酒，东北松蘑

还有山西刀削面，四川麻婆豆腐

竹篱笆内是一个舌尖的大陆江湖

眷村曾容纳南腔北调

他们的后人终于与岁月和解

为两岸演绎了最时尚的台版剧情

一栋栋拔地而起的都市楼群

宣告了竹篱笆的寿终正寝

老眷村人却在失眠的乡愁中辗转反侧

他们听到对岸游丝般的呼唤

那里有一座大庙，正祭拜炎黄祖先

1982 年毕业于天津师大中文系，先教书，后就职一家出版社做了二十年编辑，边写诗、诗评和电影随笔，作品散见于报刊。

（1955 —　）

郭栋

电炉与红蜘蛛

她从秋叶隐入

墙边的一只电炉

一只红褐色的蜘蛛

在北国之冬

她无力走完疲惫的生命之旅

在炉丝上休眠

那是寒冷的一天

电炉拨亮了炉丝

光灿灿

慢慢地划出了一道道围城

她失去了夏日的敏捷

用一只手攀上了围城

只痛苦地颤抖了一次

红褐色消失在了灿灿的炉火

只剩下一个黑色轮廓

一个被冷与热交合而死的

黑色的幽灵

其实她还是在梦中

写在SARS的深夜

一个巨大的灾难拷贝

就像我们看一百遍 《卡桑德拉大桥》

看那个意大利大嘴美人

美美地深呼吸

艾滋病算什么

我们可以拒绝输血、吸毒和性交

然而

我们不能拒绝呼吸

我们不能拒绝空气

你和我

我们都是"屋顶上的轻骑兵"

带着那个法国美人朱丽叶·比诺什

沿着荒野一路狂奔

本名刘凤趁，天津市东丽区么六桥乡大东庄村农民。

1997 年加入东丽区文学社，现任东丽区作家协会理事。
2005 年创办芦苇诗社并出版《芦苇诗刊》。

(1955 —)

芦苇

老玉米

不能因为成熟后的金黄
就忘记了深爱你的土壤
永远感恩春风和雨露
莫屈服冰雹和虫荒

不要有乌云的笼罩
就尘封了自己的奇光
忍过了扒皮搓粒的痛楚
才能展露你纯洁的心房

苇之情

既然拥有专一的情
就固守那颗晶莹的心
既然不是挺拔的松
就铸造一身刚柔的筋

既然注定埋没于污泥
就净化自己圣洁的根
既然承诺衬托百花嫣红
就不悔化作绿色的星

山东青州人，1973 年开始写诗。

1982 年毕业于曲阜师范学院中文系，现为南开大学教授、博士生导师。

主要作品有诗集《梦旧情未了》，散文集《故园往事》，学术随笔《帝国黄昏》《旧梦重温》及《爱神的重塑》《中国当代诗歌潮流》《中国当代诗歌艺术演变史》等。

（1955—　）

李新宇

墓志铭

这里埋葬着年轻的新宇，
一个十八岁的中国诗人。
因为爱，他离开了人间，
大地和天空有他的脚印。

墓穴里只有他的躯壳，
瘦枯了，蛆虫也饿得发昏。
躯壳上没有他那忧伤的眼睛，

也没有他那容易激动的心。
他的眼留在了人间世上，
永远那样默默地遥望；
他的心给了一个姑娘，
却不知被丢到了什么地方。

题贺卡

点亮一支红蜡烛
浅斟半盏 XO
相视一笑，无须言语
心中写满相互的拥有
斗转星移，沧海桑田
只有此情天长地久

生于天津，天津市作家协会会员。

出版诗集《爱之舟》，散文集《梦之痕》，报告文学集《烛之魂》。曾任《天津教育报》编辑部主任，退休后兼《天津基础教育》编辑部主任，并创办红烛诗社和红烛诗社朗诵团。

（1955——　）

伊文领

秋荷

你是离佛最近的花朵
凝视你
便有梵音从心间响起
你是花之君子
即使深秋憔悴了姿态
也是一池的守望

山有扶苏　荫有荷华
谁敢用一枝荷来形容自己的一生
菡萏已老　益树莲芝
谁又能有一叶荷盖渡到来世

彼泽之坡　有蒲有荷
告别春之罗裙粉黛
亭亭净植　益清香远
难忘夏之芙蓉霓裳

秋已深　霜已降
一池残荷　即是画卷
一缕荷香　即是彼岸

天津市作家协会第四届主席团成员，中国作协会员。生于山东淄川，曾下乡插队六年。当过石匠、木匠、农民和小报编辑。

1982 年自山东大学中文系毕业后客居天津。
1991 年调入天津市作家协会从事专业文学创作。

著有诗集《星星海》《若夫诗选》《对海当歌》《错位》及散文随笔集、长篇报告文学等多部作品。

（1956 — ）

刘功业

月光酒瓶

月光酒瓶　装一泓无涯的海
你我的心　总在波涛里澎湃
即使不是这个团圆的节日
感情之酒　也常常被相思打开

如水的月光　被透明的玻璃覆盖
不经过发酵和蒸煮的磨难
再美的语言　也寡淡无味
如同一些液体那么苍白
月光的酒瓶　总是满着
让心灵之河从不淤塞

醇香是月光的醇香
却不被月光独享
优美是诗歌的优美
总是文化的佳酿
月光的词语　岁月的音符
终于歌唱着酿成甜美的酒浆

一只只古老的陶坛
漫漶在酒的情思里
在岁月的深处珍藏
月光浸泡着酸酸的杨梅
月光搓揉着甜甜的葡萄
月光让高粱和桂花一起重放光芒
月光也使普通的橄榄和红红的枣儿
被感动得滋味厚重　余韵悠长

月光的酒瓶　有形而无形
柔韧　而且坚硬
用生命酿制的美酒
感悟一种生命的纯净与高尚
用生命打造的美器
滔滔的是月光博爱的思想

瓶中的酒　浩浩荡荡
酒外的瓶　盖过穹苍
可以倾倒出来的是岁月
无法倾倒出来的也是岁月
月光穿越你的灵魂和身体
模糊而透明　苦涩而醇香
世界上许多东西本来如此
透明了反而模糊
苦涩了反而醇香

看不见摸不着的月光
却又无处不在的月光
让我们的身体和精神
在每一个季节
都通体灿烂　晶莹透亮

月光的酒瓶永远醒着
在每一个有月无月的夜晚
酒瓶里的月光永远亮着
在每一个有你无你的夜晚
哪怕千里万里星汉相隔
月光的酒瓶一旦打开
你就是一泓碧海
我就是一条大江

雨茶

没有听到雨打芭蕉的声音
只有一帘心绪，纷乱地落下
你看着窗外，天泉如注
一街滔滔的涌流，视而不见
只有一壶春水，煮出夜色如华

芬芳的茉莉，芬芳了当下
淋湿的星月，在本真里融化
几只杯子，有些凌乱地站着
谁还记得时光之手，当初如何
把那些青涩搓揉得心乱如麻

似乎早已沉稳如钟的词语
怎么会支离破碎，有些词不达意的尴尬
似乎风声雨声都已被紧紧关在门外
只有这片看不见波涛的海
在茶匙空空的搅动中，涟漪飞花

心中，一泓大大的海
心外，一盅小小的茶
细雨，其实很大
竹篱，其实无涯
没有千古的风月
怎么能听到心海的喧哗

一枚椰子落在海上

现在可以把孩子们交给大海了
她期望让所有的椰子
成熟的，和将要成熟的
都快乐地歌唱着
让海抱着，让海举着
像所有童真的孩子期望的那样
落在父亲的肩上
才能长得更有力量

没有谁听到花蕊的开放
也没有人看到那些蓓蕾
怎样吸收泥土里的盐分
心高气傲地在海风里成长
一枚熟透的椰子
还是执拗地落下来
落在大海的胸膛上
像拳头，捶击了几下
让平静的海面激动起来
感受着生命的重量

血脉里，早就有海的喧响
告别了母亲的椰子
憧憬着大海的椰子
就这样落下来
随着阳光落下来
也随着风雨落下来
父亲的路，就在海上
在波涛汹涌中创造辉煌
那就是椰子终生奋斗的榜样

椰子树，倾斜着
以一个自得的角度
表达着对大海的信任
是受孕于海的快乐
是受海呵护的幸福
让她的生命有了意义

椰子的光荣与梦想
肯定是一个漂泊的旅程
迢遥，动荡
注定有许多风险
也有许多不确定性
让椰子们的未来之梦更多了向往

天津人。科技工作者兼诗人。九三学社天津市委员会委员，天津市鲁藜研究会常务副会长，天津七月诗社副社长兼秘书长，《天津诗人》副主编。

著有诗集《段光安的诗》，诗作入选多种选本，部分诗作被译为英文和俄文。

（1956 — ）

段光安

荒野黄昏

乌鸦这黑色的使者

以独有的方式诠释日落

枯草萧萧而立

在低声喘息或者私语

那是生命萌动的声音

云杉倒下腐烂

再重组生命

棘丛中我寻找来时的路

俯视幽深深峡谷

莽莽苍苍

灵光飞出

万路之后无形的路

悠悠间

天心

地心

人心

在瞬间相触

静静湖水

冻结又消融

我抛掷石块

测量荒野的深度

触到生命的根

我的根

一切回到了远古

荒野之声

悲壮而久远

收割后的土地

乌鸦鸣叫向夕阳冲去
面对收割后的土地
倾听家畜悦耳的声音
父辈们模糊在黄昏的柔光里
土地
母亲的乳房一样干瘪
一棵枯树在寒风中摇曳
根在幽静的和谐中生长
如父亲的胡须

天津人。天津市作家协会会员，和平区作家协会理事，七月诗社副社长。

曾在《天津文学》《萌芽》《诗神》等多种报刊发表诗作一百余首。

(1956 —)

吴翔

遥望孔子

你离我很远
天安门离我很远
在东面一个地方
你出现并且摆个姿态
我看不清你是高傲或是谦卑

一百年是个什么距离
两千年是个什么距离
多变的风从我们中间吹过
扬起了岁月的沙尘
我看不清你的思索

有个留胡子的中国人说过
你就是一块砖

现在你出现在这里
门在东面还是西面
我看不清你的方向

青铜是用来铸钟的
青铜是用来铸鼎的
是振聋发聩还是一个饭桶
距离遥远
我已看不清你的形状

胭脂花粉是女人用的
粉墨登场是男人干的
两千多年的粉彩重重叠叠
是谁在你那张山东人的脸上
涂抹着抽象派的图案

一座山丘
足以让一个广场失衡
阳光从东面流进来
又从西面流出去
在这碑石林立的迷宫里
哪一面
才是中国人的出口

原名孟海英，天津市作家协会会员，中国散文家协会会员，大众文学学会会员，太阳树文学网站主编。

出版诗集《海之魂》《十二女子诗坊》(与人合著)、《十面倾城》(与人合著)。诗稿发表于《天津日报》《西北军事文学》《诗中国杂志》等报刊。

(1956 —)

樱海星梦

长裙收紧的秋天

故乡的老屋

曾踏火而歌的向日葵

头颅堆在院子角落

空杆站成栅栏

风中抖动的声音

传得很远

延伸到

那个哭泣的雨夜

秋天的响雷，秋天的闪电

以及小院栅栏上跌落无数秋天悲凉的故事

都已被霓虹灯影里

一条旋舞的长裙收紧

退潮的海边有人看到

浴火归来的远行者

让裙摆卷起的风牵进暮色，褪去

甲胄般的隐忍，伸张臂膀

放飞掌心里指尖滴血浸染的纸鹤

悠悠地吹起口哨

1975 年插队津郊。

1978 年就读天津师范学院中文系。

先后供职《天津青年报》《家庭报》《世界文化》编辑部。

曾于 1974—1982 年在《革命接班人》《新港》《天津文学》等书刊发表诗、散文若干。

(1956 —)

周义和

致裂谷

是造山运动地壳的扭曲？
是千年万年流水的侵蚀？
这本是一座山啊，完整的躯体。
如今竟如世仇相对，瞋目而视。

铁青的面孔，尽裂的目眦，
冲冠的怒发，咬紧的牙齿。
啊，宁可让山泉白白流去，
不愿让心再度弥合濡湿！

全忘了，当年美好的时日，
这里曾有花并蒂，树连枝，
一朝分离，中断多少情语，
化作野性的嚎啕，粗俗的指斥。

全忘了，当年共度的往事，
你们曾同心抵御风雨的辖制，
一朝分离，任同胞雷火中，
竟心如铁石！

地壳倾轧的牺牲，山水暴虐的献祭，
分裂的大山全失往日的凤仪智识。
为了换取星点的怜恤，
争相把伤疤向人展示……

哦，雨后的太阳已不似狂热的午时，
断崖上沉郁的松，已站成老杜的诗。

《天津日报》文化专副刊中心副主任、高级编辑、中国作协会员。

出版诗集《迟献的素馨花》《穿越时空的情感》。作品被《散文选刊》《散文海外版》《小说月报》《作家文摘》《中国当代美文三百篇》《20世纪中国著名编辑出版家研究资料汇辑》《中国散文大系·旅游卷》等转载与收录。

（1957——　）

宋曙光

雕像
——赠予晚年的艾青

炯亮的双眼始终大睁
透出一种深邃的眷恋
那早年的《原野》已经成熟
正交由后人幸福地收割

歌者的心房要像花房
才能孕育真善美的花瓣
你在黑暗年月饱经苦难
才用生命讴歌光明

我是捧着祝福的诗句
走进你北京的四合院
早春，玉兰花才刚刚含苞
但浓郁的花香已四处弥漫

你手握诗笔耕耘人生
岁月也用刻刀镂刻你
你从魔穴奋然奔赴圣地
一路上再无视诗冠旁落

你端坐在一辆轮椅上
在春阳下，神态安详
就像跋涉过长途之后
亟待坐下来恢复膂力

诗稿被无情地焚毁时
你的脚印浸着血
身心被残忍地摧残过
你的诗句淬过火

谁知你这一次休憩
竟凝固成棱角分明的雕像
面向纷扰的尘世
述说厄运对人的锤炼

一片又一片飞雪
融化在你的眼前
一排又一排浊浪
跌碎在你的脚下

来自人间的真情
你敞开胸襟，向未失聪
有耳也不想听的
是那些虚伪和阿谀奉承

这使人想起海中的礁石
晚秋里的红枫树
不肯向命运低头的脊梁
一尊永生不朽的诗魂

母亲，是一条河

世界上没有任何一条河流

能与母亲河相比

你可以在怀中吸她的奶汁

在梦中想她的面容

在信里读她的叮嘱

她博大得能包容一切

是所有词语的总汇

那源头流出的无数条支流

都是挚爱的涌泉

不管儿女厮守身边

还是远在异国他乡

都会有一种血缘的温馨

她不因贫穷而吝惜给予

也不因富有而显露骄矜

她永恒地流淌着

红的是血液

白的是乳汁

寻觅

我叫不出你的名字
却在久久的追寻里呼唤着你
我说不清你的容貌
却又一次次地被你震撼

有时你突然在人海中出现
留下一个云似的身影
有时你偶现一个笑窝
让我的心海猛掀波澜

有时你静止　有时你飘动
有时你快乐　有时你沉郁
可我就是俘获不住你的真身
从而陷入苦苦的思恋

我对你的追求没有时限
从青年可以延续到老年
我在心里给你留一个位置
人生长旅便不觉苦短

如此走在旅途
心灵仿佛被阳光打开
欢乐常驻　期冀常在
青春成为不变的容颜

这是藏匿心中的一个秘密
终生都不能够放弃
这种对于美与圣洁的向往
将会伴我走向永远

生于天津，毕业于天津师范大学。

1978 年与友人创办文艺刊物，开始诗歌和绘画创作。

出版诗集：《死港与天界》《王向峰诗钞》《三叶虫》（与人合著）。创作文人画集：《旁观》。创作泥塑：“生存者”系列二百三十件。创作铜雕：“期待”系列二十四件。现在天津图书馆历史文献部民国文献研究室工作。

（1957 —　）

王向峰

书卷之恋

不是什么也没有
罗盘的指针　六字真言
朗朗乾坤　甚至死亡之外
不是什么都没有

孤寒的山峰
性灵之花
山林之侧另有江湖　波光粼粼
空手之间　无言之际
咫尺天涯　无音之时
空了的酒杯
不是什么都没有

月亮的背面
不是什么都没有
镜子之外
不是什么都没有
窗户之外　道路尽头　思想的边沿
不是什么都没有
我敲打栏杆　声音回荡在空谷
誓言之外　鸟鸣之外
群山　大地和星空之外
不是什么都没有

可在这无眠之夜
除了思念你
我真的　什么都没有

雷的回声
书卷　天门　神话之外
世间的恩怨　无边之夜
伸手不见五指之处

而今　孤立寒峰
满山秋叶　甘苦自知
除去生命之光
大道之外
的确　什么也没有

致美国乡村歌手约翰·丹佛

《丹妮之歌》的约定
是神明给予的恩泽

你写下这些词
唱完这些歌就转身回去
弹着吉他梦里回家
从《高高的洛基山》
到《加利福尼亚海岸》
回你的天堂
像鸟归林中　鱼儿还水
在海天相连处和衣而卧

这是你的宿命吧
在海市蜃楼中归去
只把歌声留在空中
仿佛飘浮着一种嗅觉

约翰·丹佛
你的前世一定是鸟
只要空中有翅膀
你的歌就还在飞

我们
在孤寂的山路上听
在飞行的云中听
一无所有时听
绝地逢生中听

在晨光中　晚霞里
你手拨吉他　迎风而立
头发飘扬像一面旗子

在雨后的晴空
雪后的田野
白马在奔跑
城市不再喧嚣
尘世不再滴血

约翰·丹佛
远行他乡的人　有福了
孤身独坐的人　有福了
身在故乡心灵依然漂泊的人　有福了
关上灯心灵依然漂泊的人

约翰·丹佛
你一定和上天有约定
关于爱的约定

而我更想借你那把老吉他
让我们一起飞

籍贯北京，天津市作家协会会员、中国诗歌协会会员、天津七月诗社社委、天津青年作家协会会员。

1980 年开始诗歌创作。

1984 年开始发表各类文学作品。

有诗集《落霞裙》、自结集《绝妙黑色》《香格里拉的罂粟》，诗作曾入选《骚动的诗神》《海内外诗歌选萃》《天津诗选》等。

（1957 —   ）

王晓满

四月纪事

一个朝代就要变迁
四月不疯才怪

沙尘暴
黄色迷蒙的世界
将献媚的春天彻底摧毁
也不过是死亡前的挣扎
回环往复
每到此刻
艾略特就预言
四月是残忍的

四月
郁积了一冬的情绪
终于使精神失常
沙尘暴般歇斯底里
风雪交加的战栗寒彻骨髓
偶有柔声细雨也非春夜喜雨
间或片刻春光明媚鸟语花香
不过是四月癫疯后的一丝喘息
让人痛心怜悯的嬉笑而已

冬天尚还年轻
却选择败给春天
败给嫩绿无知的新叶
败给绿色爱情的轮回
冬天如女人败在诗人的光环里
败给苍凉忧郁的文字
败给变异的熟悉面孔
败给无言的蔑视
悲莫悲兮生别离
若干个残忍的四月之后
丁香的根不再滋生呆钝的根芽
冬天最终老去
丧失爱的功能

四月疯狂
上演小女子的倔强
追索世人嗤之以鼻的爱情至上
不忘怀整个冬季的甜美
离不开暖人的篝火
盛大洒脱的飘雪
不该拒绝的纯净女人
阳光伸展温暖的怀抱
经历跋涉感触遥远
一壶好酒面前让醉眼迷离
有许多的瞬间铭刻于心

四月春寒料峭
冬天要挥手告别
生活开始摇摆了

四月无助
忍受分分秒秒的煎熬
别出声

黄昏时分的风

不由分说地来了
带着不可言表的执拗
吹到体内最细柔之处
战栗如树上的枝叶
不知该以怎样的姿态摇摆

黄昏时分的风
把太阳吹到了哪里
眩晕让时光倒转
让视觉模糊不清
是明媚清晨花开烂漫
一个圆圈圈的起点吗
风
还是年轻时的风吗
双臂环抱相拥
竟然空空

黄昏时分
云恋着万物迈着小步回家
泪腺与心灵都已很憔悴了
怕风把我们的枝叶吹光秃
只剩下孤零零的影

黄昏时分
给复杂的灵魂系上丝巾
给遮挡尴尬的风衣扣好衣扣
继续蹒跚的步子向前
继续霜叶红于二月花的自慰
风吹只是一个过程
风也许只是一个看客

潮
水

潮水在这个秋天退去
每一根头发都十分紧张
一些意志薄弱者纷纷落马

潮水来的时候
女儿还鲜嫩如草
汹涌澎湃的日子
层层递进
岸是永远追赶的目标
女儿长成一株树
绽放着嫣红的母性
是哪次涨潮的战栗
让树的枝叶缀满果实

潮水无所不能的浸润
灰色长衫里埋着的生机

鲜活充满期盼
却不见天日
三层楼上修行的灵魂
让许多厌倦了追逐的人
面壁艰深哲理期待着来世
潮水
被巨大的信仰打败之后
做着俗人
该涨潮时依旧涨潮
落潮时怎样的眷恋也无济于事

潮水
属于生命的一段岁月
几十年往复巡回
小蛮腰的羞于言表
在秋风让发丝缭绕指尖之时
顿开茅塞
终于不再梦着岸了
从此这番搓揉之后
带给疲累付出后的微笑
去邀功请赏
去等待着另一个
如草的女儿诞生

作品散见于《天津诗人》《天津文学》《诗歌月刊》等。

有作品被收入《天津现当代诗选》。

（1957 —　）

张景云

那拉提

当我第一次见到你
就像成吉思汗的西征军
见你时一样惊奇
尽管　我此前到过许多的草原

到过这里的人都抱怨
大自然过于偏心
将所有漂亮的种子
都撒在这里
让美不断繁衍
高原上的你
像铺在空中的绿毯
让盘桓于蓝天的鹰
迷了路

五颜六色的花
悄然绽放
于风中摇曳着青春
牛在悠闲地嚼着青草
及天边的景色
远处飘浮着
是云一样白的羊
和羊一样白的云
我久久伫立于溪边
与远处的雪山对视

天津人。中国作协会员，天津作协第四届委员会委员。

　　曾在省市级以上报刊发表中短篇小说、诗歌、散文、报告文学两百多万字，有四十多篇作品入选各类刊物，长篇小说《草民英雄》在《天津日报》连载。

（1957— ）

杨伯良

泥瓦匠

泥瓦匠在乡下算是能人

老人不一定是师傅

后生不一定是徒弟

泥瓦匠爱说粗话爱骂娘

喝烈酒一口一杯

吃大肉一口一块

脸上粘着泥土

唱着跑调的歌

泥瓦匠是鲁班的传人

墙高几尺，门有多宽

泥瓦匠心中有一把法度的尺

泥瓦匠手里有一个准星的坠

只要脚步停过的地方

就会留下一道崭新的风景

无论是低矮土房还是豪华高楼

都可承担几十年的风雨

村戏

村戏属于田野

村戏属于民俗

属于原生态文化

如陈年酒香在大地弥漫

浸润着乡野里的灵魂

锣鼓琴笙钹铙磬镲

生旦净丑妆忠扮奸

行腔步韵穿越古今时空

惟妙惟肖演绎粉墨故事

戴王冠穿龙袍过足富贵瘾

扮乞丐演难民品尝人间苦

村里人在台上唱

村里人在台下看

台上台下情景呼应

戏里戏外情味交融

人们在戏中找到自己的影子

看了戏才知道自己就活在戏里

村民就在四季的村戏中走过

就在平凡的日子里雕琢庄稼人的品格

1975 年开始诗歌、散文等创作，有三百余首（篇）作品散见于各地报刊。

（1958 —　）

雷福选

锅和勺的感悟

整天在一起
磕磕碰碰，吵吵闹闹
一炒起来，就不让人消停

冷战时常发生，谁也不理谁
一点火，交战又起，劝也没用
叮当的声音，是厨房的交响

分手不容易，苦辣酸甜的日子
一天天地炒着、熬着、炖着
黝黑的脸上，长了一圈老锈
皴裂的勺把，也失去了青春的光泽

是啊，炒在一起，不炒也在一起
似乎缺了谁，生活都无法继续

家常的饭菜，咸了不行，淡了也不行
有时增加食欲，还得放点酸的、辣的
人生滋味，诠释在
苦、辣、酸、甜中

如今，旧了，老了，再也不那么好看
生活啊，日子啊，还在相互拴着……

生于天津。天津市作家协会会员。

1974 年发表处女作。

著有"阅读大运河"系列六种、"泛话杨柳青"系列七种、长篇小说《石家大院》。编有"杨柳青杂俎"十七种、"赤龙河文化丛书"二十种。主编地方文化刊物《赤龙河》。

（1958 — ）

朱国成

村边那盘老磨

村边那盘老磨
几辈子了，就那么咕噜
众人不知它说了什么
它说了谁，谁心里清楚

村边那盘老磨
大半辈子了，再没咕噜
可南头儿的聋三爷
每天都听到它在讲古

磨旁那棵老槐树
伸着耳朵听它白话
年深日久
成了一棵歪脖儿树

天津市作家协会会员、天津市美术家协会会员、天津市书法家协会会员。

1982 年毕业于天津师范大学中文系。

《天津日报》高级编辑，从事新闻工作三十余年，历任文化部、摄影部、新闻研究所主任和《采风报》《求贤》杂志主编。现为《天津日报》美术馆馆长，兼任天津书画主编，天津师范大学兼职教授。

（1959 — ）

郑秉伏

读——写给街头的一座雕像

也许和我一样
她也走过遥远的路
带着劳累和饥渴
走过知识的荒野
走过徘徊的沙滩
走过叹息的阡陌……
最后找到了
这片绿茵茵的草坪

她把一切噪音
连同系着蝴蝶结的发辫
一齐抿向耳后
从清早到黄昏
她一直坐在这里
手捧着一本厚厚的书
——一本装订起来的人生
默默地读着
默默地思考着

太阳从她的身边走过
月亮从她的身边走过
历史从她的身边走过

春天……
夏天……
秋天……
冬天……
留下一叶书签
加上一行注释
也匆匆地走了

她手里的书
已读过一半
她知道了许多故事
和许多哲理
她还想知道得更多
她要读下去
把一整部人生读完
也许她读过的部分
说不上精彩
但也不乏波澜
不乏曲折

现在她翻开
书的另一页了
她已经找到
书中那个主人公
在昨天失落的梦境
在昨天失落的青春
在昨天失落的时间
在昨天失落的欢乐
……
但她依旧默默地读着
默默地思考着
一字一字地咀嚼着
人生——
这部最伟大的著作

402

留给历史的纪念

照片不要放大
也不要着色
只是要加大景深
最好小一点光圈
摄进远处的草坪
情侣、林荫道
喷泉和孩子的笑脸

历史送给我
一个这样的名称
——待业青年
我应该趁今天
拍一张照片
也好给历史
留个纪念

照吧，只需要
百分之一秒的瞬间
照下共和国
这还不太和谐的画面

背景就选在
我做临时工的
那个建筑工地的
蓝天下，一座
还未竣工的大厦前

明天——
一帧贴进档案
一帧贴进登记表
一帧贴进迟发的工作证件
还要送一帧给女朋友
作为第一次约会
免去妈妈的一桩心愿
和一份挂牵

我就站在
悬臂吊和汽锤中间
沙石和砖中间
站在尘絮和噪音中间
站在汗碱和油污中间
站在劳动和遐想中间
站在建设和创造中间

历史送给我
一个这样的名称
——待业青年
于是在我人生的旅途上
又开辟了一条
新的行车路线
但愿里程很短很短

403

CUI JINQI

(1959 —)

崔 金 琪

天津人。天津市作家协会会员，市总工会首届职工艺术家。

1983 年毕业于天津城建学院。
1994 年开始发表诗歌、散文、小说、评论及通讯近百万字。
2004 年创办《职工文学》兼副主编，钢管文学社第二任负责人。

著有诗集《不消失的地平线》、报告文学集《昨天是故事》等。

焊条之歌

多少坚固的桥梁

多少壮丽的大厦

都难忘你那闪亮的火花

——焊条

如此微妙的能量

作用竟这般伟大

曾经四度春秋

无数焊条

像蜡烛一样点燃

照亮了渤海湾边的伟岸

智慧的思想碎片

被你的光热熔为一体

昔日的盐碱荒滩

一座巍峨的现代化钢城

在你的闪烁中辉煌落成

电弧炉启示录

你有满腔烈火

你有满腔热血

每发出一声热烈的爆响

都能把冷硬的钢铁

用电极碰击粉碎

那团团弧光烈焰

在炉膛中升腾咆哮

任凭金属分子

在沸腾里重新组合凝聚

铸一道傲岸的彩虹

轧一条深远的时间隧道

让埋藏地心的历史

穿越阳光

重新走回现实

天津人，具体生平不详。

该诗创作于"新民歌运动"期间，1959年收入《红旗歌谣》。

邢序凤

主席走遍全国（民歌）

主席走遍全国，
山也乐来水也乐，
峨眉举手献宝，
黄河摇尾唱歌。

主席走遍全国，
工也乐来农也乐，
棉山粮山冲天，
钢水铁水成河。

天津人。天津市作家协会会员、中国诗歌协会会员。毕业于天津财经大学，现在蓟州区委巡查办任职。天津市委党校特聘教授。

著有散文集《翠湖满秋》、诗集《翠湖春晓》《翠湖晴雪》等，发表散文诗歌作品五百多篇（首），有作品入选《2007 年中国当代诗库》《2009 年中国诗歌选》《天津现当代诗选》等。

（1961 — ）

金学钧

与山为邻

闻惯了草木的香气

打开柴扉，放进几朵杏花

举起初春的酒杯

猜想芳邻的年华

在梯田上耕种细雨

在山泉旁栽种晚霞

一架大山之下，听渔樵对答

今年的绿色格外醒目

未来的果子长满山崖

山里的气色很好

云的腿脚强健如飞

清明的酒香，飘满真诚

一任率真的思绪满山挥洒

这个季节，读几句古诗

满口的清香绵绵不绝

站起身来，与山岭一起

潇洒地走向初夏

天津人，天津市作家协会会员。毕业于中央广播电视大学，天津市政协第十二、十三届委员会委员，天津市友好合作城市企业促进会会长、天津昌逸投资有限公司董事长。

自 20 世纪 80 年代中期，在报刊上发表诗歌、小说、散文等若干。

(1961 —)

王育英

无言的雕像

用一双虔诚的粗手
拾起洒落在绿地上的烛光
将它揉碎
压进拥挤的胸膛

哭泣是男子汉刚烈的点缀
豪爽是女人绽放出的柔美花朵

没有歌声便没有痛苦
没有黑暗就不成色彩

用过去点燃你的眼睛
用现在拨动你的心弦
用未来唤动你的双脚
用鲜血铸造出你这座
沉默的雕像

本名付成学。中国民进会员，天津市河东区作家协会主席兼秘书长，《直沽文化》主编。天津市作家协会第四届代表大会全委委员。

1982 年开始发表作品，著有诗集《惊蛰》《谷雨》。

(1961—)

傅诚学

鲁迅，中国的肺

夜，很黑
那一天，属于中国的肺，不再咯血
1936 说，你的离去与阴谋有关
我确信这一点

我不相信那个岛国的刺客能够接近你
习惯了黑暗，岂能分辨不出匕首的寒光
我更愿意相信，你的痛
来自你的后背，来自你的手足
来自一条经常发炎的
情感的神经

苦茶和烟草
你的习惯无法改变
于是你的肺，你的手指和牙齿
常常被一团浓浓的火
熏烤着

太多的愤怒让你无法忍受
太多的麻木让你无法忍受
太多的屈辱让你无法忍受
太多的疾患，让你无法医治和根除
于是你的肺，成了整个民族
无法愈合的伤口

中国的夜晚响着你清亮的咳嗽
响着你的抑郁和愤懑
响着你的啼血的呐喊
响着你拉响的警报和自觉自醒的呼唤

五十五年的人生
你把自己熬成一贴膏药
一个民族，长在良知上的疖子
竟被你生生地
拔出了脓

在唐朝

在唐朝，一个男人应该当兵
当一个百夫长，带着一帮子兄弟
直出阳关，拎一柄长刀

只要有把子力气，在冷兵器的寒光里
舔刀尖上的血，轮流着为皇上值班

在唐朝，你可以做一名和尚
骑一匹白色的马，走出大漠
蹚一条寂寞的河，此后
在长安造一座塔，戳在那里
谁也不敢强拆

在唐朝，你还可以去坐牢
在牢里写字，写颜体的字
让牢卒换半只烧鸡，两壶老酒
酒酣耳热的时候，你发现天下的招牌
都换成了你的大作，你的人生
凭半吊子醋的文人们，发疯地临摹

在唐朝，你可以读万卷书，行万里路
娶三五个老婆，最不济的，你可以去当个诗人
把一副臭皮囊放在乌篷的船上，顺流而下
把皇族骂他个狗血喷头，让贵妃给你脱下
臭不可闻的鞋

但是，所谓唐朝只剩下一堵墙
墙的拐角有一家收费的厕所，方便完了
你可以洗手，用手纸擦擦，顺便也抹抹嘴
像刚刚吃过唐朝的烤鸭

本名张宝民，天津人，黑色海诗社创办人。

在省、地级报刊发表诗歌、散文作品五百多篇，作品散见《星星诗刊》《诗探索》《天津文学》《地火》《散文百家》《工人日报》《天津日报》等。

中国诗歌学会会员，天津作家协会会员，中国石油作家协会理事，天津书法家协会会员。

(1962 —)

红杏

青花瓷

一直不敢看你，我怕！
目光的触碰也会把你打碎
一直不敢走进你，我怕！
身体的尘垢也会把你玷污

你站在夜的深处，遥不可及
像天上的星星，完整的美
没有一丝岁月的划痕
没有一丝历史的锈味儿

其实，我的目光
早就属于你
淡淡的青，纯粹的白
那些芍药的紫，牡丹的艳
甚至玫瑰的红
已不能将我打动

青花瓷，请允许我爱你
允许我默默地把烛光拨亮
我会在你的光晕里
把自己毁灭，之后
复生

亲，割吧

亲，割吧！
就用我送你的镰
月光打磨的镰，锋利着呢

亲，割吧！
我不是路边的狗尾草
我不是河边的野水芹
割了一茬，又长出一茬

亲，割吧！
割去了回忆
往事就结痂了
把我当成六月里的麦子
把我当成九月天的稻谷
一根一根地割
一把一把地割
一捆一捆地割

亲，痛痛快快地割吧！
我不喊疼，我的爱
已熟透

农夫与蛇

农夫在捡起冻僵的蛇之后
把蛇放在胸口
农夫　并不知道
捡起的是自己

蛇在温暖中感受着恐怖
恐怖却是春天过早地来临
蛇把冬眠残留的毒液
喷出去的时候
蛇也走向了死亡

农夫与蛇　都死在
一个叫寓言的故事里
读完寓言以后的农夫与蛇呢
他们将死在哪里？

本名杨岩，生于大连，居天津。

1991 年与友人创办民间诗刊《葵》。

诗作多次入选《中国诗歌年鉴》。主要进行诗歌创作，同时从事文学批评和艺术批评。著有《萧沉诗选》《大唐诗人演讲录》《门外集——萧沉谈摄影》等。

(1962 —   )

萧沉

那
时

能把满腔的墨水
写到枯竭

三

那时
从城南到城北
就是远方了
路上没什么车
雪花扑面
街灯朦胧
我骑着单车去找你
一个远方
去找另一个远方

一

那时没有手机
也没有电话
去造访朋友
还有悬念

这人间
怀着悬念多好
屡屡扑空
又终于遇见了
多好……

四

那时
屋里有炉火
你心中有煤
窗上凝结的冰花
也会泪流满面

二

那时可以写信
心情能通过笔尖儿
慢慢流出
能听见细沙的声音

那时啊
你还会彻夜读诗
写废一篓稿纸
时常也会突然停电

而诗意的人生
就是突然停电了

道貌岸然
知道害臊
假装正经
怕弄脏了你

五

那时还有老城
电线分割的天空
和绕城转的电车
还有雨巷
能碰见脸红的丁香
和弱不禁风的校花
路边还有邮筒
心中还有秘密
射出去的箭
在迷雾中飞行
答案
还需要期待

桃花开满河堤
春风杨柳依依
浪漫主义
就是不切实际

七

那时天高云淡
眼高手低
心怀大志
又离题万里
那时呀
诗人就是病人
说着神话
在平地上俯视群山
拒绝与人间
继续往来……

六

那时呀
坐得很近
也不敢碰你

民国纪

梅雨碰见油纸伞
校花嫁给了古建筑
只有峰峦还闲着
敢于闲着

秋天不凉不热
早春二月　　　　　　革命尚未成功
围脖长衫　　　　　　下野的总统倾心于编诗
冰河初开于 1917　　雷峰塔毁于蚁穴
牛排和白话文半生不熟　也还有唐朝的茶道
那是微妙的火候　　讲究分清三峡之水
难拿的腔调　　　　也还有深山棋王
随便一只前清的蛹　一出手
都能羽化成蝶　　　就下在了天元的位置

仲夏之夜　　　　　梅花开在旗袍上
新月如钩　　　　　淑女是一袭华美的弧线
毛笔与钢笔握手　　国士柴门立雪
国学宠辱不惊　　　允文允武
留辫子的文竹　　　子不语怪力乱神
插在青花盆里　　　勋章拴作扇坠
人间词话自沉于湖　……

ZHANG FENG

（1962 — ）

张锋

天津人。天津市作家协会会员，和平区作家协会副秘书长，七月诗社社委。

1987 年首次在《诗人》发表诗作，之后陆续在《诗刊》《诗林》《诗人报》等报刊发表诗作三百余首。

今晚皓月当空

你在上边
静静地看着我
就像那个时候的我
静静地看着蚂蚁
爬过落叶
亵渎刚刚羽化的蝶

你借用太阳的光
照着孤零零的我
我慌忙举起我的诗
就像举起盾牌
孤零零的我
该是怎样的胆寒

你一面是光明
一面是神秘
所以你是绝对的权威
你东升也好
西落也好
永远正确
难道仅仅因为
天是圆的

月亮
我观你只是一时
你看我
却是一世

斜雨

在雨中
塔是斜的
楼群是斜的
或者换个角度
笔直的塔
笔直的楼群
那么倾斜的
也许是我
总之
雨
塔和楼群
还有我
是不可调和的
倾斜关系

星空在心中

星空在心中

就是没有距离的沟通

就是没有障碍的交流

就是最亲近的相互感应

星空在心中

道德律在心中

两个美丽互为背景

所有仰望星空者

我们天涯共此时

所有思考真理者

不用打开窗

我们天涯若比邻

不需走到户外

时光飞逝　斗转星移

也不必等到夜晚

春季星空从东方升起

就在这个阳光的早晨

大熊走过　狮子走过　牧夫走过

我知道　蓝天白云之上

银河　夜空中的亮带

天顶处的御夫星座在闪烁

这个大于十万光年的漩涡星系

双子星座　小犬星座　大犬星座

让边缘的太阳系突然变小

冬季大曲线划过夜空

太阳系中的地球更小

我熟悉　南方的星座之王猎户座

地球上的人渺小成一个点

他的腰带　他的剑以及弥漫星云

一个思考着太阳系的点

一个思考着银河系的点

就像哥特式教堂的尖顶

一个思考着浩瀚宇宙的点

伸向天空　伸向天堂

这是多么伟大的渺小

伸向信仰的神

天津市作家协会会员、和平区作家协会会员、七月诗社社委。曾在部队服役五年，现就职于天津理工大学。

20世纪80年代开始文学创作。

曾在《天津日报》《天津文学》《星星》《今晚报》《工人日报》等报刊发表作品。已出版散文集《我是祈者》、诗集《到陌生的地方去》。

(1962 —)

于剑文

我的王

让我陶醉

你身后的每一垄田埂

都在你走过的瞬间

开满了馨香的白莲

是送给我的礼物吗

我在菩提树下等你

你是圣人

我的王

普度我出苦海

如此睿智

却把美酒留给我独饮

却不露声色

从什么时候开始

栽种了无数亩田地

我的王

都是静悄悄的

你精心打理的每一亩田地

在突如其来的一夜里

都是无边的丰盛

花香弥漫了

我沉醉后的不醒

在你精心的劳作中

运筹帷幄了所有的细节

让我继续不醒吧

我惊喜于每一粒种子的疯狂

我愿意在梦里

不管是茅台　五粮液　还是杜康

清清楚楚看着你播种

我的王

我的王

今生来世　你的陈酿

你不急不慌的姿态

都是举世无双

一地烂醉的花魂到处流浪

谁都知道花儿的陶醉不是故弄玄虚
它的确是强大而不可阻挡的
她有最美的妖娆　还有不可一世的傲气
乍泄一地的魂魄
借助清风的爱慕　为自己再酿一坛良酒

大自然的容器
盛着大地的精气和密码
闪烁　跳跃　在每个仪式前祈祷
蒸腾的热气　挥洒的光影
斑驳万象　梦呓一样　起起落落

到处流浪的大地精魂
构建得内心强大
不断超越着表面的灰头土脸
冷若冰霜的素面朝天
层层叠叠的虚虚假假
压抑的　彷徨的　恐惧的
终归还复花枝招展的嬉笑怒骂

浪迹天涯　情愿不断地接受惩罚
依旧心满意足地奔波　流浪
喧嚣娱乐　冠冕堂皇地穿透寂寥和尘灰
披着幸福的彩衣　来去自如
一地烂醉的花魂
唤也唤不醒地醉倒雨里　土里　泥里
不折不扣地醉生梦死而去

我选择了我的选择

举世无双的芦笛
吹出光怪陆离的一池秋月
荡漾了远失的心弦
闯入的是谁的领地

在某个古生物学的某种盲目的判断后
最杰出的思想家
预言了谁的今生来世

我们也曾结伴而行
放牧了许多寂寞的日子
在日后岁月如歌的版画里
其实那妙曼一曲
早已穿越了古道两岸

我在不伦不类的画布上
涂改了一次又一次的底色
震荡了久已平息的湖水
拾不起一地的散乱

我选择了我的选择
不管清风 晨露 冷雨 秋霜
那一池秋月朗照
一直会在我的领地里高悬

本名李书香。天津市作家协会会员、天津和平区作家协会理事、天津七月诗社社委，历任《天津工商报》副刊编辑、《口岸通关》杂志执行主编。

散文、诗歌作品散见于《天津文学》《诗人报》《天津诗人》等，作品被收入《天津现当代诗选》等书刊。著有诗集《不可复制的美丽》。

（1962 — 2013）

石冰

想象中的温暖

一直期待着
你能给予我
春天以外的温暖
也许
只有最冷的凝露
才能滋润最美的花朵

没有风的日子
总是想念雨
常常把阳光背面的影子
当作温暖的渴望
如秋的思绪
落叶纷飞
想象中的柔软
是最缠绵的温暖

从春天嫁接过来的篇章
辽阔而丰盈
秋天漫长
却是季节里最美的抒情诗
当一朵傲霜的雏菊
盛开在我的窗前
我开始相信季节的错位
远比想象一个人要丰富得多

想象中的温暖
是赤橙黄绿青蓝紫
隐藏的故事
更是岁月飘零的美丽

笔名李昶、李易、李城等，中国散文家学会会员、天津市作家协会会员、天津市鲁藜研究会副会长。

2013年天津市作家协会文学院项目签约作家。现供职于天津市公安局新闻宣传中心。

著有诗集《不死的水流》《生灵大地》、散文集《壮乡山女》、报告文学集《重案警示录》、长篇小说《我是警察》等。

（1962— ）

李永旭

筋骨

钢筋坚硬挺拔
却经不起强力重压
一旦扭曲变形
永远不能改变卑躬屈膝的本性
在哪里弯腰就在哪里锈垮

麻秆生性脆弱
经不起轻轻"咔嚓"一声折残
一旦遭遇强力重压
即使粉身碎骨
也永远不能改变
宁折不弯的性格
在哪里折断
就在哪里生根发芽
开花

生于天津，教育工作者。

中国诗歌学会会员，天津市作协会员，七月诗社社员。

作品刊发于《绿风》《诗歌月刊》《天津日报》《天津工人报》等。

（1962 —　）

肖华来

南湖，我以绿色梦着你

青草茵茵的堤上，

我仰天而卧等着八月的清凉前来吹我。

我的衣襟将荡漾如水，荡漾如风。

我将痴迷地在风中睡去，用铺天盖地的绿色梦着你我的湖。

我将鞭策云族的牛羊逡巡沿湖的每一座亭台，每一座轩榭，

让它们告诉我，

这里的空气是多么清新多么柔软。

我将包裹起树上如歌的蝉鸣泛舟入湖，在水汽氤氲的黄昏里，

造访湖上每一朵开放的莲花。

我将俯吻你晶莹的水光。等月亮升起，等游人归来

恳请他们说说园区里的江南秀色，漠北风光

说说树上绿色的故事，湖上水的故事

我将把这些美丽带回家去，写成诗章

读给朋友，读给亲人。

南湖我将掬起你三千顷潋滟的湖光，洗涤我

干涩的眼眸，洗涤城市给我的喧嚣

我将去而复来，在堤上茵茵的青草中

卜居一方优雅的庭园，用今生所有的爱

驻守你的季节，你的清澈。

LUO ZHENYA

（1963 —　）

罗振亚

黑龙江讷河人，南开大学穆旦新诗研究中心主任，文学院教授、博士生导师、副院长，享受国务院政府特殊津贴。

2005 年入选教育部"新世纪优秀人才"，中国作家协会诗歌委员会委员、中国闻一多研究会副会长、中国新文学学会副会长、天津市中国现当代文学研究会会长。

夏夜

田边　阵阵鲜脆的蛙鸣旁
蹲着他和月光

烟锅一闪一闪
几十年的岁月被依次照亮
倾听玉米拔节的梦
一任金黄色的风
醉醺醺地漫向远方
童话砌成的小木屋
已容不下儿女们膨胀的青春
和日渐成熟的太阳
红头绳含泪的哄骗
再也系不住小孙子的渴望
星星睡了
他却仍在冥想
梦太多了
那个风干已久的秘密
正在使心叶公开膨胀

田边　他和月光
蹲在阵阵鲜脆的蛙鸣旁

迟到的星星

踏着微风　我寻觅传统
从天空那两颗星星里
读懂了你会说话的眼睛
原来　窗口上夜夜开满的
尽是你投递的玫瑰梦

冷吗　我愿是片沉默
用平平静静的石子
敲打出你湖水中横溢的柔声
无奈　夜色却如甘蔗林
遮掩住结满烦恼的树影
我失败了　心却随祝福之风
微笑着上升

走吧　远方在叮咛
我不仅为你浓发的瀑布
和红衣衫的浪漫飘动
也许　道路蚯蚓般延伸
但在岁月足下
将逐年镌刻上太阳的忠诚
莫说什么距离
南极与北极
尚有经线相通
请相信　只要
还有土地　还有天空
就永会闪烁出星星的光明

腊梅

雪的消息还未送达

蝶舞蜂飞　更是

遥远又遥远的童话

面对冬天深处的腊梅

或许　一切比喻

都矫情而浮夸

腊梅　并无深意

就是一种普通的花

在季节的边缘

开放抑或含苞

总离不开枯黄的叶子

与冰冷的惊诧

冬天是靠不住的

靠不住的　还有

那片喧闹的波浪

迷失在绿茵中的花手帕

远方的眺望　写满

厚厚的怅然

和一线酸涩的云霞

可一道耀眼的闪电过后

蹲伏的阳光　醒啦

少女冻僵的歌声

已长出嫩芽

枝丫们再也忍不住的语言

开始　在路上膨胀

迸发

河北人，1984 年毕业于南开大学中文系。

1982 年开始写诗，作品曾发表于《天津文学》《诗歌报》《中国当代诗群回顾与年度大展》等，出版诗集《贩马》。

(1963 —)

王树强

问
道

大道融融　把谁当作我的炉鼎

曾经神游三山五岳
想着万物有灵
想着苦己利人
蛰伏忍隐
在闹市之中
找一个角落
由浊返清　由静而生动

推开灵山柴门
问仙人在否
洞天福地
能不能让我进去

拂尘稽首
草履垂绦
自信浮荣真是幻

无意做神仙
二十八宿星辰都劳累着
为五斗俸禄
早上站班　夜晚列队
而我　为何不仰卧夜空之下
数星星

三清在心头
陈抟老祖　三丰真人
伯阳葛洪都在否
向天之旅
是不是我身边这条路径

早已返璞归真
把一切看淡
自知人间喜乐
应当流连忘返
所以无为无不为
都顺着天道
把日子慢慢过着

相信道生万物
也曾探查内丹
翻遍道藏三洞四辅十二类
性命双修
炼精化气

菩萨蛮

繁华大唐的都城
到处能看到奇装异服的胡人
长安市上的商家
被各种金币和银锭砸倒
快乐的叫卖声混合着胡音
在叮当作响的璎珞簇拥下
滚滚如雷

当年朝贡的女蛮队
扭动婀娜的腰身
招摇而过时
长安的天空应该很明朗
教坊里的菩萨蛮曲
怎么想都应该是欢乐的

所以骑马倚斜桥
满楼红袖招
江南的青春年少
和长安的虬髯满脸
都一样身着春衫
在花丛中醉倒

在茶楼的凉台上
我手扶雕栏　心中赞叹
尽管青山遮不住
毕竟东流去
但是历史
总还有阳光明媚的一页

天津人。毕业于南开大学中文系。

曾经在新疆、珠海、日本工作，读书，生活。现居天津。
有各类作品发表于天津的文学杂志、报纸。

ZHANG XINYU

（1963 — ）

张新宇

黑夜扇着蝴蝶的翅膀

黑夜扇着蝴蝶的翅膀，
飞临万物睡梦的边缘。

你站立的一岸灯火通明，
黑夜的蝴蝶，鳞片幽蓝。

蜜一样轻盈，黑夜的翅膀微凉甘甜，
滑翔，蜜一样流淌的声音幽香淡淡。

这无边无际的黑夜，蝴蝶正在飞越。
万物摇荡，枝叶生长，银河旋转。

你如此切近，像呼和吸一样切近。
像生和死，切近得我们一无所知。
像黑夜的伤痛，用白昼平复，再回归黑夜。

黑夜的蝴蝶，翅膀搅落飞雪。
飞升挟裹降落，
点亮的灯盏摇摇晃晃，
像每次飞临熟悉又陌生的城市。

黑夜的蝴蝶，翅膀正在飞越。
我的梦，无法抵达你，
一如你的梦，无法抵达。

本名戴俊英，生于天津。天津市作家协会会员，天津七月诗社社员。

(1963 — ）

简宁

致亚历山大·普希金

时间穿越
所有的荒原
所有的记忆
所有的看得见看不见的哭泣
穿越了
所有的长的短的诗句
跳到我这里来

我坐在深冬温暖的阳光里
请来 1799 年在俄国诞生的那个小男孩
请他坐在我对面
因为他写了
"假如生活欺骗了你
不要忧郁，也不要愤慨"的诗句
他的诗句直白得
我不识字的祖母都能懂得

普希金，我想请你做我的朋友
1999 年，世纪末
我有些茫然，不知怎么搞的
我不相信别人甚至不相信自己
我的精神无家可归
我儿时曾经信仰理想主义
后来试着信仰宗教
再后来我接受了现代文明
我要到哪里去，始终是个问题
我想这或许是我自己的过错
谁让我的意志不够坚定
谁让我的意志不忠于自己的选择

你给大海写诗
给爱情写诗
给年轻的寡妇给梦幻者给老人写诗
告诉我
是谁赋予你那么多那么持久的激情

是谁让你一生都在歌唱
也许没有谁
我不相信上天偏偏厚爱你

没人来跟我谈生命的意义
我曾经的朋友们觉得那是一个虚妄的命题
他们到酒吧去喝酒
到迪厅去流汗
他们是些诗人呢
却不愿谈论诗歌精神
他们也像你一样追逐姑娘
却不愿涉及爱情
他们也像你一样写诗
却不愿动用自己的激情
他们是重感受而不重冥想的人
因此他们的诗句写得异常沉重

普希金，你轻易就燃起爱情之火
像个小孩子那么容易被美丽的东西迷惑
他们，包括我
像个理智的思想家
我们及我们的诗句
充满了幽怨和理性的疑问
普希金，我请你到我这里来
不坐飞机不坐轿车
就坐你的豪华的马车
穿着你的燕尾服戴着你的黑礼帽
不合时宜地出现在我面前

会有好多的人不认识你
我就告诉他们
这就是为爱情献身的诗人——普希金
然后，我们就坐下来交谈
从"假如生活欺骗了你"
——开始

曾用笔名聆真、慧日、达娃妮玛等。

天津市作家协会会员，七月诗社社委。

自 1986 年开始发表诗歌、散文、绘画等，作品散见于国内外报刊。

(1963 —)

张晏

感动

或许是一个陌生的人

一个古人　我们

远隔岁月与重洋

我们素昧平生

为什么

我竟流下你的眼泪

一次又一次

不仅如是

苍茫的大地

鲜嫩的花朵

或一枚沉静的落叶

都能碰响我的心弦呀

甚至猛烈将它

拨断

在和平的日子里

是什么力量

是什么如此易如反掌地

触动我

以及安居乐业的人们

眼中的泪

与心底的血

头等舱

我把诗

至爱的人和我的爱

放在一起

我把虚无的药草

梦和书籍

放在一起

我小心地把守在舱口

守候着那里面的幸福

等待着　启程

哪管世间风雨一再地延误

十年一瞬

老之将至

我依然如初地期盼

不知道什么时候

才能将你们　我的至爱啊

和彼岸放在一起

微笑的莲花

竟都是这一朵

跨界有无的莲花

开放　和合

不裹一粒尘埃

莲花叹道：原来

所有的尘埃

原来呀

生命的心跳

竟是那宇宙的莲花

一开一合

都是干干净净的呀

怎么沾染？

一朵莲花

万朵又是一朵

从不沾染

莲花内外　干干净净

而红尘滚滚其实若有若无

莲花说：不染尘

就是不沾染自我

因为没有自我

才能自由自在

当世间乱象　地　水　火　风

止于一朵莲花的自在

世界仍在继续

而美丽但从心开

你能了悟

好微妙呀

原来你　我　他

那朵无处不在的莲花

宇宙微笑的莲花吗

本名张帆，曾任职于百花文艺出版社，曾组织天津散文俱乐部，七月诗社社员。

创作过系列诗：《怀旧——62 首》《动物世界——18 首》《历史人物画廊——26 首》。

(1963—)

清云

留园留你

留园留你

以石峰清幽

漏窗外苔绿横溢

以那个秋天

萧然不改的容颜

视觉恍若黄昏薄雾

离弃昏乱纷杂

你千里之外

又近在咫尺的耳朵

潜入园中树叶

一枝潺潺翠绿

听钟鸣苍青

源自碑文回廊

寒山寺刹那间

越响越静

拱在姑苏半空

长久地驻留

久长地波荡

碧水

深巷一样穿过你

你穿过深巷

波光云影晃动时间的空隙

任西风一挥

席卷飞鸟之路

旋而回落

显出穹庐蔚蓝

荡气回肠

无限的空阔

夕阳

独往独来

照耀古塔分宵刺宇

照耀你

一似数百年前的你

斯山斯水斯园

本是你了然之物

步履轻轻

继续你的漫步

你将在冥冥之中

洞见一只黄蝶

飞回你眼中秋色

飞回你的心

你将面对幽篁粉壁

良宵夜涌快意此生

直到所有光阴

落入你脚下的尘埃

将是重新开始

清晨 永恒！

笔名阿吾，就读于天津师范大学，大学期间开始写诗，毕业后回到家乡，天津市作协会员。

(1964—)

包宏纶

父亲回乡下了

父亲回乡下了
那里有他的老屋，还有许多未出栏的
猪们，嗷嗷待哺
在圈里挤在一起，昂首蹭痒
身份还不低呢

鸟们却从很远的乡下飞来
如今，地里长出的粮食都囤起来
喂猪了，鸟们遇到了天大的灾荒
觅食于此，歇脚在楼间的电线上
叽叽喳喳地相互耳语
看不出一点委屈的模样

此时，父亲一定是蹲在猪圈旁
心里也会盘算着春节前后
那口冒着热气的大锅
和笑着火焰的灶膛
父亲曾告诫我：啥时候都要善待飞禽走兽
比如，小鸟和猪
没有小鸟人间就很寂寞

缺少猪，日子就不香甜

父亲回乡下了

城里的一切他不稀罕

乡下的那几间老屋才是他的命根

当然，还有猪们、鸟们

以及可以随处吧嗒的旱烟……

一辈子饱尝艰辛的父亲

已沙哑了唤猪起来吃饭的嗓门

他明白，城里水泥钢筋浇筑的森林再大

也不会有一间属于自己的巢

要不为啥乡下那些年轻的娃们

都像小鸟一样，向城乡之间飞来飞去

望着天边远落的秋阳

我深深地感到

父亲老了，鸟们精了，猪们牛了……

和儿子一起搓玉米

太阳升起的时候，我和儿子
一起搓玉米，实心眼的儿子
一个金光闪闪的农民后代
身子骨结实着呢

搓啊，搓
我把自己童年忍饥挨饿的故事
化作一穗玉米，手把手地
递给儿子，然后掰开揉碎
让两片嘴唇用石磨的方式
磨成粉末，不加任何水分
直接以胸腔为锅，仿照玉米饼的模样做熟
端到儿子面前，教给他
品尝、咀嚼、吞咽，并且消化

儿子说，啥年月了
无意义的唠叨很让人烦
好像眼前渐渐搓掉的玉米粒
失去了那么多门牙
也硌不痛阳光的眼睛

我是长在儿子心中的一棵老玉米
而他，作为一束茁壮的禾苗

不经意间，刚刚进入青春期
我期盼这个曾经用玉米蕊做胡须的孩子
快快长成我的指望
在渐渐老去的时日里，突然有一天
他装扮成圣诞老人，悄悄地
为我送来惊喜

太阳升起来了，我和儿子
一起搓玉米，想想自己
身披败叶的一枚老玉米
又一次心甘情愿地一层层剥开自己
亮出隐藏多年的伤口和白骨
让疼痛凝成金黄的眼泪，倏然坠落

面对一地声响，我看见
那个曾经用玉米蕊做胡须的孩子
向我靠过来，满眼雨情
我突然感到，一束禾苗
终于有了等待滋润的渴望

现居天津。有作品发表在《新世纪诗典》《葵》《1991 年以来的中国诗歌》《诗刊》《青海湖》《秦岭文学》《诗歌月刊》《读诗》《原州文艺》等书刊上，部分作品在美国、韩国等地发表。

出版诗集《我的忧伤没人知道》《外面有风沙》。

（1964— ）

图雅

母亲在我腹中

母亲已经盘踞在我的腹中
这是不可更改的事实

寂静中听见母亲的笑，响彻我的喉咙
它让我恐惧，让我疼痛

我应和着她的笑在平面的镜中
滋养着她的皱纹

她的白发，被我的腹膜提拉到云的高度
以致我乞求母亲别丢下我

母亲的抱怨，此时
撑痛我脆弱的心胸

我承认我吃了她带血的奶，带血的牙印
证明我一来到这个世上就成为她的仇人

后来我开始吃她的手和脚
吃她的眼泪和勤劳

再后来我吃她的肌肉和骨头
吃她的爱情和宽容

如今她每一寸肌肤都滑进我的腹腔
她的每一块骨头都开始疏松

我吞进多少牛奶和豆浆都弥补不了我的罪过
内视她的表情，充满讨伐和征服

我只好节节败退
用我的坚韧对抗中年，对抗衰败的年轮

母亲在我腹中已是不争的事实
我勇敢地装下她，正如多少年前她勇敢地装下我

无题

我是父亲和母亲

互相挤压的结果

肯定不是那么凑巧的一次性挤压

一定是经过若干次挤压

以至于把骨头

挤压碎了的

那种

以致我到今天

还痛

李伟

LI WEI

（1964—　）

诗人、画家，沈阳人。先后毕业于沈阳鲁迅美术学院和天津美术学院。现任教于天津师范大学。

20世纪80年代末开始写诗，作品入选多种诗歌选本。

著有诗集《牛仔上衣》《你是叫皮皮吗？》。

骑自行车的国王

演员走出剧场后台

在夜色中

骑车回家

没人认得出

他刚刚扮演了国王

骑自行车的国王

跟普通人

没什么两样

但他有点走神

有点入戏

他随口念出了

一大段属于国王的台词

注视他的目光

充满了惊诧

但还不足以

让围观者上前

喊他一声"陛下"

只有两排路灯

突然全部熄灭

随后又全部重新点亮

音乐与田野

在像音乐一样
好听的田野上

左边这块地里
生长着小提琴

右边那块地里
生长着小号和黑管

前边那块地里
生长着吉他和萨克斯风

而在后边那块地里
甚至还生长着古老的竖琴

只有钢琴
这个巨大又沉重的家伙

必须像一台拖拉机那样
从更远的地方隆重地运来

网名觅雪嫦晴，中国诗歌学会会员、天津市作家协会会员、大众文学会员、中石化作协会员。红袖添香、江山文学、好心情网站签约作家。

诗歌发表于《天津日报》《当代国际汉诗》《诗选刊》等多家报刊。出版个人诗集《雪语晴歌》《觅雪嫦晴诗歌精选》《十面倾城》(与人合著)。

(1964 —   )

王丽华

父亲的黑土地

站在黑土地前，父亲的背影已成弓形
他胡子泛白，用被旱烟熏得发黄的手指
夹起一片天，用尽一生的汗水
浇灌出一个沉甸甸的秋

父亲深信，黑土地是魂魄
他一手擎天，一手撑地
选择向阳的山坡
种植出一片丰盛，风雨从他臂弯下走过
擦干几汪成河的汗水，毅然回归故土

匍匐着接近，又匍匐着前行
父亲用抖动的双手，放下攥了十载的瓦刀
风雨之外的日子
他用宽阔的胸膛，停泊干涸的河床
种下幸福和痛楚的种子

父亲用生命俯视，种植土地上的人生
直到将，一生的希望
抹在老屋的墙上
在土地上精心刻下，自己的画像
留给黑土地上，一个永久的背影

天津市作协会员，天津高新区新闻中心副调研员。2001 年出版诗集《芳馨歌集》。

LI LANFANG

（1964 — ）

李兰芳

灰色的大雁

一只灰色的大雁
与我站成一组风景
在落日的余晖里
一起寻找家园的痕迹

远离一切
远离曾有的辉煌经历
那关于生命的命题
失落得已像秋风横扫落叶

让我孤独地行进
与大雁一起举步迁徙
为了能够逃避平庸
即使远离童贞也不必哭泣

我的生命是地薛如衣么
脆弱的绿是如此孤僻
心声沉寂　诗声沉寂
起始无期终结无期

原名魏惠明，天津市作协会员、中石油作家协会会员、天津音乐家协会会员。

作品发表于《天津日报》《诗选刊》《知音》《诗林》《天津文学》等刊物，诗作多次入选《诗选刊》(女诗人专号)与各种诗歌选本。

(1964 —　)

惠儿

认识你以后

认识你以后，我就老了
像一株打开的木棉
陷入一种焦渴的疼痛
即使动情的春天，也无法温暖花瓣
雨水——只能加深膨胀次数

请别责怪我衰老提前
剥去外衣，只为你而绯红
你看那些香，已经成为游荡的孤魂
只有你才知道
我是怎样具体地枯萎，憔悴

婚姻

最初，我们都庆幸，有了
粘住对方的理由
像含在嘴里的泡泡糖
既甜，还能吹泡泡
我们都津津有味地嚼着
后来泡泡越吹越大
糖分却越来越少
最后索然无味
吐出来，还能粘住对方
谁也不知道对方喉咙里的疼

网名海河云鹰，河北人。

天津市作家协会会员、中国散文学会会员。《天下诗网络》编辑部主任，《诗典》编辑。

著有诗集《咸太阳》。

孔德云

扒盐

一群雪的精灵与滩魂

跳起大海圆舞曲

池田叠厚了足音

挥着铁锨

同隆隆播放豪情的扒盐机

滚动在春天的喜悦里

没有比这更沸腾的场景了

血肉沃成卤水

爱心凝成晶莹

弓下腰去

一轮红彤沿着脊背升起……

李恩红

LI ENHONG

(1964 —)

天津作协会员、天津作协第四届委员会委员、天津静海作协秘书长、天津《静海作家网》总编辑。

作品发表于《天津文学》《天津日报》《廊坊名家》《天津工人报》《中华人》等刊物，出版诗集《烟雨梦痕》。

写给芦苇

野性的坚韧

柔性的淳朴

心是一片空白

空白其实也是一种境界

以空白的追求坚守情操

在四季轮回中守望花开花落

在亘古的苍茫大地上随风摇曳

在岁月的荒原开出潇洒空灵的花

在柔润的水中吟诵平平仄仄

在风雨中磨砺成坚韧的风骨

一棵芦苇便是一缕乡情

一朵芦花便是一片乡思

一支芦笛便是一声乡音

一条芦根便是一脉乡土

当秋风掠过飘逸如歌的苇梢

南飞的大雁便衔走了芦笛

在明净的高空吟哦白茫茫的诗篇

当萧瑟的秋风点燃了秋野

便有一片白色的火焰燃烧

浓浓情意便糅进跃动的年轮

季节的灵魂便在秋风的摇曳里舞蹈

追求与梦想便在舞蹈中复活

袅袅炊烟便随着梦想飘浮

飘浮在茫茫芦花的兼葭苍苍

飘浮在荡起银白波浪的苇塘

秋风就裹挟着乡情浪迹天涯

山西临猗人。1986 年毕业于南开大学，山西师范大学文学院副教授、中国现当代文学硕士点负责人。

出版作品《"说"/"看"叙事延异与文本细读》《喧嚣的罅隙——汉语小说"细读"》。

(1964 —)

刘阶耳

九月摘除了荫翳

农人的后裔。哲学的近亲
九月摘除了荫翳
乘高铁异地瘦身
还似疲倦的颜色
涨幅叫停，亡命一款

东方伐薪。西方钓月、索贿
北斗星导航，技术领先
传媒帝国不是由南方的想象
把持，就是在为日常叙事
发难。超常的发嗲的蒙太奇

黑匣子总会发现
担当不仅仅出于和解

笔名梦华之滨。天津市作家协会会员。

曾在《诗刊》《星星》《诗潮》《诗歌月刊》《天津文学》等海内外报刊发表作品千余篇（首），作品入选过多种选集。

著有随笔集《孟华之滨》和诗集《掌上的心》《时间密码》《纸上城邦》。

(1964—)

孟宪华

锡卡的蛙声

雨后的夜晚

沉吟，彼此起伏

似是故乡池塘里流淌出来的方言

挪动月光，忧郁的调子从香蕉树

移到木瓜树

无眠绕着窗外的树丛，转了一圈

又一圈。把院子的三条狗缠住

田园的味道，缓慢地溢来

这清晰的乡愁

用蛙声哭了出来

天津人。天津市作协会员、中国诗歌学会会员。

从大学期间开始从事文学创作。在《诗刊》《人民日报》《天津文学》等报刊发表诗歌作品百余首，出版诗集《梦中的世界》《撩开人生的窗帘》《刘小苃诗草》《三叶虫》（与人合著）、散文集《灵魂的卧室》。

（1965— ）

刘小苃

陈年普洱

如果能回到清朝
我愿意到云南做一个蹩脚的县令

牵一匹温和的马
绕茶山走走看看停停
顺道采上点野生普洱
压制成半筐青沱半筐青饼

回去就堆在县衙的大堂上
堆在茶室的角落里
连同一些往事一些记忆
一起堆放在真实沉静平和旷达的心中

闻一闻你太阳的气息
闻一闻你岁月的香陈
时间因你有了味道
生命和你一起经历成熟的过程

储藏了岁月的普洱
在光阴的手掌里
让生命越来越润
然后慢慢浸透杯盏浸透衣袖浸透心灵

夕阳慵倦的树荫下
用宜兴的紫砂壶
或景德镇的盖碗
泡一泡浓酽醇厚的普洱
红酒一样的汤色

让夫人品

让小姐品

让秀才品

让举人品

还有衙役们

还有西藏的僧侣

还有采茶的少女

还有耕作的老农

谁能抵挡这陈的香枣的香荷的香樟的香

陈年的普洱

像一个平实的男人老成持重的男人

陈年的普洱

像一个不惑的男人知天命的男人

如果可能

我愿意率领着马帮

从六大茶山

通过茶马古道

跋山涉水千里迢迢来到京城

贡上这些会呼吸知缘分有生命的普洱

贡上这些内香凝聚的普洱

贡上这些浸润着岁月蹉跎的普洱

贡上这些茶禅一味的普洱

不给皇帝

不给大臣

只给那些终日见不到男人的妃子们

本名张旭，满族，现居天津。天津市作家协会全委会委员。南开大学中文系毕业。

有作品发表于《诗刊》《人民日报》《光明日报》《天津日报》《青年文学》《飞天》《诗选刊》《诗歌月刊》《天津文学》等刊物。

著有诗集《诗画蓟州》《农耕时代的挽歌》。

（1965——　）

杜康

虱子热爱农业文明

虱子热爱农业文明。
它们喜欢在农民的裤管和夹袄里生存
喜欢土腥味儿和大牲口味儿
喜欢夜深人静时,
欣赏土炕上演绎的浓烈的男欢女爱
喜欢把一个个洁白的虮子,整齐地排列于
温暖、破败的棉絮里

在乡下,人人堪称捉拿虱子的高手
尤其暮春时节,惠风和畅
常见有人在阳光之下,解开衣襟

最普通的,是指甲挤
最残忍的,是开水烫
最不卫生的,是牙齿咬
最不道德的,是碾子轧
而最有趣的,是几个孩子
从肋旁或胯下,摸出几个或一群
放到一起竞赛……

虱子喜欢身着粗布衣的农民
他们的血鲜,味道纯正
不喜欢油头粉面、四处招摇的人
他们有太多时间打扮自己
农民也经常看不起他们,会说
瞧,那个人,血太臭,连虱子都不吃

虱子讨厌现代文明
所以拒绝活到现在

——非洲原野里的狮子
何尝不是如此

神奇树

一只鸟飞越了群山和大海

但它腹内空空

仅有一粒不肯融化的种子

荒原用无边的寂寞

湮没了

它最后一声哀鸣

黑夜降临

白昼降生

一无所有的大地

陷入了更深的宁静

一株绿色树苗

萌发于这只鸟的心脏

慢慢长高长粗

直至枝繁叶茂若垂天之云

——这棵神奇树

结出的

是只飞翔的鸟

天津人。1987年毕业于北京大学中文系文学专业。

现为《天津日报》高级编辑，出版文学创作、文艺评论、文物收藏研究、天津历史文化研究专著、译著三十多种。主编《天津现当代诗选》。

（1965 —　）

罗 文 华

残荷

你失去了青春
失去了妩媚
却依然耿直
依然耸立

你顶着肃杀的寒风
支撑　抗争
不肯折腰
不肯委地

你那张孤高的残叶
是深秋里一面不败的旗帜
顽强地展示着
生命的存在与合理

博古架

出土的　传世的
周璧商鼎　白玉青铜
在这里重现瑰琼
持续着它们的永恒
博古架矗立着
仁者对传统的尊崇

九州的　四海的
景瓷宜陶　缅翠欧钟
在这里和谐相融
就好似多年的友朋
博古架矗立着
智者对异端的宽宏

送别岳父

出门上班几十年
您从未迟到一天
自行车的链条总是那么紧
报纸的夹缝也读得那么全
在自己家里说话语调总压低
怕隔墙有耳误会传到邻里间
未出嫁的女儿规矩大
回家必须赶在天黑前

如今您合上疲惫的双眼
一辈子也难得如此休闲
女儿们一定会奉养好她们的老妈
虽然您刚走鸡蛋白菜就又涨了钱
一路上您累了就喝口小酒
多照顾自己不必惦着这边
您那副老花镜还在谨严地阅世
盆栽的仙人球已回归美丽田园

HUA YINGXIN

（1965 —   ）

滑盈欣

笔名玫瑰晓桦，文学学士、教育硕士。天津市作协会员，天津作协第四次代表大会代表，桃花堤诗社社长。《桃花堤》主编，《三河五岸》诗歌编辑。

著有散文集《杉桦集》，诗歌合集《燃烧的修辞》。诗歌入选《天津现当代诗选》等。

爱你成殇

寒夜　一盏孤灯

为相思打出温暖的底色

思念成井　无眠

垂下记忆的桶

砰的一声将心思搅乱

打捞复苏的过往

从不迷恋朝朝暮暮

只愿碰撞的一刻

璀璨地熔化自己

锻造出一把锁

连着你连着我连着两颗心

锁到华山那条苍老的铁链上

记忆的星空从不降落流星雨

让牛郎织女在银河系安心定居

我们不麻烦鹊儿搭起浮桥

就这样　在城市的两端站成雕像

捧出一颗心火红滚烫

害怕灼伤你　留下记忆的疤

你就无法移情

我要你给我的

哪怕是六月的飞雪

遮暗阳光的雨云

炸响天宇的春雷

击穿城墙的闪电

淬出蓝色的光焰

权当你给我的爱的信物

你点鼠标送来一枝玫瑰

那艳红的花朵

让我的眼汪着血

却虚幻得不能握在手中

爱人　请给我一枝

普普通通的玫瑰

香得朴实紫得真诚

用那尖锐的刺

在我心间文上你的名字

夜的精灵

会送给我南瓜车么

我要一只水晶鞋揣在怀里

另一只给我的爱人

留下一个寻觅的线索

笔名林木、阿宁，资深传媒人。

有大量作品被《散文》《读者》《青年文摘》《品读》、美国《侨报》等海内外书刊刊发或转载。

(1965 —)

邵衡宁

崔护之十里桃花

十里桃花殷红
万千蝶舞莺飞
风清，云静，鸟儿啁啾
枝头上那拼力怒放的花儿也醉了
终于忘了那个疼痛的春天
忘了前生

也不过是从夏到春的一段距离
那纷飞的夏雨啼血的秋雨和纷乱的冬雪
就将无干的人，和无干的岁月
付诸流水

猝不及防　与这十里桃花相遇
一些花瓣开始急匆匆地凋落
一些小草兀自在嬉闹中疯长
杜鹃声声唱着：忘了忘了
微醺中依稀记起
曾经，在阳春三月
桃花，是唇间轻轻吐出的
那个最温柔最疼痛的名字

笔名天天有米，朝鲜族，吉林延边人。中国作协会员，中国少数民族文学学会会员，中国金融作家协会理事，天津金融作家协会主席。

1989年起，相继在《民族文学》《解放军文艺》《天津日报》《天津文学》等报刊发表小说、诗歌、散文等各类作品，著有文集《翅膀》，并出版多部朝鲜作家与韩国作家翻译作品。

（1965—　）

金丹

列车继续前行

如果我知道这个时刻会这么早就到来

我会倍加珍惜在一起的时光

我会背诵你的思想

尽管我跟不上你灵魂的高度

听不懂你诸多的预言般的启示

我会记录你的音容

虽然

花开落叶都会随风飘逝

紧赶慢赶，我搭上了那班单行列车

还有幸坐在那一时段的你的同节车厢

好像还是离你不远的邻座

更重要的是

你居然回头还看了一眼

我

转瞬即逝

好像我还考量过我们的距离

你说是两本书的距离

你抱着《圣经》，把灵魂给了耶稣

我膜拜《心经》，把归宿给了释迦牟尼

好像人们都不注意什么从哪里来到哪里去了

你还在乎向左还是向右吗

你说过那肉身没有了以后

我到哪里去找你

没有我的天国还是天堂吗

找不到你的极乐世界还有快乐吗

列车穿行的时候，

荒凉被绿洲覆盖

瞳孔已染尽千绿

闭上眼也觉得蝴蝶翩翩起舞在春意

你我早就知道

岔路在你我生前就注定了

转瞬即逝的相遇

捅了蜂窝，蜇了自己，失去了彼此，从此灵魂

飘荡

我们下车后

一切飘散

列车继续前行

目的

由他去吧

原名曹旭，四川人。天津作家协会会员、《诗探索》天津分会成员。主要从事古典、现代诗歌，杂文，电影文学剧本等文学体裁创作。

作品发表在《诗选刊》等国内多种刊物，现居四川，从事文学创作。

（1965 — ）

南山

为黑夜辩护

依然用不屑的神态，任黑幕关闭星空的灿烂
挥鞭思维的烈马，纵横于喧嚣的尘世?
以黑色大地的名义，取一瓢千年的雪水酿成烈酒
只为万里的奔波，换一双今生的明眸

我们是潜伏的行者，习惯了没有日出的沉默
画夜为牢，查阅生命遗留的痕迹
愿被寒冰囚禁，被烈焰烧灼，也不会诅咒黑夜的到来
蛰伏在黑色的帷幕下 穿越亘古的厚重化蛹成蝶

我们是黑夜的信使，点燃凡尘边塞的狼烟
以不拘的姿态，纵横于神明才能到达的疆土
高擎着理性的火炬，在最高的山峦上
点燃阳光下的懦弱，让大地和天空一起燃烧

我为黑夜辩护 如普希金一般蔑视着春的虚无
在千年轮回的每一个渡口，等待着尘埃落定
戴着人性的镣铐，寻觅救赎的药方
伴同最后的真实，悄然地归来

四川南充人，现居天津滨海新区。

作品见于《1991年以来的中国诗歌》《天津文学》《山东文学》《青海湖》《江南日报》《散文诗月刊》等。

著有汉英对照版《庞琼珍短诗选》。

(1966 —)

庞琼珍

母亲送我最后一片光的宁静

那只是一束光，接着两束，三束，更多的光
从树冠上的天空落下，落在路上，像丝丝羽毛颤动
当我在乡间公路颠簸，急着去见母亲最后一面
四周那么黑，找不见路
而光，让一切静下来，把我的恐惧和哭声止住

嗳，那个时间，正是母亲落气，光落在路上落在我身上

多少年过去，多少人陷于周遭的泥淖喧嚣和黑暗
每当我害怕，光就会来，扶我前行，我终于肯定
是母亲拼尽力气，给我最后一件礼物
就像小时候母亲风湿痛的大骨节的
粗糙的手给我绾起头发

挽起光束，在我的头顶，伴我一生

天津作家协会文学院签约作家。

　　著有诗集《湖边石子》《凝神》《陈东诗选》（中英文）。诗歌作品在《诗刊》《天津日报》《北京文学》《文艺报》《北京晚报》等报刊发表。

（1966 —　）

陈东

野杜鹃

野就野吧

只在没有人的荒山上野

在自己的可以无限善良和无私付出的领域里野

不想伤害任何人

没碍着谁

用一小块山坡上的泥土

开一树大朵大朵的野杜鹃花

不认识谁

和谁都无关

就在这无人的荒山上撒野

就这么野着

野野地开花

一直到死

乡村父子

破旧的小推车

衣服破旧的孩子

泥泞的小路

家的方向

车轮疲惫不堪

悠闲的孩子

坐在小车上

摇着草叶做的风车

憔悴的父亲

保持了一路

轻松的样子

天津人。天津市作家协会会员。

自 1983 年至今，在《人民日报》《中国青年报》《花城》《诗神》《天津文学》《天津日报》等报刊发表散文、诗歌、小说、随笔等八百余篇（首），著有散文集《心灵的木屋》《爱心天堂》，诗集《梦是我的远方》。

（1966 — ）

王绍森

汨罗背影

这是一条熬煮记忆的江流

那幅忧忿的背影

披散着头发

以及和头发同样凌乱苍白的月光

沿岸踉跄奔跑，奔跑

夜很深很深

水很急很急

你的影子

连同那块始终焐不热的石头

像一枚坚硬的种子

沉溺得憔悴而孤单……

冷峭的江堰

唯有绵延疯长的芦蒿间

还摊晒着永远晾不干的楚辞

读不尽涛声吟吟，暮雨潇潇……

好久好久以后

我们在一个安静的清晨

为一只粽子层层松绑——

一粒粒依然醒着的洁白的糯米

一颗颗从未失血的殷红的枣子

又在一个民族的味觉里

搅起风暴……

中国作家协会会员、中国诗歌学会会员、天津市作家协会第四届全委会委员。天津市作家协会第六届、第七届签约作家。

出版随笔集《辣笔励思录》、诗集《午夜的风》《走近红土地》，在报刊及网络发表大量诗歌作品。

(1966—)

穆继文

贝多芬的铜像正在指挥

抓住妻子的手
我也是在寻找依靠
已近中年的人生
唤起了童真的心态
我喜欢与儿子拉着手
在大街上行走
犹如他是我儿时的玩伴

简单的童年
喜欢看有字有图的书
喜欢一个人过桥
看着水幻想鱼儿的世界
给儿子讲述
安徒生的故事

音乐街的少男少女
他们讨论的是美食
美食和音乐有关系吗
一只流浪犬狂叫了几声
贝多芬的铜像正在指挥

打开车窗
肯德基门前的一对少年
正在拥吻
生命的欲望与文化的节制不再比对

我在想象树叶的美

太阳没有变化初升的位置
月亮变化了它的方位
午夜　我默默地望着它
想念里面居住的生命

熊和它的胆
真的能为我们壮胆吗
看着钻出的野草
是否就是神农早期发明的
医药的后代
谜团与云朵相似
生命在它们的周围转了一圈
又转了一圈

历史的部落就是今天的城市
用树叶遮羞
用衣料包围神秘
只不过是时代的进化
我在想象树叶的美

天晴了
气象预报的小雨没有降临
真与假
有时无法预定
哦　此刻我被阳光包围

1989 年毕业于北京师范大学，现居天津。

著有诗集《杂事诗》《杂事与花火》《我斜视》，诗学论著《这就是诗》，《启蒙年代的秋千》等二十余种。有作品被译为英、德、法、韩、日、马其顿、罗马尼亚等文，并主编跨世纪诗选《1991 年以来的中国诗歌》。

（1967 —   ）

徐江

月光

在看一则童话
里面讲到森林、溪水

心里忽然涌起一股悲伤

没有多少森林了
这个星球

也没有多少溪水了
现在

我开始担心起月光

六月的第四天

我端着残酒
走到阳台
雨后的午夜
楼间小路有一点静
钻进纱窗的风
有些像秋天

抬眼看楼顶和天空
云像一块块肥胖
不规则的鳞片
那么亮
就像那更高的地方
有灯照着

秋
兴

月悬于风
悬于钱塘
悬于电视
悬于记忆
悬于云团

此际中秋
月黯淡到
影子被吞吃
三人被吞吃
酒被吞吃
歌声与爱情
被吞吃
更多的人
被吞吃

我睡了
固执地留在
月色的梦中

天津市作家协会会员、团泊洼诗社副社长。

1986 年开始发表作品，曾先后在《天津文学》《天津日报》《诗刊》《星星》《诗潮》等数十家报刊发表诗歌三百余首。

作品入选《天津现当代诗选》《2011—2012 中国新诗年鉴》《新世纪诗选》《精卫衔歌》等十几种选集。出版个人诗集一部。

李向钊

一亩田

在禅堂村
属于我家的最后一亩土地
落在母亲名下

母亲把我们都撵到城里
她独自守着这一亩土地
像守着
属于她自己的王国

每天我都能望见母亲的背影
蹒跚地走向田野
风吹乱她一头的白发

世界之大
只有这一亩土地
是我的思念扎根的地方

母亲的一亩土地
让我敬重世上的每一粒粮食

毕业于南开大学中文系，现就职于天津市作家协会，编审、一级作家。

出版有长篇小说《保卫自己》，诗歌小说集《康弘文集》，艺术书籍《大师的手稿》《当代素描肖像》《当代艺术中的风景》等。

(1967—)

康弘

访凡·高最后生活的小镇（二首）

和鲜亮的色彩
阳光将他冲洗
他洁净无比
他只想和太阳说话
这是他逃离喧嚣的一种方式

眼睛

他炽烈的光芒
却照不亮人们心里的阴暗
眼睛全都瞎了
当这个世界所有的眼睛都瞎了
他的优秀视力受到了
盲人们普遍的嘲弄
他把眼睛抛向了深远的天空
和太阳一起融化
当黄昏和灰暗的蜥蜴将小镇包裹
而他为天空缀满闪亮的星星
他用神灵赋予的眼睛
将色彩的故事告诉人们
却在世俗中被人耻笑
于是他们说他是疯子
用杀人的冷淡和愚蠢的蔑视
对他进行驱赶
他在烈日和酷暑中消磨着生命
用夜晚的酒精来安慰自己
对弱视的人们充满怜悯

阳光

当一轮不能赦免的太阳
被夜晚匆匆判决
他正在赶往奥维尔的路上
他将小镇的教堂装扮得
比少女更加灿烂
连鸟儿都会情不自禁
落上它的肩头
他用自己的方式和颜色
对世界做出判断
他找到阿尔充足的阳光

本名聂世奇。天津市作家协会会员，中国石油作家协会会员，天津黑色海诗社社长。

著有个人诗集《思念随风》，与人合著《风之上的脚印》。作品散见《诗潮》《天津日报》《天津文学》等报刊。诗作入选《2011 诗探索年度诗选》等多部诗选集。

（1967 —　）

大可

黄昏

九月无雨，曼斯特停在一个黄昏
在葡萄酒的唇边，私语
许多站在酒岸的人，一边倾听
一边想象，巴克斯在橡木桶里的睡姿
是什么颜色

周边，全是装满葡萄酒的瓶子
紫红的液体，在岁月里
沉淀出一幕幕的悲欢，爱情
在里面滋长
还有那个寝在口中的橡木塞，一动，一动
叙述着意大利工艺，法国庄园以及
曼斯特散发的香气，在夜色里开始弥漫

中国作家协会会员、中国诗歌学会会员、诗刊社子曰诗社社员、天津作家协会会员、中国民主同盟盟员、天津市七月诗社社员。

已出版散文随笔集《隔院笙歌》《问取扁舟》，"津塔文丛"长篇小说《女刺客》。

（1967——　）

管淑珍

一场猝不及防的惬意
——常德道 38 号林修竹旧居

梧桐领略西风中的苍茫
楼兰，一代谋臣望断天涯
逐鹿，问鼎，不胜惆怅
叹息如大珠小珠般谱写情殇
烟尘四起更哪堪如此动荡
镜花水月般的"美政"理想
化作一场猝不及防的惬意
卷进岁月缝隙，贴近黄卷青灯
在书香中沉吟，在翰墨间徜徉

一介书生林修竹的梦想
几许飘逸，几许空灵
追忆那少年得第的辉煌
重温旧稿诗词的墨香
"玉澜词社"诸君
逞一代才情纵横文场
字字珠玑的吟唱
挥洒自如的诗行
水软山温颂歌第二故乡

本名李铁君，天津人。1998 年开始诗歌创作。

著有诗集《沉默于喧哗的世界》《大海与花园》《灵魂的颜色》《歌钟》《飞越太平洋的鸟》《热爱让我拥抱了它们的名字》《色与空》（中韩对照）。诗歌作品被译成英语、德语、韩语、朝鲜语。

(1968 —)

君儿

怀念

让我这个坐在屋子里的人

懂得怀念

怀念陌生的事物

它们在远方

已灿烂了两万年

这沉默的两万年里

你来过

又飘走

让我的经书上

画满桃花

好让异代相逢的人

又馨香可嗅

唵嘛呢叭咪吽

让我转动的经筒飞舞

色与空

儿子　我没想到
我曾遭逢的尴尬
你也要重新遭逢一回
比如肤色
我们竟成了介于
黑人与黄种人之间的
又一物类
在非洲显得白
在亚洲显得黑
如果我们为此骄傲
其实又有什么不可以

毕业于天津师范大学。

作品散见于《天津诗人》《海内外新诗选萃》《天津文学》等报刊，有作品被收入《天津现当代诗选》等选本。

（1968 —　）

汤文

7.28 或 5.12

——题记：生如蚁去如神

此刻，让我们哀悼
让大地上开满黑色的花朵
让它们结出的果实占据我们的粮仓

此刻，让我们搭建灵堂
从南到北由东至西
让白色覆盖国土
让悲鸣冲破云霄响彻领空

……让我们收集铁钉
收集所有的恨！
让我们把大地钉出血来
让石头呻吟疼痛不已……

想象那些在黑暗中接受死亡的人们
灾难又一次用鲜活的生命铸就了刀锋
而我们，这些活着的人啊
从死者那里获得的启示
令我们永远蒙羞！

我们应该世代素服禁食感恩
为了这一天！
为了这一天：
我们应该从此拆除一切虚妄的神殿
重构人间的宗祠！

　　中国作家协会会员、中国文艺评论家协会会员、天津市作家协会主席团成员、天津文学院签约作家。

　　先后就读于鲁迅文学院全国中青年作家高研班、中国文联全国中青年文艺评论家高研班。创作体裁包括小说、随笔、文学评论及诗歌等。

（1968 — ）

狄青

在冬天逼近的日子里

在冬天逼近的日子里

我再次感到语言的苍白无力

独守空门 时间在墙壁上的钟表中悬置

忍受寂寞是一种无法摆脱的美德

然而无法摆脱是最好的摆脱

尽管很多时候 我想惨叫

走到户外

落叶覆盖的道路憔悴得空空荡荡

我想我会喜欢这些日子

喜欢这些日子不是因为我还活着

而是因为冬天这个季节

我喜欢在冬天逼近的日子里

披着黑夹袄

围着炭炉 读希梅内斯的诗

我想对随便什么人 流一会儿眼泪

老酒是必需的 可以不喝

但却如每天的粮食 喂养我的目光和生活

这是我逼近温暖的一种方式

因而我常空自独饮 放纵遐想

想起多年以前的月圆之夜

我歌如号啕 泪如泉涌

而今我喑哑的面容已板结如水泥

只好用虫蛀的牙齿去啃蚀坟墓的门环

寻找长眠不醒的故人和对手

而所谓孤独

不过是一个人以及一条河的细节

无以言说

月亮升起来的时候

影子便走进墙壁

我们深深地凝望

彼此无言而又默契

在冬天逼近的日子里

我盘膝而坐

双手抚摩

形成一种摆设

529

私奔额济纳

从巴丹吉林的身上切一条缝过去
只有刀口，没有血迹
阿拉善的血据说流在五百米的沙砾下面
稠得像一碗殷实人家的粥

风是一个疯掉的孩子
跟着汽车没命地跑
直到断了气

我站在额济纳胡杨林的深处
来回跺着麻木的双脚
想起一千二百年前的王维
从长安出差到额济纳
刚看到胡杨的影子
就已经诗兴大发

真想与弱水一道流回到三千年前
弱水三千，可我们要的却不止一瓢
坐在弱水的岸边，任弱水打湿了裤脚
看一条河的来龙去脉
想的心事，一个比一个俗不可耐

天津人。自由职业，已出版诗集《问你问你》。

(1968 — ）

岳兵

猴年
——写在本命年

耍猴的艺人

已不多见了

这可耻的营生

动物园的猴子据说

都已迁往远郊

猴年我想

看一看猴子

不再受人摆布

的猴子

逍遥自在

的猴子

放猴归山

的猴子

祖籍河北衡水，《天津诗人》诗刊总编辑。

作品被收入《中国新诗 300 首（1917—2012）》《读者》《书摘》等二百一十余种选本和文摘报刊。

著有诗集《诗恋》、散文集《难说再见》、诗文集《罗广才诗存》等多部。

（1969— ）

罗广才

为父亲烧纸

这是通往冥间的邮路
这是炎热带来的凄凉
这是阴阳相隔的挂念
这是或明或暗的人生

女儿打来电话

黄泉路上
好奇地问：

前后总是一种燃烧
烧纸？是做游戏吗？

小时候
面对我的讲解　孩子呢喃

父亲在前　我在后
"那不行，您要是不在了谁给我买娃娃啊！"

细嫩的小手习惯了

父亲生硬的老茧
在女儿眼里爸爸是为她买娃娃的

跟着走就是必然的方向
在我眼里女儿是为我烧纸的

年少的迷惘像四月的柳

绿了就将春天淡淡地遗忘了
用最通俗的语言阐述

女儿释然

画个圆圈
峤峤说：知道了

天就黑了下来
等我看不到您的时候

黄黄的纸钱
就烧烧纸　和您说说话

父亲在笑　以火焰的方式

黄泉路上

父亲一生节俭
总有一种希望

我烧的纸钱没有留下一丝残片
前后燃烧

白蕊

在山野在路边草丛
爱与不爱都是事实

支上画架 勾勒一座山
着上颜色 渲染一片林
撕掉重来 淌出一溪清泉
传奇 芬芳 绚丽
抵不住肉体里无尽的纠缠
所有的空所有的疼所有的快感
最终不过是草本一样的
幻生

何时再遇到自己
红褐色的前世和层层脱落的来生
依旧体轻、脆硬还是在弯曲中折断
空出所有的空苦出所有的苦
还是要重回人间啊
为被水火烫伤的人民
清热解毒

河北深泽人。毕业于北京师范大学，鲁迅文学院第二届作家研究生班、鲁迅文学院第 24 期中青年作家高研班学员。《滨海时报·中国新经济文学》专刊主编，高级编辑。

出版有五卷本《陈丽伟文学作品选》，另出版有诗集《疯塔》《梦里红唇》等。

(1969 —)

陈丽伟

一根稻草在马路上奔跑

路旁的秋天已黄到树梢
城市的青春被秋天压倒
一根稻草从何处赶来
赶来参与世纪末的舞蹈

一根稻草在马路上奔跑
找不到割断脐带的那把镰刀
一根稻草在马路上奔跑
暗哑的呻吟代替了金色的乡谣

一根稻草在马路上奔跑
一根稻草在马路上奔跑

辉煌的涟漪在河面上招摇
一根稻草在马路上奔跑
稼穑的岸边瞬间渺茫

黑色的马路像黑色的河流
黑色的河流流过楼群的脚

田野的芬芳在哪里？
亲娘的怀抱在哪里？
一根稻草在马路上奔跑

呀！呀！
心底的声音挤压成石头
灰尘般在狭小的天空里浮飘

一根稻草在马路上奔跑
汽车的尾烟在鼻孔缭绕
头上踩过皮鞋的脚
并肩摇曳的兄弟哪里找？

一根稻草在马路上奔跑
努力寻找回家的大道
而奔跑也是被风吹的
家在哪里他已不再知晓

笔名北友，河北黄骅人。中国散文学会会员、中国诗歌学会会员、天津作家协会会员。曾出任多家刊物、网站编委、副总编、总编。

作品散见于《西北军事文学》《诗潮》《绿风》《天津文学》《时代文学》、泰国《中华日报》等报刊。作品被收入《2009 中国诗歌选》《2010 中国诗歌选》《天津现当代诗选》等多种选本。

著有诗集《走向成熟》《远去的风景》《点亮一盏心灯》《站在时光的边缘》等。

(1969—)

胡庆军

月光下，谁的名字遗落在迎风的路口

大把大把的时光在眼前飞散
大段大段的往事在思绪里淡然
前一秒的想象成为后一秒的感叹
历史的尘埃，延伸在几千年的汉字里
月光下，谁把那个名字遗落在迎风的路口

苦和悲，只是诠释岁月的另一种方式
变幻的心情，在四季的旋转中
演绎乡土纯朴的歌谣
语言也钝了，陈年的流水
慢慢淤平生活的寂静和喧闹

那些善良的灵魂，在乡情中跟着风舞蹈
那些调子显得很"土"
却值得我们尽心地去陶醉
平平仄仄点缀了故乡的天空
月光下，迎风的路口，那是我遗落的名字呀

故乡还依旧吧，时光会定格吧
母亲的笑容灿烂如金色的葵花
身在异乡，牵挂是娘亲声声的呼唤
是故乡，地图上找不到名字的那个村庄

天津市作家协会会员，天津市蓟州区作家协会主席。

1986 年开始创作并发表作品，曾在《诗刊》《诗歌月刊》《天津文学》等报刊发表诗歌作品近三百首。

(1969 —)

张建明

我是我自己的祖国

我要牢牢守住，那一小块儿麦田
与麻雀为邻
不与它们争吵，虽然它们经常偷窃我的一小撮儿粮食
我原谅了它们

但不能让草反客为主

我的麦田像我一样规矩，懂得该干什么干什么
懂得在哪个季节该长几寸
风的手是粗糙的，蹂躏着我初长的腰肢

我身上的每一块关节都在剧烈地响动
我学着割袍断义与前一秒决裂
我在每一个早晨安抚着每一块骨头醒来

当下是最好的年华

我收藏了阳光，必需的
然后细数那些微不足道的善举
我只不过是捡起了阳光洒下的细碎的光芒
没有虚度他们给予我的，短暂时光

可以了
我活着，我是我自己的祖国

那小片麦田就长在我的身体里
写着我的名字

花开之前

春天肯定要来
但不必急于开口赞美
必须得忍受
一粒种子破裂之前的
一切声音

至于，被忽略的孤独，已经
成为习惯　习惯忽然刮起的
一些小剂量的风

是的，一定要忍耐
在那株丁香还未打开花苞之前
忍耐残缺
就像忍住一滴泪

即使为了美，也要忍耐
即使为了爱，也要忍耐
哪怕是，为了最后的要凋落，更要忍耐

所有的树木都在天天向上
这，谁都看到了
但内心的欲望，还得要忍下去
为了更加坦然的
一份展开，一种彻底的展开

忍下去，走到春天的最深处
最适宜浓妆艳抹的时候
开要开到极致
要开到触目惊心
开到放浪形骸的地步，花开才叫花开

花开了，才有春天的样子

生于天津，14岁开始发表作品，1995年至2000年期间，曾经参与多种诗歌报刊的创办和编辑，并参与、主持多种报刊的副刊工作。

出版过个人诗集，主持过多种大型系列丛书的策划和出版。

(1969 —)

苏志坚

秘密

转瞬即逝的一生
将如何开始
牵动梦境的线绳握在谁的手中
普照天下的长夜
何时收拢它耀眼的翅膀
陷入沉思的人啊
你又是在谁的世界里徘徊
那么转瞬即逝的一生
又将如何吞噬自身

河北定州人。中国诗歌学会会员、天津市作家协会会员、天津市文学艺术界联合会文艺资源管理部副部长、《天津文艺界》执行副主编。

作品发表于全国各报刊，曾结集出版《啼血的独吟》《梦是一条明灭的光的锁链》。

（1970 —　）

陈蕾棣

梯道

被登高而望远的
一种意念所驱使
我登上一条通往楼顶的
古老的梯道
原本是紫檀木的斜梯
曲折且散发一股发霉的气息
如哲人的目光
深邃得望不见头
踩在上面吱吱呀呀
就好像踩在心上

那里光线黯然成趣
使人想起某些久远的年代
梯旁墙皮剥落的壁上
镌刻了许多古怪陌生的符号
很深刻很清晰
像是甲骨文象形文楔形文字
以及玛雅文字印加文字
或是谁也诠释不出的星外文字
叠印的灰色身影
在这些奇形怪状的文字间
缓缓地逡巡
步履拖曳得很长
有些单调而孤寂

不知过了多少时间
前面的视角豁然开朗
此时凉风迎面扑来
四周一片空茫
乍一看　我竟然
立于高高的尖顶
已然成为一尊青铜的雕像

梦中的鼓

在梦中　我忽然
陷入了极大的亢奋
面对攒动的
虔诚目光的人群
我癫狂地挥舞双臂
咚咚擂响蓝天
彤色的太阳
无数长带飘拂
云雾袅袅的飞天
翩跹为我伴舞

醒来　却发现
我只是敲破了
一面道具用的
鼓

鲁迅文学院第十五届高研班学员、天津市鲁藜研究会理事、天津市签约作家、中国作家协会会员。

作品多次入选《中国诗歌》《散文》年度选本和丛书。
著有《涓涓细语》《走过河流》《以雪的方式爱你》等作品。

（1970 —　）

季晓涓

我不敢直视她们

小时候我通过观察对比分析出来

邻村瘸子多我们村疯子多

我不敢去往胡同深处，在九道弯胡同尽头

毕爷家就有两个

一男一女

说不定什么时候就从拐角跑出来

让你猝不及防吓得要死难堪得要死

他们赤身裸体

男的中间部位好像晃荡着什么东西

他们微笑的眼神里是别人无法破译的幸福密码

好在他们从来不看你仿佛你不存在

我怀疑他们是能和某些神秘事物对话的人

男的后来用铁链子锁起来

女的发育后大腿常淌着血

后来听说女的经常被不知什么样的人祸害

后来走丢了

后来都死了

还有一个女疯子嫁之前不是疯子

她总是默不作声

年轻时曾经有个生龙活虎的儿子

那孩子溺水后面条一样趴在一口锅上

她说他没死睡着了

她小叔子打她

她不知道疼
她连眉都没有皱
她的脸没有痛苦的表情

还有两个很著名
一个老的，女的，另一个即将老，也是女的
老的有着枯树皮一样的脸整天挎着小包袱
她的老伴整洁优雅是个退休工人
而她就整天游荡在村子里唱啊跳啊说起话来没个完
另一个有点骇人爱骂人烧着饭想起来就
站到后房檐去骂街
傍晚时分炊烟袅袅的村子氤氲着安详
她的骂声突然面目狰狞触目惊心地打碎整个宁静

最让人心疼的是我小学同学因为爱情成了精神病
教不了课就扫楼道去了
有时静若处子
有时就变成骂人的女疯子

有一次我们同乘一辆车她已完全认不得我
面对她我低下头　她对爱情执着
有一股鱼死网破的劲头
而我呢　含悲忍痛　得过且过

祖籍山东，现居天津大港油田，黑色海诗社成员。

作品散见于《诗刊》《诗潮》《诗歌月刊》等。

(1970 —   )

阿蒙

眼睛的疼痛

有光，穿过我的眼睛
就像，针尖聚敛的麦芒
一下子，把我推到黑暗的背后
对着一口幽深的甬道吐气如兰
我的眼睛一直疼痛
一束光，像一把锋利的铁锹
疯狂地挖走沉睡的花蕾
此刻，我与谁的目光
短兵相接

笔名非白，江苏南通人。天津市作家协会会员，和平区作家协会理事，七月诗社诗人。

出版《永不谋面的知己》《非白》等多部作品。曾担任《中国创新报道》《都市文化》《天津供水》记者、编辑，在多家报刊发表作品，开设专栏。

（1970— ）

张彤

当真

不轻易被
惊动的姿势

我把日子当真
岁月增添了我的皱纹
我把幸福当真
际遇增添了我的伤痕
我把自由当真
命运背负了我的责任
我把誓言当真
它成为点在我额间的美人痣
我把理想当真
它化作驾着烈焰的太阳神

当我寂寞的时候
不肯承认
当我爱着的时候
不肯承认
当我真实的时候
没人承认
当我虚伪的时候
人们当真
而人们当真的时候
又不肯承认

我还是把羞怯当真
美好珍贵了我的青春
我还是把信仰当真
困苦点亮了我的坚忍
我还是把希望当真
收获回馈了我的感恩
我还是把佛陀当真
经受滚滚红尘的拷问
如果我将世间的一切当真
谁来疼惜这最纯粹的灵魂

人们怕
一当真就老了
一承认就输了
所以真常常是
清澈的苦艾
惊悚的雷
冻僵的松针
它们都保持着

梦回江南

是不是清冷了阿炳的双眼
开得正艳的思念
折断了谁的船舷

想起江南就想起雨
江南是首下雨的诗
轻轻地快乐
沉沉地幽怨
江南柔软了我的心
而我的温柔只给我的江南

人们说六世轮回
才能生在江南
江南的潮湿和想象的温暖
是我深深的深潭
人在北方以北
梦在南方以南

这让我打开翅膀的江南
打开了我一生的痛
我的家在江南
而江南却找不到我的根
我的根变成了结
挂在了乌镇

江南是父母的江南
是祖父母的江南
我只用我期待的骸骨
飞过苏州的那池桃花水
走白娘子和许仙的断桥
陆游和唐婉的沈园

如果这是我再也回不去的江南
如果不爱才能深爱
就把这江南钉进我的锁骨
再幻作一尾清透的鱼
在游动的时候忘怀
在想起的时候吹散

西子湖的柳枝枯萎了吗
琵琶行的回声有没有凋零
流浪在月下的流年

山东人。天津作家协会会员，山东省摄影家协会会员。

2005 年开始文学创作，著有散文集《打在春天的响指》。

(1970 — ）

周童

老墙

一堵老墙
蜷缩在一本画册的第一百一十七页

在摄影师眼里 它是一场
时光动迁的过往
记住它 似乎就能甩掉背叛的帽子
靠左 向右 朝着有光亮的方向移动
构图 让老墙瘦削的身影
横亘画面的三分之一处

剥落的时钟
遗留了风的足迹
吹乱了占据整个墙头 瞭望 放哨的茅草
俯下 又倔强地昂起头
一切在看似卑躬屈膝中
找寻着尊严和独立

老墙面色凝重
太阳 火堆 稻草
温暖的步伐
大步流星地远去
只剩下 那扇开在老墙上的木棂窗
喋喋不休地陪伴着
赏雨听风

月光微笑着变身

变成锋利无比的刀片

在老墙身上刻下　某年某月某日

到此一游

这是温暖季节里的一个场景

一抹金黄斜斜地搭在

老墙的断壁残垣上

被蚕食的水泥中

已经浸透历史的水渍了吧　不然

那些游离斑驳的沧桑怎会占据它的额头

不是所有将要逝去的东西

都能留下驻足的痕迹

老墙与幸运　没有征兆地挂上了钩

于是

画册的第一百一十七页

成了老墙开始新生的两室一厅

生于天津。先后就读于清华大学、北京大学，现任教于北京大学中文系，副教授。

出版有诗集《我们共同的美好生活》《好消息》《鸟经》。

专著《公寓里的塔：1920年代中国的文学与青年》《巴枯宁的手》《新诗集与中国新诗的发生》等。

(1970—)

姜涛

草地上

1977 年，几个坏人早被揪出

高考选拔了其他类型

举国蝉鸣替代了举国哀音

落榜的小青年只能在床上出气

一些人因此被草草生下

遗传了普遍的怨怒和求知欲

等他们长大，长到才华不对称身体

失意的双亲已去了深圳

已去了海南：面朝大海，打开电扇

没有一场广泛无人赋闲的革命

没有轿车吹着冷空气

开过万物竞价的热带海岸

谁也不会轻易北上

三十年后，因了一笔拆迁款

才有了看望下一代的本钱

等到他们辗转着，从天行的轨道

滑落入这数字的小区

却吃惊地发现草地上，早已布满

晃动小手的新生儿

我知道，他们皱着眉头

其实只是缩小成侏儒的祖父母们

已懂得背过身去示威

已懂得将尿湿的旗帜漫卷

海鸥

原来如此，手段不相上下

我站着拍照，镜头像漩涡吸入了万有引力

你展翅追踪，向世界吐露恶声

海水不平，山木也嶙峋

油炸食品沿曲线低空抛出

却吻合了大众口味，也包括你我

相逢瞬间各取了需要

古猿部落

树林里落满果实，猩红的地毯

源于地质的变迁

水退了，老虎的剑齿烂了

我们围着空地商量未来

老的刚从进化里爬出，挥老拳

少的已按捺不住舌头，要第一个

去吃梅花鹿，移山的志向没有

倒可以涉水，南方北方的

田野只是一张餐桌

所谓共和闹哄哄

还是独裁之秋赶走蚊蝇

好在我们都直立着

可以观天象，徒手挣脱了食物链

但十月的劳动力

还是倾向剩余：不需要画皮，烹饪

肉身当木柴，只有公的继续

将母的掀翻，朗诵它的美

但要说出"我爱你"

至少春花秋月的，还要两百万年

笔名健如风，天津作协会员，现居云南。

作品散见于《诗刊》《诗选刊》等。著有诗集《独舞》《丢失的歌唱》。诗歌入选《1991年以来的中国诗歌》《有意味的形式——中外现代诗精选》等。

(1970 —)

高健

羊皮鼓

流浪者在街头敲羊皮鼓
粗粝的手有足够的力
咚，咚咚

一只羊在他手掌下忍受击打
它绷紧了全身的皮
咚，咚咚

想起骨肉剥离时惊悚逃奔的灵魂
它紧紧咬住自己的心跳
咚，咚咚

我想按住拿刀的手我想按住敲鼓的手

我只按住了自己
在街头的人群里
按住一只羊最后的尖叫

本名张宇，笔名另有云帆、余章，天津宝坻人。

1990年开始诗歌创作，作品见于《星星》《天津诗人》《西北军事文学》《山东文学》等。

有作品被《2013中国诗歌排行榜》《青年文摘》《书摘》等刊物收录和选载。

(1971—)

探花

声声慢

你听到的灶膛里柴和火摩擦的噼啪声

母亲铁锅烙饼外脆里嫩的吱吱声

玉米秧夜里拔节的嘎巴声

黄瓜扭动腰肢的呻吟声

这些故乡的声音，童年的声音

是我知道的最慢的声音

直到异乡，直到壮年

才传到耳鼓，泛起回响

而听到这些声音的人

都是背井离乡的人

比如我，某高层商品楼里

常想着回老家种地，劈柴，打马

幸福着，偶尔会涌起小小的悲伤

曾就读于天津十三中学。1989 年毕业于北京大学英语系，1998 年获哈佛大学比较文学博士学位，现为哈佛大学东亚系终身教授。

早年以诗歌创作为主，著有《爱之歌》等三部诗集。后致力于学术研究，主要研究领域为中国文学和文化、书籍史以及比较文学。主要著作包括《尘几录：陶渊明与手抄本文化》《烽火与流星：萧梁王朝的文学与文化》《神游：早期中古时代与十九世纪中国的行旅写作》《秋水堂论金瓶梅》《"萨福"：一个欧美文学传统的生成》等。

(1971 —)

田晓菲

秋来

之一

连绵的风，伪装成屋顶的轮廓
秋天在一只看不见的鸟的影子里来了
只是那么一刹那，且又淡淡地
有一阵广大的战栗掠过

窗外的园子里，花墙整起它们的颜色
就连轻而快的粉红也安静下来
晚种的番茄依然青小，关着窗里人的心
唯恐它们的梦境充满早霜的忧虑

之二

秋天是混乱的季节
哪一个季节不混乱？你反驳。
但是就连你也不得不承认，亲爱的
秋天是树木的狂欢节。
在持续了整整一个夏天的派对上，
它们渐渐喝得面红耳赤起来，
终于放纵和放弃了自己。

秋天，只有人是清醒的
树下

教书的先生匆匆穿过彩雨
没有被染色，还是太干净地走了出来
然而秋天也正是扫荡的季节
秋风萧瑟
何况面孤鼻子多

之三

我已经太熟悉所有应季的情感
无论摇落之深悲，还是枫叶的痴狂
曾经过去了太多的人，太多的露水的世
谁肯为后来者着想，少发一点牢骚？

太多的象征，太多的意义——
我宁愿自己是早熟的番茄了，被急迫的手摘取
或者可以避免在淡淡的秋阳里，为了
悬挂在天空中的霜霰感到惶恐和焦虑

雪后

车子行在通衢：
上有
琼枝玉树，
下有
黑色淤流。
每一张脸都是
出淤泥而不染的莲

黑夜低垂毛羽
无树有影

月亮挣脱出来
打一个寒噤
君临全城

毕业于南开大学英语专业。天津市作协会员、《诗刊》社"子曰诗社"会员，天津市歌词创委会会员、天津七月诗社社员。

在《诗刊》《诗歌月刊》《天津文学》等刊物发表诗歌散文二百余篇。

(1971—)

贾 东

月光旗袍

在春天　为盛放的海棠
订一款月光的旗袍
有晚清的丰姿　民国的范儿
绿叶盈盈　花朵胜雪

乌鸦驮着一小片夜色
入侵陌生的领地
山川的重　河流的轻
地域呈现凝重的经纬

我静立　拦下一匹风的骏马
让思想伏在上面疾驰
骏马在风中嘶鸣
波浪般的鬃毛
刹那　淡出我的视野

原名韩荣娟，天津静海作协会员。

在小说、散文、诗歌等领域各有涉足，作品先后刊发在《天津文学》《每日新报》《天津工人报》《泰国中华日报》《西南作家文学》《滨海文学》等报刊。

(1971 —)

紫荆

为一位老人和一个村庄送行

那位老人走了

手里还握着

两棵金黄金黄的麦穗

老人说她要在小村消失前

再去看看自己的半亩麦田

从此那双小脚就留在了没有尽头的路上

人们用"世纪老人"

来记录她的一生

……

缠足的岁月被放到纸牛背上

长长的幡信不光瞻仰了这一世纪

还有一个三位数 600 年

夕阳没有眼泪

人们带着最后一丝眷恋

在礼炮声中与老人作别

葵花无语抬起头

目送老人和她的小村走远

新疆阿克苏人。山东大学文学博士、天津大学建筑博士后、天津大学教授、博士生导师。

至今已经发表诗歌、散文、小说、评论等四百余万字，诗文入选《中国最佳诗歌》《21世纪中国新文学大系》等作品，出版各类文集共二十部，翻译作品一部。

系中国文艺评论家协会理事、中国民族学会东北亚文化研究会常务理事。

（1971— ）

马知遥

单身

所有单身的人在节日里
那样你就看到了罪咎和不安

你看见拥挤的人群
冰冷得如同一个冬天

单身的人用单身的荒凉说话

很多时候你在无边的旷野
那旷野也是单身的

一生

我看见的那些羊群
在城郊的马路上
车流掀起的灰土里
呆头呆脑
慌慌张张

我看见的那些羊群
在村庄的泥泞里
青草干枯的地方
犹豫再三
肚子饿得叫唤

我看见的那群羊
默默地走向屠宰场
间或地叫一声
那是在告别

像一个离家远行的打工者
像一个风雪天去摆地摊的人
像一个凑钱要给孩子看病的父亲
他们都是高兴地打着招呼
有可能再也回不来

天津市作家协会会员、中国石油作家协会会员、黑色海诗社成员。

曾在《长城》《星星》《世界诗人》《民族日报》《新诗》《工人日报》《小说选刊》《天津文学》《山东文学》《天津诗人》发表诗歌、小说等作品。并有作品入选《天津现当代诗选》《2011 天津辛卯诗选》等。

（1972 —　）

左文义

黑花瓷

黑花瓷小口大肚
插着一轴发黄的日历
我总误认为那是一幅画
价值连城

现在 我想它就是沙漏
挂历上的数字
沙子一般簌簌地
落了一晚又一晚

窄窄的玻璃窗
漏光也漏雨 月明风清
金色的龙凤偶尔飞起在
狭小的空间

我从不怀疑它的质地
只是越来越多地想到
洁白的陶土和红色的火
以及 黑花瓷烧成的午夜里
那颗飞逝的流星

天津长大，1991 年至 1996 年就读于复旦大学国际政治系，是复旦诗社的中坚力量，2002 年起一直担任《诗生活月刊》主编。

马骅

陈子昂在幽州台

在突如其来的高岗上停住脚步

让岁月在身边擦肩而过

南面是故土，北方

是兄弟们的血

月亮像往常一样安详

甚至更加明亮

三三两两的秃鹫风筝一般地低回

啊，一将功成

将使多少猛禽

幸福，趁着今夜

月光下的骨头仍在，兄弟们

慢慢站起，走入春闺

回味出征前的最后一杯

葡萄酒，多少个夜晚里我们曾经这样对坐

陈子昂，你看到的和我并没有什么不同

天地不仁，将我们

打磨成一颗颗自以为是的棋子

在变老之前

远去知了在枝上一叫，天就凉下来

寒气涌上树冠，肆意删改

凌乱成本地的秋天 衣襟上的松针越来越多，嫩得尖锐

在温凉的乳内寻找着对应

裙摆却执意扭身

在夜色中驾着剩下的夏天远去 夜莺在梦里一唱，人就老下去

暮色铺满被面，左右翻滚

合拢了起伏的屋顶 幻想中的生活日渐稀薄，淡得没味

把过浓的胆汁冲淡为清水

少年仍用力奔跑

在月光里追着多余的自己远去

日子在街头一掠，手就抖起来

文字漏出指缝、纷纷扬扬

爬满了将倒的旧墙 脚面上的灰尘一直变换，由苦渐咸

让模糊的风景改变了模样 双腿却不知强弱

在变老前踩着剩下的步点远去

中国诗歌学会会员、天津市作家协会会员、天津港文联副主席、文学艺术协会会长。

作品发表于《人民日报》《天津日报》《天津工人报》等刊物。出版诗文集《云起海天》。

(1972 ——)

黄 宝 平

鹰

并非天性孤独
而是难以忍受庸俗
所以很多时候你离群索居
栖身于一个凛寒的高度

虽然寒冷
却避开了诸多嘈杂
于淡定从容的时光里
你可以向高远的青天凝眸

尘世真的缺少知音吗
还是你孤傲的不屑一顾
披一身霞光，担两翅风雨
你遨游在自由高贵的国度

千里松涛起伏在你的翅下
万里云天飘逸在你的额头
凛凛天风掠过耳畔
你冲击着飞翔的极限，长天劲舞

翔在天宇你是一帧风景
栖在山巅你是一尊雕塑
你是无畏与自信的精灵
带着凝重的思索在云端漫步

毕业于南开大学，现居天津。

曾为《假日 100 天》人文版编辑、《昆明生活新报》《广州信息时报》《上海时代报》专栏作家，有诗歌、诗评入选《中国诗歌年鉴》《诗探索》《诗歌与人：中国 70 年代出生诗人大展》《70 后诗选》《诗歌月刊》《被遗忘的经典诗歌》《世界诗人》《中西诗歌》等期刊选本。

著有《孤屿心》《完全治愈系》《东瀛文人风谭》等。

（1973 —　　）

任知

内心深处的掌声

于无声处

暗影浮动

我将五指

伸向冷僻的角落

用力抠出内心寂寞

这时无数躯体

将我一次次

扔起

抛下

如此反复

仍摇晃着起来

这时他们

报以热烈掌声

这时我突然发现

人们都赤身裸体

有一架绞肉机

在空中飞旋

每分每秒地吃人

咂摸滋味时

从来都不发出声音

原名高照亮，山东人。1994 年毕业于北京师范大学中文系。现居天津及北京。

著有《史间道》《追蝴蝶》《最后的黑暗》《意义把我们弄烦了》《原乡的诗神》《我的呼愁》《生活在细节中》等诗集、评论集和文史随笔集多部。

（1973 — ）

朵渔

雨夹雪

黄昏之后，雨势减弱
小雪粒相携而下

雨夹雪，是一种爱
当它们落地，汇成生活的薄冰

坐在灯下，看风将落叶带走
心随之而去

铸铁的围栏，一张陌生的脸，沉默着
将一点悲愁的火险掐灭

雨夹雪的夜，一个陷入阴暗的梦境
一个在白水银里失眠

聚集

冬雨聚集起全部的泪
湿漉漉的落叶犹如黑色的纸钱

一个男人在上坡，他竖起的肩膀
聚集起全部的隐忍

松针间的鸟，聚集起全部的灰
雨丝如飘发，聚集成一张美丽的脸

我站在窗前，看那玻璃上的水滴
聚集成悲伤的海

什么样的悲伤会聚集成力
取决于你的爱

最后的黑暗

走了这么久

我们是该坐在黑暗里

好好谈谈了

那亮着灯光的地方

就是神的村落，但要抵达那里

还要穿过一片林地

你愿意跟我一起

穿过这最后的黑暗吗？

仅仅愿意

还不够，因为时代的野猪林里

布满了光明的暗哨和猎手

你要时刻准备着

把我的尸体运出去

光明爱上灯

火星爱上死灰

只有伟大的爱情

才会爱上灾难

原名王志刚，农民，天津人。

有诗歌散见《绿风》《中国诗歌》《山东文学》《时代文学》《天津日报》《天津诗人》《躬耕》《散文诗》《佛山文艺》《鹿鸣》等刊物。

（1973 —　）

中华民工

春天里

我断定，今天刮的是北风

一枚透明的雪花，与一滴透明的雨和解

穿过雨声，阳光掷下一把炫目的刀子

割断倒春寒绷紧的心弦

愣在半空的塔吊锃亮的钢丝绳也挣不脱雨丝的纠缠

水的骨头支起一面镜子上陌生的脸

我确信，现在的位置

是这场雨指定的地点

一群迷路的星星以水的形式从天而降

省略了肉体软组织的挫伤由幻觉回到现场

一群用身体汲水的人

随着流水四散、隐匿

或者被禁锢流向更低处

我不是做梦

我就在春天里

嚎着《春天里》的兄弟，已经换上夏天的背心

一条河从他迸起的青筋旁流走

另一条河在我的额头迂回

长在工棚窗下的谷莠子

它的腰很低，低过秋风
它知道自己是多余的。在乡下是
到城里也是

现在，逃离田埂绑缚的它
把头埋得更低。始终无法摆脱身为秕谷的羞愧
站在一堆馊馒头、米饭上，默哀似的
表情僵硬的脸上，偶尔露出一丝窃喜的红晕
或愤怒的膨胀

昨天我喝多了，倚着门框在它身边呕吐
一阵风吹过，它朝我脸上狠狠甩一巴掌
继而在我的头顶轻轻摩挲。它的掌纹
像父亲的一样糙

笔名启林。现为天津市作家协会会员、中国石油作家协会理事、黑色海诗社副社长。

20世纪90年代开始业余文学创作，有诗歌、散文发表于《诗刊》《地火》《中国诗人》《天津文学》《工人日报》《天津日报》等报刊及各类网站，著有诗集《温暖如春》。

侯宏江

生日

美丽的花总是应季而开

一年一度　在春天

绚丽的舞会上　我分明看见

蝴蝶的泪斑流在了蕊间

流星忽地划过灵魂的键盘

一曲终了

岁月的刀将心灵黄金分割

如愿以偿的有"葡萄美酒夜光杯"

也有未曾泯灭的夙愿

在这个日子里　有谁

能够阻止欢颜　让母亲深深地品味

幸福的内涵

曾用笔名南岛，祖籍开封，现居天津。中国作家协会会员。先后就读于中国政法大学与南开大学。

1998 年赴欧美留学，在美国斯坦福大学学习语言和法律。
回国后在军队服役十年，现职业是法官。

曾在美国、日本、韩国及中国港、澳、台地区发表作品。
主要著作有《招魂的夜笛》《世界的旅行》《徐柏坚诗选》等诗集。

徐柏坚

世界的四月

——献给我的父亲

树叶从高处飘落下来

每片落叶都有不同的结局

你骑着蟋蟀来，驾着南瓜

用碧绿的荷叶当翅膀

月光下轻轻的摇篮近旁

就是直逼死亡的墓床

脚下，只有寒夜草丛中

萤火虫的亮光

头顶上只有高悬的星辰

树林遮住的天空

树顶有一层柔和的光

看到光就想起你，往海边扔粒石子

于是有了沙滩

对夜空许个心愿

于是有了无数的星星

沉默中的你

也会显得雍容

我们商定不触痛往事

你像一面湖泊

在蔚蓝的沉静中

映照天空的宽广与深度

在漫漫长夜里

我等待黎明和相逢

我们一定要温柔地

对心爱的人谈起爱

我们一定要坚强地

向勇敢者说到勇敢

湖北武汉人，天津市作家协会会员、和平区文联秘书长。

先后在《天津日报》《当代小说》《诗歌月刊》等报刊发表小说、诗歌作品多篇。

(1974—)

朱春生

京
剧

汇聚五湖四海的精英
京剧自得其所
在城市里繁衍

城里的京剧是众望所归
花开枝头吸尽春色
乡里的京剧是小孩子的脚步
深一脚浅一脚不着边际

城里的京剧是沙发里的京剧
软软的，掌声很集中
在剧场回声墙的作用下
孕育一代又一代梨园人

也罢，京剧说
知我懂我城里人
乡里的徐徐清风
吹不开深深根植城里的面容

乡里的京剧是人墙里的京剧
立立的，掌声很分散
在田间地头的空旷里
失落一批又一批演出人

京剧就很无奈
灯光下异彩华丽
灯光没有的时候
华丽的一切都压在了箱底

京剧属于城市
在混音箱里放大
一个又一个流派
聚拢一批又一批票友

此时我走在乡里
空旷的田野亮堂
有京剧的旋律传来

国粹的光环耀眼

整个山川弹起一道光芒

原名王利平。黑龙江人。曾居天津十年，现居四川。

曾在《诗选刊》《绿风》《中国诗歌》《中国诗人》《诗林》《诗潮》等国内外报刊发表作品。作品入选多种选本。

(1974—　)

黎阳

一首诗歌睡在纸上

斗大的汉字，擎起纸的脊梁骨让岁月的反面凝固在眸子的深处
昔日的温暖顷刻融化在一杯冷透的茶叶上，水去了哪里
情怀的深谷里幽兰释放着草根的跌宕，
一只啄木鸟反复叩拜朽去的沧桑
千帆之后，世俗的潮气依旧不能救起高眠的琐碎
只有这行白鹭，在晴天之下悠悠荡荡

窗含西岭，白皑皑的雪照耀着目光
从拒绝开始信任只是一滴滴地流淌在邂逅的一瞬
梦里生花，这支笔摇头晃脑断断续续
满纸荒唐言，微信之内，还是微微的笑容

本名王震海。

《天津文学》编辑，有作品获奖、被转载并入选多种选本。出版作品集《蓝镜》《我飞越海洋》《万世沧海》等。

（1974——　）

震海

瀚海微澜

敦煌，你反弹着琵琶，你打开了容颜，你伫立在
挥金如土的阳光之上，下面是一地的璀璨，和你的
名字。大漠投影到街心，与你的眸子和琵琶
交相辉映，与人类不同的肤色在对话，并倾慕了
普遍的情感。这里如此之乖舛之静，如是一种无法
述说的语言，如是一种灵魂之初的健康

我们静静地依赖着，那些自然的冲动，与出于
自然之手创造的不解之词。而海洋，是你的
最初之缘，是你海底的沉沙，每一粒都像是大海的
骨骼，每一波流沙都是大海的河。鱼，刹那间
飞往深邃的星河，而谁又把天际映得明蓝而炫彩熠熠

通体揉挲着乳白的细沙，瀚海在你的波澜里日日愤怒
那么，自然的依赖和彼此的需要扭成了坚韧的束缚？
那么，自然的束缚唤使万物重又循序了彼此的结合？

征
服

一座小城统领着无限的疆域，她在城池的上空挥舞
大漠之手，像一枚坚定的棋子，亮在无限的中央
风，把车子镶上一缕西域本能的金边，只露出
我们眉宇间稀疏的睫毛和紧绷绷的心。走！我们
去看海，哦，别忘记带上西北的帽子来掩饰大家忐忑

不安的发丝。之后，之后我们乘上烈日炎炎的风，听
鸣沙山上的召唤。山峰，搭起了一座座沙丘，骆驼的
脚掌牧遍四野，可敬的白骆驼、灰骆驼啊驮着满目的青峰
跌宕起伏，在我们的眼界里充盈了征途，或是一种颠沛

行侠的清梦。沙，深陷其中。生灵于此自觉地安详于
沙谷，于此应运而生，单峰与双峰之间构成了
狭长而无穷的世界啊，谁又能说服那些翻滚的
巨浪与义无反顾地投入一个专制首领的怀抱？于是
我们的癫狂被征服了，彼此的关系直转于自然的原初

爱是那样的孤单

你的心有多深，大漠就有多深，她有海的速度和海的
狂傲与人的智慧。她在努力地上升，沙漠上的绿洲也
跟着上升，我擎着自然的怜悯之心，问寂寞的骆驼
旁观的动物是那样的模糊而强烈，那些
纯粹的自然的感动啊，于此刻的共鸣，甚至友谊
甚至伤感的泪，不知有没有任何意义和差别

我的脚掌，拨动下鸣沙山的耳鼓，不知共鸣了多少慷慨、
仁慈与博爱，还有那些习惯于风沙的激昂

我在荒漠的边缘起伏，认识你，如同认识了比鸿毛还轻的
负担，对，那种负担在你的内心深处同是一个卵体
你的皮肤滚烫，而你的面颊很白，很细，很像妙龄女子的
叫喊。你不能承受的分量，只那么轻轻一点，我的生命
则轻轻地没入了你的身体，而你则在你的轻榻上产生了
神秘的幻觉，也许让我继续爱下去，或者完整地死掉

天津作家协会会员，《中国公益在线》记者，作品多发于《天津日报》《渤海早报》《天津诗人》《上饶晚报》《诗选刊》《天津诗年编》《精彩阅读》《辽河杂志》《香稻诗报》《盘山文艺》《鹤乡文学》等报刊。

有作品集《大雁飞歌》《因你·梦没有终点》。

（1974—　）

阎培举

我是一个疼痛的歌者

我——
在母亲的河流里清洗着伤口
还有那熏黑了的肌肤和眼睛
最后是松软的骨头和间歇跳动的心脏

我一件一件地丢失
青春　岁月
以及我的灵魂之外的头发
眼泪也丢了

麦田里不再盛产粮食
城市里不再生产良心
我以一个歌者的疼痛呻吟
不再需要眼泪
只需要快感

我还可以找到点蓝
在灰白色的背景下
一堵墙和另一堵墙交叉站立
一棵树向另一棵树告别
灯光向城市之外蔓延
一个个村庄被淹没
动物们纷纷逃离

我是一个疼痛的歌者
我摘下帽子，掏出手枪
我点燃火把，脱掉衣裳
火焰烧痛有知觉的灵魂
枪口对准胸膛
枪毙一颗不再疼痛的心！

原籍天津，先后从事媒体和出版工作。现居北京。

著有诗集《硬石镇》。至今累计发表和出版小说、历史、诗歌近三百万字。

魏风华

梨木台上

梨木台快到了

在傍晚

山路突然变得陡峭

这时候起风了

跟想象中的一样

但我还是决心登上峰顶

不是想上去

再下来

也不是想看一看四周荒凉的景色

而是相信那里必定卧着

一头独属于我的

野兽！

笔名遥然，天津市作家协会会员。16 岁发表第一首诗《路》，此后陆续在《诗刊》《天津文学》《天津日报》等刊物发表诗作。

2014 年出版诗集《阳光房》。

孙娟

二月风，这样走过

轻轻地走来，贴近我
尘封的思念，悄然解冻
心中的你蓄谋已久
把爱情的魔咒系在二月的腰上
穿过戴望舒的雨巷
撩动那个手执油纸伞的人
摔掉了陈旧的衣衫
我知道，二月不会亵渎爱情
每片叶子都是新的
柳丝、小花蛰伏于视线之外
心怀爱意，若有所思
我大着胆子，走进
"月上柳梢头，人约黄昏后"的场景
灯光下的梦笑了，甜蜜的
让人心痛
二月，我成了一朵招摇的花
杨柳风抚慰销魂的含羞

又名乌金卓玛，天津人。先后就读于天津大学、北京师范大学。

发表有大量散文，诗歌，出版有长篇小说《缘分的天空》《般若飘香》《引》《陪嫁山庄》《凤鸣台》《红楼梦续》等。

现为北京师范大学历史学院博士研修生，中国作家协会会员。

（1976— ）

温皓然

致母亲

三万年前
你是春风，我是满池的荷
你所到之处
我的花开了

三千年前
我是一枝莲蓬，你是蓬上的佛
你走到哪里
我跟随到哪里

三百年前
你是天涯，我是海角
我们终于重叠，从此
注定被写进永恒的诗篇

三十年前
你是母亲，我是你的女儿
一声啼哭
天，亮了

三年前
天翻地覆，天摇地动
母亲，我放下过天地
却从未放下过你

三秒钟前
我就要结束这首诗
突然发现每个字、每个词
都是泪水，里面居住着大海

天津人。天津作家协会会员。

作品发表于《天津日报》、北美《新大陆》双月诗刊等国内外报纸刊物。

出版诗集《诗的河流繁衍生息》。

马菊芳

托尔斯泰最后一次出走

雪域广阔，但孤寂
星星冻成冰疙瘩掉在荒草里，雪压低声音
老托尔斯泰的咳嗽，从车厢中传出
或明或暗的马灯，仿佛藏着秘密

小站前，冗长而冰冷的铁轨
预示着一个人的命运，曾经
大半个世纪
他很少走出自己的庄园，眼里
却看到整个俄国落后的土地
瑟瑟的树丛，和裹挟着腐烂气息的迷雾

这些年，他读书，当兵，写作，办学
他自己耕地，缝鞋，持斋吃素
为农民盖房子，也为他们虚构着自由
世界动荡，这位拥有亚斯纳亚·波利亚纳庄园的人
这位让沙皇政府忌惮的人
睡不出贵族的慵懒，矛盾与痛苦虫子般咬噬着他的梦
伟大的使命又驱赶着他的身体

当这个小站的门轻轻打开，夜又低沉了几寸
耳边依然说爱的女人再不能与他争吵

祖籍广东，黑色海诗社成员，天津青年诗社理事。

作品发表于《中国石油报》《天津日报》《天津工人报》《天津诗人》《大港石油报》《热土》等刊物。

(1977 —)

肖尚辰

秋夜心事

夜色依然是浓墨重彩的一幅顾影自怜

夜话竟然是一段情何以堪的杳无音信

夜风诚然是打开心扉的一剂药引

夜梦必然是辗转难眠的一片狼藉

捕捉一串串恣意飞扬的思绪

掺杂秋天特有的颜色细细梳理

青黄相接的记忆总会在静谧的夜晚渐渐清晰

心纸缓缓地展开于墨香处无声润色

勾勒出昨天故事之外的相遇

苜蓿红了，芦花开了

丹彩的流云浸透了你的笑语

我们一起看海，一起看潮

一起追逐快乐的浪花忘情奔跑

你给我一个突然的转身

我给你绯红的脸颊和近在咫尺的心跳

当温暖的初阳带走了紫葡萄上的最后一滴晨露

我孤独地伫立在秋天的旷野

不知你去向何方

现居天津。作品入选《葵》《1991 年以来的中国诗歌》《新世纪诗典》《中国口语诗选》等选本。

有作品被译为英、德、韩等多国文字出版。

著有《纠缠不是禅》《全世界两岁》《底层潜规则》《满目梨花词》《现实与冥想》等。

康蚂

秃鹫

八岁那年
我背着受伤的妹妹
穿过原野
赶往县医院

天空飞着一只秃鹫
地上蔓延着
我们的人味

二十岁那年
我被人砍伤
在空旷无人的大街
血流成河

天空飞过一架飞机
听说它的前世
是一只秃鹫的骨骼

出生于天津。作品发表于《天津诗人》《中国新闻周刊》《财经》等期刊。

曾担任《今晚报》社出版部编辑，《渤海早报》出版中心副主任、主任、副总编辑，主持《今晚报》国际评论专栏"陈君聊天下"。

（1978 — 2015）

陈君

总有情缘

总有一些夜色难以入眠，
冷月射眼，秋簟微寒。

总有一些苦痛可以忍受，
明春小酌，笑林一篇。

总有一种热爱不会放凉，
激情打底，梦在笔端。

总有一位父亲起床做饭，
一日三餐，忧虑加减。

总有一位红颜危难相援，
风波浪里，灵犀一点。

总有几位师友念兹在兹，
山高水长，春风无言。

总有一个护士推门进来，
开灯抽血，少则三管。

总有一个你要匆匆上班，
豆浆煎饼，替我尝鲜。

总有几分闲暇给我点赞，
病客致意，暖在心间。

山东临沂人，文学博士，主要从事中国当代诗歌研究与评论，亦从事诗歌、小说等创作。

天津社会科学院文学研究所副研究员，《诗探索》特约编辑，北京师范大学国际写作中心在站博士后。

（1979— ）

王士强

隐晦的春天

在这个早春时节
流传一种花开的消息
只是，乍暖还寒，最难将息
大地上依旧重复着昨天的故事

某某被大风击中，失去踪影
某某被贴上封条，无声地呐喊
某某闭上眼睛，天亮了
某某关门大吉，留下孤单背影

蜜蜂密谋着下一季的花朵
夜夜笙歌
这个春季，淫秽是可耻的
天地静默，鸦雀无声
高傲的人走失了自己的影子
这个春季，隐晦是可耻的

某某扮演着幸福的笑脸
某某走到了时间的背面
某某脱去了遮羞裤，开始裸奔
某某加紧制造自己的敌人
某某终于把自己变成了笑话

这个春季，某某苏醒，某某涌动
某某的钟声已经敲响
某某已经张开了翅膀

想起你

在夜里，突然想起你
我不知道，是梦醒了
还是进入了另一个梦里

那时，我还年轻
我总是做梦，不知天高地厚
你笑着说，这很好
可我知道，你有时觉得可笑

这么长时间了，我步步退缩
与生活妥协
到陌生的地方，在陌生的人群
人模狗样地活着

有些痛，是好了伤疤就忘了的
有些痛，却注定要痛一辈子

也许，人生终究是一场失败
无非是方式不同
无非是有的人看不见，或者假装看不见
无非是有的人假装成功，有的人假装高兴

想起你，我觉得我都是错的
从头到脚，从始至终

不过，我早已原谅了自己
我想，你也已经原谅了我

把我彻底地忘记
没有了爱，没有了恨
湖水平静，就像一切从未发生

你有你的，我有我的，
生活遥远，陌生
陌生的你，陌生的我
陌生的，这个世界

我想说一声，对不起
不是对你

这是最好的时代，我无话可说
我只说我和你
我爱你，只是说说而已
我爱的是我自己

天津市作家协会会员、中国散文诗歌学会会员。

曾撰写《当代天津》地方志文献三十余万字，出版散文集《心痕》，诗集《寻》《深深的呼吸》。

在国内二十余家报刊发表诗歌、散文作品。

(1979 —)

常英华

交出我八字里的富贵

多少注定的前因、等待的后果

结构了我

天干地支也无法清算

只将每一天，涂满落日的色彩

筹划我身披金色禅衣

卸下沉重的俗身

生，会用年轮演绎的爱恨

垒砌来去何从的答案

死，会用最后一缕余晖渲染的成败

释义墓志铭

它们正串联、合谋

将我八字里的富贵

用苦难兑现

那些生的日子被施与魔法

死才见真理

而现在，我就要获晓为人的砝码

平衡贵而不富或富而不贵的人心

就要请命运交出富贵

倾情于一场赎罪的修行

旧时光里的疼痛

我的生活从不被时光惊艳
时光也从未主宰过生活
当青涩的思想生出欲望
迟暮的脸庞露出幽怨
我就会成为时光欠揍的孩子
被生活催生出疼痛
它们的不谋而合
恰是一个人成熟的全部

出来吧，疼痛
也请以分娩的形式脱离我的肉体
经过用力、嚎叫和流汗
像抱出自己的骨肉
弄丢了，我即不是我

所以，不要急于说出
——旧时光
说它一次，言轻了
说它两次，灵魂压重了
被疼痛得流泪前，我是一个人
流过泪后，我是一个世界
只不过那些年的世界欠我的
这些年的我欠世界的

天津人。现为南开大学文学院副教授，文学博士，曾在香港浸会大学文学院、荷兰莱顿大学汉学院、英国伦敦大学亚非学院交流访学。

主要研究方向为中国新诗，并在国内刊物上发表诗歌作品若干。

（1980 — ）

卢桢

墓园

携带敬畏、好奇和孤独

走进城市中心的墓园

雪白的十字架伸向高处

像祖父的头发　根根竖立

仿佛要对世界宣布些宏大的命题

一些静谧的味道结成网

小心翼翼地保护着回忆

十二点钟，午后的日光摇晃着

我的记忆　石碑下的诗人们

伸着懒腰，打着草叶色的哈欠

一只猫突然跑出，于是幽灵

不再拉扯行人

突然　我听见靴底发出了

令血液沸腾的震颤　那是座座奇峰的聚会

那些人卸下语言的装甲

那些词汇绵软　温暖

像酒足饭饱后喝到的一口茶

不那么紧绷绷的，充满弹性

这冬日的午后　一切阴影都蛰居在石头里

他们讨论如何赞美下一次初春

而我，异端的闯入者

只愿你们衣装齐整

不要和大地一样松软、潮湿

听　有人在歌颂缪斯的裙裾

看　他们把句子像杯中酒一样倒空

天津人，毕业于陕西师范大学中文系。天津市作家协会会员，部分诗歌入选《现代汉诗三十年》《2004—2005 中国新诗年鉴》《2006 中国诗歌精选》《漂泊的一代：中国 80 后诗歌》等选本。

著有诗集《我看见了火焰》，主编《诗歌观察》《天津青年诗选·2011》。

(1981 —)

王彦明

我看见了火焰

就是那一团火焰

在深秋，在晨雾中

在绿叶与黄叶的夹杂间

我看到了火焰

那一簇黄，湿漉漉的

如何就密集成了红

带着一种明亮

成了一朵火焰？

不远处，我的父亲

正在侍弄他的小园

那清晨的白菜

带着清冷的气息

一场雪就是一个谎言

走在雪地里，痕迹都被掩藏。
老虎、兔子、狐狸、田鼠……都消失了。

只剩下白，世界似乎从来就是空的。
关上了门。上帝就会闭上眼睛。死亡在雪地里也会消失。

潜藏的脏，雪化后的寒冷
是亵渎，不是生活本身。

一场雪的谎言，覆盖一个冬天。
睁着眼睛，我们学着上帝的样子。呼吸。充满同情。

中国民主促进会会员、中国诗歌学会会员、天津市作家协会会员、天津市河北区作家协会副秘书长、天津七月诗社社员，天津《家长》杂志专栏作家。

14 岁开始文学创作，诗歌作品百余首发表在中外诗歌刊物，作品入选多场诗歌朗诵会。

出版诗集《不能挽留一场雨》，中短篇小说集《胡子》。

（1982 —　）

安扬

爱如旗袍

暧昧雨丝斜落眼窝，只允你一人穿过心墙
玉领琢粉颈，眺望不尽前世离殇
油纸伞下，谁的婀娜扭断天涯路？

绾起青丝万千，金步摇恍惚了年华
江山凹凸，流水窈窕
若我是绸缎，你就是那镶边

紧实的古典，苏绣着疼痛的青春
半截红袖，素手添香
若隐若现春光里，唇有余温

打开经年闭锁的爱，月华中
绲边和收腰，缀满紫丁香的怅惘
连篇旧情同樟脑味儿一起轻扬

纵使背影惊鸿，仍忍不住遐想
笑靥似花，宫墙如画
我等你在红尘之外，阡陌路旁

袅袅婷婷的记忆像一颗颗盘扣
牢牢将我锁紧，三生痴缠
晓梦千年，终成一袭华丽的忧伤

本名张宁，山东人，毕业于天津大学，现居天津。

著有诗集《鬼狼的诗》《让面孔呈现面孔》（与人合著）。

鬼狼

我梦里你的梦

马戏团小丑吃掉了老虎、狮子，厌世的猕猴
黑鸟在路灯上诵经

狡猾的老鼠先生嗑了一夜花生
郊区森林婴儿在迷雾中走失，他们总长不大

夜是一条濒死的鲶鱼
柠檬树开始返场狂欢，一次又一次

妈妈，我从未说出这一切，在你温暖的梦里

毕业于天津师范大学中文系，自由撰稿人，热爱文学创作，有诗歌、散文、小说等作品散见于报刊。

（1982 — ）

田明

约
定

你知道的，我的骨头很硬
相思钻不进来
万般痴情已被我粉碎
我把孤独装进口袋
随身携带

月老心怀善意
悄悄地将你安放在我的心上
你尊重我的选择
关于爱情只字未提
甘愿在终点等我

我听到时间河流的回声
不为所动，忽略了
一路上所有的美景
为了你，我和自己有个约定：
今生，与世俗的爱对立

河南南阳人，旅居天津。

作品散见于《诗刊》《新诗》《天津诗人》《诗江西》《未央文学》《牡丹》《每日新报》《新民晚报》等报刊，并被选入《汉风》《天津青年诗选》（2011 卷）、《天津诗歌双年选 2012—2013》《海内外汉诗》（北都文艺 2013 卷）。

（1983— ）

温度

月

一把白亮的弯刀啊
荒芜在这块秋田
蓝色的水狂笑安静的云
命运沉在草中，我的梦沉在
倒戈的水草丛

时光之树啊，你尽管是一棵树
生长着美丽、丑陋、善良和邪恶
如果你老得像父亲的胡子
请不要抱紧备受折磨的我

我这把丑陋的弯刀
挂在月亮的湖心
遥遥看着青年变为老人
老人变为你或世界的中心

原名孙亚娟，籍贯天津。毕业于天津师范大学油画专业并获得学士学位，2015年进修于天津美术学院国画系。

自2009年开始诗歌创作，作品发表于《人民文学》(英文版)、《佛山文艺》《新诗年鉴》《天津日报》《南方日报》等。

（1985— ）

毓梓

公子薄荷

夜晚响起雷声，羞涩的雨
纷纷推延着脚步
半张脸的月亮，曾忆初唐
你陪我展卷夜读

清凉的夜，随手触摸蝉衣质地
改朝换代你我隐居幽林
纸窗竹影的夜晚，满室茶香
高古游丝间专注屏息

清末披着一袭深绿长袍
公子驾鹤离去，抬头可见
得道成仙的文人

今日打着梅花灯笼，深夜来访
雨终于来了，猛抬头
不见公子踪迹，一句花语
"只愿与你再次相逢"

我的庭院奇迹般
长出了茂密的薄荷

冯芦东

（1987— ）

笔名艾芒、鲍肆，天津人。天津中医药大学毕业。现居天津，从事教育和医疗工作。

作品发表于《天津诗人》《诗歌月刊》《中国诗歌》等刊物。

有作品入选《天津现当代诗选》等诗歌选本。

平安夜

——写给延玲

我在天津的寓所
烟雾缭绕，我在一堆
绘本和盗版书中间
搜寻童趣，现在
我是一名教师
订正错别字和病句

喝着网购的速溶咖啡
仿佛也沾了福音的光
不过，我还不够虔诚

雾霾催生了印象派
也催生了哮喘和死亡
微距镜头的局部
生活的边角，以及诗歌

平安真好，没有风波
还可以爱一个人

笔名杨韵，山西绛州人，毕业于天津职业技术大学。

出版诗集《诗地拾零》，2011 年主编报纸《钟音诗报》，曾做过编辑、记者、助理、文员，也当过农民工。

光双龙

关于抽烟

关于抽烟，让我想起父亲

和父亲在地里干完活
在回家的路上
从烟盒里掏出一支烟
递给父亲

父亲，感觉这红双喜抽着习惯吗？
我抽什么烟都行，没什么习惯不习惯的
父亲想都没想地说

以后别抽两三块钱的猴王、金丝猴了
对身体不好
听我说完这些，父亲有点生气地对我说：
我没钱，只能抽那廉价的
我接着说：
抽好烟坏烟，对身体都不好

听后，一直回到家
我和父亲都保持着沉默

天津市作家协会会员、天津市李叔同研究会会员。

作品见于《文艺报》《中国诗歌》《山东文学》《意林》等报刊。

已出版《难绾集》《隔日沉香》《指缝里的太阳》《玄冰之心》《极地谍中谍》等图书，主编《青少年文学殿堂》（诗歌卷）等文集十余卷，并有作品收入各类选本。

（1991— ）

陈曦

喃
喃

我画这水墨
勾勒斜风细雨
湿透的青衫
难绾的鬓发

幻想水面清浅的波纹
堂前的燕子
可衔了湿泥而去
是否有凝眸
在清甜的风里

我画你的影子
画你
匆匆的步履

宣纸之上
你这迟暮的归人
可曾看到
我为你提了灯盏

满族，天津人。作品入选多种书籍。

著有日记体随笔《夏日终年》、诗集《看不见的风在吹》、散文集《像南瓜，默默成长》、长篇小说《走走停停》、长篇散文《如烟》、中篇小说集《梦里，有谁的梦》等。

(1991 —   )

张牧笛

蓝

冷，但很安静

在蒲公英纷飞的夜晚

摇响宇宙和海

河流深陷

是最丰富的语言

也或许，无法表达

就像，谁的思念

水花、波纹、漩涡

低低地唱起来

唱摇篮曲，或者，小兔子乖乖

世界被裹进襁褓时光

无穷无尽的蓝调

星星在跳舞

午夜的坚冰

棱角分明

清晨的光将无数个睡姿席卷而去

一群蓝色的兔子

和我们

温柔对峙

四川省资阳市人，2012—2016 年于南开大学汉语言文学专业就读。

高中时期开始诗歌创作，著有诗集《夜宴之杯》。

(1993 —　)

陈秋实

汤汤鬼精灵童话系列锦

《流萤谷》

儿童文学·选萃

总第七三六期

2017.01

1

一个美丽的好消息！

2017《儿童文学》（美绘）
变身为《儿童文学》（绘本）！

后刊物三大亮点：

绘本馆每期介绍两本国外经典图画书! 附专业人士赏读分析!

绘本每期推出一个原创微型绘本故事!

故事绘、星月诗歌绘、经典自习室、能量故事丸……

多, 版式更美!

地邮局订阅：

》（绘本）定价: 8.00元 邮发代号: 80-746

》（绘本）+《儿童文学》（故事）= 童年双本套 定价: 16.00 邮发代号: 80-327

ISSN0257-6562

本刊适合9至99岁公民阅读

人体解剖（或一九〇四年横滨）

灯光昏黄而纯粹。教室里
没有窗子，昼夜不被察觉
福尔马林气味刺鼻
哦，今晚要用新的尸体

短发、眼镜、灰色的外套
黄昏时他总这样走过
东京到横滨，两年零九个月
如今日语流利，脱口而出

他走到自己的位置，拿出工具
默想讲义的内容。偶然间
瞥见那死者的面孔
他认出她昔日的身份

光绪三十年，秋天已经来临
雨水落在大海的两岸
此岸，他学舶来的医术
彼岸，酒馆鼎沸，热闹如常

那是他同乡的女同学，曾一起
乘船前往东京。他从未与她交谈
只记得那时自己还留有辫子
黄昏时从目光中穿过

先生的解剖课如常。学生们
一个个进来，表情轻松
这课已开月余，面对尸体
他不再会有最初的战栗

他记起她眼中的活的气息
她热爱时事、传单、热烈的口号
他并不知道后来的事情
不觉手中的工具已经掉落